KB130771

나는 누구인가에 대한 시적 성찰

김송배 시인의 시월평 공유(2)

나는 누구인가에 대한 시적 성찰

*** 시월평 대상 문학지(가나다 순)**

『국보문학』

『문학저널』

『시와수상문학』

*** 신작특집 단평(가나다 순)**

강경애 강명숙 김병렬 김수연

박명자 박창목 박태원 배문석

백은숙 이희국 조경화

도서출판 시원

‖책 머리에‖

시의 구도와 시인의 정신 읽기

시를 쓰거나 읽으면서 또는 시를 가르치면서 가장 먼저 몰두하게 되는 것은 시의 구도이다. 그 시인이 전해주고자하는 메시지가 무엇인가라는 창작의도를 파악하게 되는데 이는 곧 시적 주제를 이해하는 단계일 것이다. 시적 발상이나 표현에서 무엇을 어떤 방식으로 상황을 설정하고 내용을 전개하고 있느냐하는 시의 위의(威儀)나 본령(本領)에서 창출하는 결론적인 주제까지를 살피는 일이 더욱 중요함을 깨닫게 되었다.

지금까지 시 월평이랍시고 시 읽기를 통해서 감상문이나 독후감 정도의 글을 각 문학지에 발표한지도 꽤 오래되었다. 한국문협 기관지 『월간문학』을 비롯해서 1994년부터 『순수문학』 『문학세계』 『지구문학』 『문학미디어』 『문학저널』 『흔맥문학』 등에서 어줍잖은 월평을 집필하기 시작해서 『계절문학』 『국보문학』『문예사조』『시와수상문학』『청계문학』 등에서 시 독자와 만나서 호흡을 함께 나누어 왔다.

사실 이러한 월평(月評)을 연재하면서 이와같은 단평(短評)이나 독후감이 독자들에게 시를 읽는데 도움이 되어 시를 이해하기에 길잡이가 될 것인가하는 문제에 대해서 상당한 고심(苦心)을 했던 것도 사실이다. 왜냐하면, 지금의 수준 높은 독자들이나 작품 발표 당사자들에게 창작의도와 상이(相異)한 해석이나 소감들이 발생했을 때 거기에 따른 지적인 변명(辨明)으로 감당할 수 있을까하는 자문(自問)이 앞섰기 때문이다.

또한 본인은 유능한 평론가도 아니며 국문학을 전공한 교수도 아니기에 더욱 위구심(危懼心)을 느꼈던 것이다. 그동안 시를 연마하면서 축적해둔 시론을 다시 복습하는 마음으로 그달에 발표된 작품들을 차분하게 읽으면서 한 시인이 추구하거나 구현하려는 시적인 위상이나 진실이 어느 시점(視點)에서 발흥하고 있는가에서 그의 시 정신을 이해하는 좋은 계기가 되었던 점을 되새기고자 한다.

이러한 월평으로 인해서 시창작 강연(혹은 강의)과 시집 해설에까지 부탁이 와서 교감을 하다보니 그동안 시집해설집을 약 400명의 시인들과 인적, 시적 교류가 이루어져서 평론집을 6권이나 발간하게 되었고 앞으로도 족히 3권 분량의 해설 원고를 보관하게 되었다.

이번 이 '김송배 시 월평집'을 발간하는 이유는 솔직히 이미 발표한 글들을 그냥 버리기에는 약간 아깝다는 생각이 들었고 또한 이러한 월평들이 수록된 문학지와 발표한 당사자들이 다시 한번 자신의 작품을 조감하는 계기가 되어 새로운 시 창작에 미력이나마 도움을 줄까하는 조그마한 소망이 따랐다고 고백하게 된다.

이미 1998년 이전에 발표한 얼마의 월평들은 평론집에 수록되어 좋은 반응을 얻었으며 그 이후에 지금까지 모아둔 글과 현재 집필(『문예사조』『문학미디어』)하고 있는 글들을 집대성하여 제1권『시의 구도, 시인의 기상도』제2권『나는 누구인가에 대한 시적 성찰』2권으로 묶어두려는 것이다. 앞에 열거한 문학지들에게 진정한 감사의 마음을 전하면서 이 책의 내용을 공유하기 바란다.

2019년 춘삼월(春三月)에
청송시원(聽松詩苑)에서
청송(聽松) 김송배(金松培)

‖차 례‖

제1부. 자연 향훈과 시적 진실

‖차 례‖

제1부. 자연 향훈과 시적 진실

국보문학

'나는 누구인가?'에 대한 시적 성찰

매화가 지천으로 피었다가 지고 벚꽃이 만개(滿開)하는 4월이다. 개나리, 진달래가 앞산을 뒤덮고 목련이 하얀 얼굴을 내밀어 꽃향기를 내뿜고 있다. 그러나 T.S. 엘리엇은 그의 작품 「황무지」에서 '사월은 가장 잔인한 달/라일락꽃을 죽은 땅에서 피우며/추억과 욕망을 뒤섞고/봄비로 활기 없는 뿌리를 일깨운다'라는 어조(語調)로 4월의 이미지는 '가장 잔인한 달'로 노래하고 있다.

우리의 4월도 역사적인 체험으로 상고(詳考)하면 이와 비슷한 '잔인함?'을 논할 수도 있을 것이다. 어쨌거나 슬픈 과거의 역사를 통해서 회상하는 비극의 일단이지만 4월은 녹음방초(綠陰芳草)가 현란하게 자연을 장식하는 계절의 향훈이 삶의 활력소를 제공하는 계절이다.

우리의 고전 「농가월령가」에서도 '사월이라 맹하(孟夏)되니 입하(立夏) 소만(小滿) 절기로다/비온 끝에 볕이 나니 일기도 청화하다/딱갈잎 펴질 때 뻐꾹새 자로 울고/보리 이삭 패어나니 꾀꼬리 소리난다 / 농사도 한창이요 잠농(蠶農)도 방장이라 / 남녀노소 골몰하여 집에 있을 틈이 없어 / 적막한 대사립을 녹음에 닫았도다'라는 자연 찬미(讚美)의 가사가 안온한 분위기를 가중시키고 있다.

지난 3월에는 우리 문단 행사로는 박목월 시인 탄생 100주년을 맞이하여 다채로운 기념행사가 열려서 관심을 모았다. 목월 시인의 기일(忌日)인 3월 24일, 서울문학의 집에서 열린 기념식에서는 약력소개(신규호), 개식사(이건청), 추모사(김남조, 김종길, 문정희), 헌정 시집 증정(허영자), 유족대표 인사(박동규), 목월선생 회고(김종해, 유안진)와 목월시 낭송(오세영, 신달자, 나태주, 임지현, 조정권, 윤석산, 김성춘, 박인식), 목월 작시가곡 공연(김 옥, 오현승, 김상희) 등으로 진행되었다.

이 100주년 기념행사는 기념백일장, 추모전시회, 학술심포지엄, 박목월 음악회, 목월동요 경연대회, 생가개관 기념 시낭송, 목월시를 주제로 한 작품 전시회 등이 한양대 박물관과 경주 예술의 전당 등에서 성대하게 거행되었거나 앞으로 진행될 예정이다. 이러한 3월의 행사를 뒤로하고 『국보문학』 3월호에 수록된 작품들을 탐독(耽讀)해보면 '나'를 성찰하는 반성의 이미지들을 많이 대할 수 있었다. 시적 화자 '나'에 대한 직접 등장은 의인화하는 시법(詩法)에서는 약간 해석을 달리하는 평자도 있긴 하지만, 어쩌면 '나'를 확실하게 인식(자인)하는 계기가 된다는 점에서 한번쯤 시적으로 형상화하는 경우로 독자들에게 많이 읽혀지기도 한다.

나는 시인입니다 / 나는 시를 좋아하고 사랑하는 시인입니다 / 봄날 / 봄바람에 휘날리는 / 꽃비이고 싶고 / 여름날 / 지루한 장마 끝 뙤약볕에 / 시원하게 불어주는 바람이고 싶습니다. / 가을날 / 붉게 물든 단풍이고 싶고 / 겨울날 / 하얀 눈처럼 하얀 영혼을 지닌 / 시인이고 싶습니다.

— 진유정의 「나는 누구입니까?」 중에서

이 작품에서 진유정은 '나'를 인식(cognition)하기 위해서 의문형으로 작품을 전개하고 있다. 그는 '나는 누구입니까?'라고 질문을 제기하면서 그가 여망하던 소회(所懷)를 기원의식으로 발현하고 있다. 그는 '어둠을 밝히는 / 타오르는 촛불이고 싶고 / 자신을 던져 종을 친 / 까치의 마음이고 싶습니다. // 나는 시인입니다 / 아직은 서투르고 어설프지만 / 여린 나무가 자라서 큰 나무가 되듯이 / 나도 시를 정말 사랑하는 / 시인으로 남고 싶습니다'는 결론에 이르기까지 그가 소망하는 필생의 각오 같은 집념을 엿볼 수 있게 하고 있다. 그리고 그는 이러한 자아(自我)의 인식이나 자의식을 통해서 시간성(과거, 현재, 미래)과 결합할 때 생성하는 이미지는 다양하게 전환할 수 있는 시적기반을 위해서 자신의 진솔한 내면을 표출하고 있는 것이다.

진유정은 '3월의 시인' 특집으로 세 편의 작품을 수록하였는데 '그래서 / 당신을 생각하면 / 내 가슴이 뛰고 / 내 뛰는 가슴을 / 숨길 수가 없습니다'라거나 '당신의 한결같은 마음 때문입니다 / 나를 소중히 여겨주는 그 애틋한 마음.(이상 「당신은 참 좋은 사람입니다」 중에서)'이라는 어조로 보아서 2인칭 화자인 '당신'과 영원한 동반자라는 인식의 근원을 명징(明澄)하게 드러내고 있어서 자애(自愛-self love)라는 인간적인 심리의 현현으로 애절함을 보여주고 있다. 그러나 '나'라는 화자를 의인화가 아닌 시인 그 자신의 스토리가 되거나 자신의 애환이 될 때 독백이나 넋두리가 될 우려가 항상 상존(常存)하고 있음을 명심해야 할 것이다.

터덜터덜 걸어가다가 / 멈춰 서서 하늘 보니 / 에워 쌓인 별들만이 / 허공 위에 가득하다 / 지천명 / 툴툴 털다가 / 발을 보니 맨발이다.

– 조영희의 「내 속에 나」 전문

여기 조영희도 '3월의 시조시인'으로 세 편의 시조를 수록하였는데 우선 '내 속에 나'라는 제목에서 알 수 있듯이 '나'에 관한 집념이 현재의 상황(인생적이든, 시적이든 관계없이)에서 발현된 시법이다. 그는 '지천명'이라는 시간성에서 문득 상기해 보는 인간적인 측면의 성찰이지만 '허공'과 '별들'이 대칭을 이루면서 '맨발'이라는 결론을 적시하고 있다. 그는 제목만 '나'라는 화자를 써서 진정한 휴머니즘의 원류를 추적하려는 시법으로 독백의 관념적 어조는 없어서 대조를 이루고 있다. 그는 다시 '짧은 하루 익혀가며 / 혀에 대고 맛을 보니 // 설익은 떫떨한 맛 / 날밤 새며 뒤집고는 // 언제쯤 / 익혀지려나 / 아궁이에 불 지핀다(「설익은 나」 전문)'는 작품에서도 '나'에 대한 존재(혹은 생존에서 획득한 생명의 문제)를 심도(深度)있게 성찰하고 있다.

나를 내려놓고 그대를 담는다 / 잎이 다르고 꽃이 다르고 열매가 다른 나무 / 모두가 지구라는 한 별에서 함께 살아가는 나무 / 너와 나, 모두 생각과 인격 다르고 말이 다른 나무 / 모두 내 그릇에 담아야 할 나무다.

– 임승현의 「나를 내려놓고 그대를 담는다」 중에서

임승현도 '나'에 대한 집념이 강렬하게 분사(噴射)하는 어조로 작품을 전개하고 있는데 그는 '그대'라는 대칭적 화자를 내세워 융합의 화해를 외치고 있다. 이러한 어조는 바로 '모두가 지구라는 한 별에서 함께 살아가는 나무'라는 또 다른 인칭의 화자를 통한 의인법으로 작품을 향상시키고 있다.

> 내 핏줄들이 몇 방울의 눈물을 흘리고/이웃들이 한 송이 국화꽃을 던져주면/나는 천년 깊은 잠에 빠진다.
>
> – 정성수의 「지금은 밤 9시」 중에서

정성수가 구사(驅使)하는 '나'는 존재의식과 상응(相應)하는 이미지를 갖는다. 그것은 그가 시적으로 지향하면서 해법을 탐색하는 것은 일반적인 관념적 이미지를 탈피하고 무엇인가 성찰의 진정한 의미에서 인생관에 대한 인식의 반추(反芻)와 시간성의 이미지 전환을 탐색하고 있다. 그가 '한 편의 시를 쓴다/꿈과 희망과 미래에 대해서 이야기하는 동안/아이들의 턱이 거뭇거뭇해지자 허무한 날이 많았다'는 현실적인 사유(思惟)와 내면에 흐르고 있는 시적 진실의 교감이 잘 현현되어 있다. 이렇게 '나'를 중심으로 상황을 설정하거나 내용을 전개한 작품들은 대체로 다음과 같이 나타나고 있다.

- 지나친 과욕으로/이어달리기하는 생명의 젖줄을 끊어버린/나에게 보내는 눈짓이다. (문연자의 「버려지는 것에 대하여」 중에서)
- 흩날리는 꽃잎/함박눈처럼 하늘하늘 내리면/나는 소복이 쌓인 꽃잎 위에/살포시 앉아/꽃속으로 들어간다(조성희의 「벚꽃 속으로」 중에서)
- 나와 나/전생에 무슨 인연이었을까(이현수의 「인연의 벽」 중에서)
- 하늘로부터 빌려 쓰고 있던 목숨을//다른 방법으로 갚을 수

없어//죽음으로만 갚아야 한다면//마지막 나이를 먹기 전에//난 뭘 해야 하나(이일현의 「마지막 나이를 먹기 전에」 전문)

- 마을에 벚꽃보다 더 환한 세상을/내겐 벚꽃보다 더 활짝 피는 해방을/아, 숨이 차도 록 아름다운 꽃세상(허호석의 「산벚꽃」 중에서)
- 송장처럼 잠들어선 사는 게 아니라고/취생몽사는 우리의 이상이 아니라고/울부짖으며 가슴을 쥐어뜯어며 달려와/번갯불로 하늘을 찢는 천둥으로 땅을 흔들어/나를 깨웠느냐, 이 꼭두새벽에?(백남구의 「소나기」 중에서)
- 편지 쓰는 엄마를 바라보며/나는/나도 모르게 마음이 흐뭇해진다(김민희의 「엄마의 편지」 중에서)

그렇다. 이러한 '나'를 시적 이미지로 이해하려면 독일의 대철학가 하이데거의 실존철학(實存哲學)의 한 단면을 알아보면 시 창작이나 감상에 도움이 될 것이다. 이는 존재의 의미를 더욱 심화(深化)하거나 해석하는데 그의 지식을 투영시키고 있다. 하이데거는 실존을 '본시 있던 나에게로 돌아간 나'로 정의하고 있다. 우리들이 본래적인 '나'로 복귀(復歸)했을 때 그는 우리들이 실존으로 살고 있는 것이라는 해석이다. 사람들은 '본시에 있던 나'로서 살기 이전에 우선 한 가족의 한 사람이나 어떤 집단의 일원으로서 살아가는 막연한 '세상 사람들'로서 살아가고 있는 것이다.

즉 사람들은 아직도 진정한 자기를 깨닫지 못하고 공동체의 일원으로서 너도 나도 그도 모두 비슷한 평균적인 일상 사람으로 살아가고 있다. 이러한 일상인을 하이데거는 '세상 사람들'이라고 불렀다. '세상 사람들'로서 '나'는 그저 세상 돌아가는 풍설(風說)에나 귀를 기울이고 호기심이나 가진 애매성(曖昧性)

에 휩싸여 있을 뿐이다. 이것을 하이데거는 '평균적인 일상속에 은폐(隱蔽)되어 있다' 혹은 '퇴폐(頹廢)되어 있다'고 정의하고 있다. 이렇게 잡다한 일상들이 '나'를 덮어서 진정한 '나'는 감추어져 있다는 의미이다. 그는 여기에서 엄청난 결단을 통해서 은폐를 박차버리고 그 속에 파묻힌 자기를 되찾을 때 사람은 실존이 된다는 결론이다. 그렇다면 '본시의 나', 바꾸어 말하면 '실존으로서의 인간'은 어떠한 것인가. 그것은 인간이 모두 죽음을 향해서 살고 있다는 것을 깨달은 인간을 말하고 있다.

사람들이 '죽음으로써의 존재', '종말로써의 존재'임을 스스로 알 때 그 앞에는 항상 무(無)의 심연(深淵)이 입을 벌리고 있다. 이 때문에 인간들은 그지없이 불안하고 한편으로는 진지(眞摯)하게 된다. 죽기 전에 누구나 마음이 선하게 된다는 사실을 생각하면 이해가 된다. 이처럼 거대한 철학적인 견지(堅持)에서 사유해 보는 것이 우리 시의 본질이나 시정신에도 부합하는 논리라고 할 수 있다. 시적인 주제가 바로 '나'를 통해서 발현되거나 '나'의 체험에서 창출한다는 점을 상기하면 작품에서 '나'라는 화자의 의미는 크게 자리하게 된다.

그러나 위에서 언급한 바와 같이 자신의 독백이나 넋두리가 되지 않도록 화자의 활용에 많은 연구와 탐색이 필요하게 된다. 문제는 '나'가 시를 창작하는 시인 자신과 더불어 청자(聽者)인 독자나 제3의 사람도 공감(共感)을 할 수 있을 때 화자 '나'는 진정한 작품의 구성요소로써 진실을 분사하게 되는 것이다. ✷

(『국보문학』 2015. 4.)

사친(思親)과 체험적 시학

현대시의 발상이나 거기에 투영된 주제는 대체로 그 시인이 지금까지 살아온 체험에서 생성되는 것이 통례로 해석하고 있다. 이 세상에 태어나서 지금까지 살아온 과정이 모두 체험이라고 할 수 있는데 그 과정에서 형성된 희노애락(喜怒哀樂) 애오욕(愛惡慾)의 칠정(七情)에 의한 삶의 궤적(軌跡)에서 회상된 과거의 재생에서 얻어진 중요한 경험을 시상(詩想)으로 설정하게 된다. 이러한 과거의 경험이 현재의 실생활(real life)에서 직접 오감(五感－시(視)청(聽)후(嗅)미(味)촉(觸))과 상통하거나 상충(相衝)할 때 전광(電光)처럼 불현듯 현현하면서 거기에서 획득하는 새로운 느낌이나 감정이 하나의 이미지로 생성되는 과정이 바로 시적 발상이 되고 주제로 승화하는 것이다.

시의 모든 이미지는 그 시인의 체험적인 상상력에 의해서 만들어 진다. 상상력(imagination)과 이미지(image)는 그 어원(語源)도 같다. 상상은 일종의 기억이라고도 할 수 있는데 미국의 심리학자 윌리암 제임스는 다음과 같이 구별하고 있어서 우리 시인들은 주목하고 있다. 첫째로 재생적 상상(reproductive imagnation)으로 지난날 겪었었던 이미지가 변화없이 그대로 나타나는 것이며 두 번째 생산적 상상(productive imagnation)인데 지난날에 겪었던 이미지들에서 선택된 여러 가지 요소들을 결합하여 새로운 이미지의 통일체를 만들어 내는 것이라고 말한다. 이러한 상상에는 이미 시인의 정서와 사상이 반영되어 있어서 시인의 어떤 사물의 이미지를 생각하고 해석하는 활동을 하게 된다. 그러면 상상이나 상상력은 시 쓰기에 얼마나 중요한가? 다음과 같이 그 기능도 다양하고 나타나는 양상도 복잡해진다.

영국의 비평가 I. A 리처즈의 말에 의하면 여러 가지의 이미지들을 결합하여 하나의 전체적인 통일체를 구성하는 능력, 그러니까 '생산적 상상'이라고 할 수 있다. 여기에는 연상(聯想)작용(연합적 상상－associative imagnation)과 창조활동(창조적 상상－creative imagnation)을 내포하고 있다. 다시 풀어보면 이미지란 사물로 그린 언어의 회화이기 때문에 언어 이전의 사물로 그려지는 대상 사물이 있어야 한다. 이렇게 본다면, 이미지는 체험의 산물이며 체험을 성립시키는 대상 존재나 대상 사물에 의해 떠올리는 상상의 산물이라고 할 수 있다. 이미지는 대체로 직접 외계의 자극에 의하지 않고 기억과 연상에 의하여 마음속에 떠오르는 상(像)이다. 시는 언어에 의하여 마음을 거슬러 올라가서 구체적인 것이 아니면서도 직접적으로 상상된 어떤 형상을 비춰주기 때문이다.

지난달에는 사친(思親)에 대한 정감을 형상화하는 작품들이 많이 발표되었다. 주로 어머니와 아버지와의 과거 교감에서 재생된 체험의 일단이 시적으로 형상화하고 있는데 이러한 직접 체험은 누구에게나 회자(膾炙)하는 시적 발상이며 주제로 연결되는 경향을 많이 접할 수 있게 한다.

떨어진 단추 달고 / 아내가 내놓은 / 오래된 침선상자에서 꺼낸 / 반짇고리 만지작거리다가 / 눈길 머문 / 엄니 쓰신 골무 하나 / 때 묻어 / 되레 진해진 / 세월 삭힌 저 향기 / 그리움이 / 돋아나고 / 엄니 냄새가 묻어난다

— 손수여의 「골무」 전문

여기에서 읽을 수 있는 바와 같이 '골무'는 어머니들의 전유물이다. 손수여는 어느 날 '반짇고리'에서 '엄니 쓰신 골무 하나'를 발견하고 어머니에 대한 진한 '그리움'의 향기를 느낀다. 이러한 체험에는 '세월 삭힌 저 향기'를 느끼게 되고 거기에서 생성된 '엄니 냄새'를 만끽(滿喫)하게 되는데 우리 시인들이 자주 등장시키는 과거 체험에서 어머니는 그 이미지가 바로 생명성의 탄생에서부터 생존(또는 존재)에 까지 상관하게 된다.

오월이 내 어머님 곁으로 왔습니다 / 영산홍꽃이 하도 고와서 / '나 죽으면 영산홍 꽃이 될란다' 하시던 말씀 / 햇볕이 유난히도 곱던 그해 / 우리 집 화단에 / 영산홍 심어놓고 넘넘 좋아하시더니 / 올봄도 그리운 어머님 닮은 / 붉은 입술 자주 꽃잎 알록달록 피었습니다 / 꽃피는 시절이면 어머님 가슴 같은 / 봄은 세세(歲歲)연연(年年) 해마다 찾아오지만 / 한번 가신 어머님은 돌아올 줄 모르시니 / 살아생전 소원대로 우리 집 화단에 / 그리도 곱살하게 연산홍 꽃으로 오셨나요

— 이학주의 「영산홍」 전문

이학주는 '영산홍'과 '어머님'을 대칭적으로 상황을 설정하고 '살아생전 소원'을 적시하면서 사모곡(思母曲)을 부르고 있다. 그는 '나 죽으면 영산홍 꽃이 될란다'라고 하시던 '어머님'과

'햇볕이 유난히도 곱던 그해 / 우리 집 화단에' 심어둔 영산홍과의 추억은 그의 체험에서의 어머니와 실재(實在)의 영산홍의 상관성은 바로 그가 취택하는 시적 이미지의 투영이다. 이처럼 사친에 대한 모든 체험은 과거를 후회하거나 과거의 불효 등을 반성하면서 그리움에 젖는 이미지로 분화(分化)하는 양상인데 고차원의 시적으로 형상화하는데는 다양한 체험의 순화(純化)가 진실로 현현되어야 할 것이다.

이와 같은 사친의 적시는 정영숙의 「강」 전문에서도 잘 나타나고 있다. '강은 시냇물의 어머니 / 삶의 여정 / 가장 낮은 곳으로 흘러가고 / 물 같은 것이라고 / 침묵으로 말하는 / 어머니 우리 어머니 / 달을 해산하는 밤하늘 같은 / 별을 키워내는 / 넓디넓은 가슴을 가진 / 지상의 나뭇가지에 환생한 / 봄 노래에 / 바다가 열리는 / 소리치며 흘러가는 / 어머니의 환희 같은 퍼런 소리.' 이처럼 정영숙도 '어머니'에 대한 절실한 정감의 애환을 노래하고 있다. 우리 시인들은 이 '어머니'에 관한 작품을 창작해보지 않은 사람은 없다. 그처럼 '어머니'에 대한 이미지가 일생을 두고 잊지 못하는 하나의 인연의 끈이 지워지지 않기 때문이다.

아버지 산소에 갔다 / 월간지 국보문학 2015년 1월호 한 권과 / 악기를 들고 / 움막같은 아버지의 집을 찾아 갔다 / 244쪽 시 "풀꽃 향기"를 펴들자 / 아버지가 옛날처럼 / 피리보다 청아한 목소리로 / 내 시를 읽는다 / 소나무들이 귀를 기울이고 / 산새들이 춤을 추고 / 애기똥풀이 진자리 마른자리 가리지 않고 / 무더기로 꽃을 피운다 / 내가 하모니카를 연주하자 / 아버지가 허허 웃고 / 저 아래 옥동마을 어귀에 핀 매화가 / 붉그레 웃으며 / 아버지와 나를 바라보고 있다.

— 김정이의 「아버지」 전문

김정이는 '아버지'에 대한 연민이다. 아버지 사후에 일어나는 한 단면을 정감의 언어로 적시하고 있다. '아버지 산소에' 가서 "풀꽃 향기"라는 그의 시와 '소나무들'과 '산새들' 그리고 '애기똥풀'과 '옥동마을 어귀에 핀 매화가' 조화를 이루면서 사부곡(思父曲)에 젖어 있다. 그는 함께 발표한 작품 「그리움」에서도 '아버지'를 형상화하고 있는데 '아버지의 그 끼를 나도 받았는지 나는 예능면이 좋은 것이다 / 나는 책을 아버지 무덤 앞에 펼쳐보이며 사진을 찍었다'는 그리움의 정감을 적나라(赤裸裸)하게 적시하고 있다.

필자도 제10시집 『물의 언어학』에 수록한 작품 「물 詩·25－아버지의 물」에서 '일제시대 현해탄을 건넜던 육신은 / 히로시마 원폭 투하 직전에 / 할아버지의 물과 합류했다 / 만신창이(滿身瘡痍)를 휑구어 / 논펄에 버려진 역사를 / 떨리는 몸짓으로 바느질하면서 / 잘못 만난 시간을 둘러메고 / 속쓰림만 키웠던가 / 백약(百藥)이 효험(效驗)을 잃었을 즈음 / 그에게는 한 모금 물이 필요했다 / 경북 영천 어느 산골 유황천(硫黃泉) / 황수(黃水) 한 사발 마시고 / 할아버지 곁을 떠났다 / 애비보다 먼저 떠난 불효보다 / 남겨진 주름살 / 떠도는 한숨은 / 모두 어머니의 물이 되었다.'는 아버지에 대한 체험의 시학을 시도해본 일이 있다.

송형기도 작품 「내가 할 일」에서 '아버지를 감동시켜라 / 그러면 너는 하늘을 공감하는 것이다 // 어머니를 만족시켜라 / 그러면 너는 땅을 화합하는 것이다'라고 잠언처럼 전하는 메시지를 읽을 수 있게 한다.

일찍이 송강 정철이 읊은 대로 '아버님 날 낳으시고 어머님 날 기르시니 / 두 분 곳 아니시면 이 몸이 살았을까 / 하늘같은 가없는 은덕을 어디 대어 갚사오리'라거나 김수장도 '부혜(父兮) 날 낳으시니 은혜 밖의 은혜로다 / 모혜(母兮) 날 기르시니 덕

(德) 밖의 덕이로다/아마도 하늘 같은 은덕을 어디 대어 갚사올고'라는 시를 통해서 부모의 은덕을 칭송한 바가 있었다.

끝으로 부모에 대한 졸시 「물 詩·31－가족의 물」 한 편을 감상하면서 지난 2월호 『국보문학』의 작품을 다시 읽어본다.

> 어머니는 밤 늦도록/사립문을 닫지 않았다/이 세상 떠난 아버지가/영원히 돌아올 수 없다는 걸 알면서도/문을 열어두고 대청마루 끝에 앉아/밤하늘 별을 세고 있었다/나도 형도 잠이 들지 못했다/사랑방에서 멈춰버린/장죽 터는 소리/아, 어머니의 기다림은/사립문 밖에서 어른거리고/밤 이슥할수록/우리는 별빛만큼 초롱한 눈으로/핏줄의 아픔을 참고 있었다/서울의 밤에도 대문은 잠겨 있지 않았다/아직 귀가하지 않은 아들 딸/그 기다림은 어머니의 물로 흘러/홀연히 문 밖에서 서성이던/별빛의 행방을 걱정하고 있었다. ✷

(『국보문학』 2015. 3.)

삶의 궤적에서 투영된 '詩의 미학'

현대시의 발상이 살아온 체험에서 인식되거나 성찰된 삶의 궤적(軌跡)에서 취택한다는 것은 넓게 통용하는 시법(詩法)의 일부이다. 우리 시의 발상과 이미지의 추출은 대체로 삶의 과정에서 여과(濾過)한 진실의 탐색인데 우리 인간들이 소유한 오욕(五慾)칠정(七情)에서 다양하게 유로(流路)된 사유(思惟)의 지향에서 창출하는 예를 흔하게 접할 수 있게 된다. 이 살아온 체험의 일단이 어떤 외적(外的)인 사물이나 내적(內的)인 관념과 상충(相衝)하거나 대입(代入)할 때 발생하는 정서의 소용돌이가 바로 시적인 상황으로 도입되거나 상황전개로 발전해서 한 편의 시를 창작하는 이미지 혹은 주제의 형상화로 발현되는 것이다.

지난 호에서는 많은 발표 작품 중에서 이러한 삶에 관한 사유의 깊이나 이를 통한 시적 구성 그리고 주제의 창출을 시도하는 시법을 읽을 수가 있는데 이는 우리 시인들에게 내재된 정서의 정점(頂點)이 삶과 상관하는 정(情－七情)에서 취택한 진실의 한 모습이라고 할 수 있을 것이다. 또한 삶은 시간성과도 상호 연관을 갖게 되는데 과거, 현재, 미래라는 시간과 융합하거나 조화를 이루면서 생존에 관한 해법을 모색하고 이를 통한 시적인 접근으로 착목(着目)한 원점에서 선별해낸 이미지가 작품으로 승화하는 예를 많이 대하게 된다.

일찍이 톨스토인가 삶의 의문에 대한 탐구는 미치 깊은 숲속에서 길을 잃은 사람이 경험하는 것과 똑 같은 경험이다라는 말에서 공감할 수 있듯이 우리의 삶은 다변적인 요소를 지니고 있어서 한 시인이 체험한 인생의 행로는 다시 어떤 향방(向方)으로 살아가야 하는지를 탐구하는 시법을 요구하고 있다.

> 살아온 동안 / 발자국 걸어놓고 / 어떻게 살았느냐고 물어봅니다 / 바쁘게 살았다기보다 / 힘들게 살아왔다기보다 / 얼마나 보람 있게 살았는가를 / 누구를 위해 웃었고 / 누구를 위해 눈물 흘렸던가 / 바쁘게 힘들 때와 웃고 울 때 / 지워버려야 할 것과 / 그냥 두어도 될 만한 것들이 / 키 재기하는 삶의 발자국.

우선 전홍구의 「발자국」 전문에서 보는 바와 같이 '어떻게 살았느냐'와 '얼마나 보람 있게 살았는가를' 그는 '살아온 동안 / 발자국 걸어놓고' 정중하게 자문(自問)하고 있다. 이러한 그의 의문은 '바쁘게 살았다' 혹은 '힘들게 살아왔다'는 현실적인 삶에서 '…기보다는'이라는 비교적 품사를 달아서 그 보다는 우리 인간들의 희노애락(喜怒哀樂)이 여실하게 현현되고 있다. 이러한 시법은 보편적으로 발흥(發興)하는 정서의 일단이지만 자기 성찰이 가미된 인생문제에 관한 자문이라는 가치관을 다시 상기시키는 전홍구 시인의 '키 재기하는 삶의 발자국'이라고 할 수 있을 것이다.

짧은 단 하나의 진리다 / 명확한 사실에 대해서가 아니라 / 시인이 이상과 사상 마음의 표현이다 / 현실보다는 이상에 대한 / 마음의 방향에 따라 / 진리와 진실이 보다 고차원으로 / 현현된다는 자존의식에서 / 감수성이 빚어낸 글의 미학은 / 삶의 밭에서 씨앗을 고르고 골라서 / 아주 작은 미물, 영혼의 울림까지도 / 소통의 구사력을 나열하는 것이다.

여기 정희성의 「詩의 미학」 전문에서는 '삶의 밭에서 씨앗을 고르고' 있어서 그의 내면에 잠재한 삶과 시에 대한 불가분의 상관이 잘 현현되고 있다. 일찍이 영국의 비평가 I.A. 리처즈가 말했듯이 우리의 일상생활의 정서생활과 시의 소재 사이에는 차이가 없고 이러한 생활의 언어적 표현은 시의 기교를 사용하고 있을 뿐이라는 언지는 바로 그가 단정적으로 절규하는 '현실보다는 이상에 대한 / 마음의 방향에 따라 / 진리와 진실이 보다 고차원으로 / 현현된다는 자존의식에서 / 감수성이 빚어낸 글의 미학'임을 인식하고 있다. 이것이 정희성의 시미학이다. 어조(語調)가 자못 강연같은 흐름으로 우리를 공감으로 유로하고 있지만, 그의 단호한 언어로 '아주 작은 미물, 영혼의 울림까지도 / 소통의 구사력을 나열하는 것'이라는 그의 진실이 잘 현현되어 있다.

순간의 혜일로 / 눈부신 뜬소리 타고 / 바싹 말라진 숨소리 / 여울져 야무진 삶들이 / 올가 매어 놓은 기타줄 / 팽팽하게 파고들고 / 손끝을 울리던 가슴 / 운동화 끈 조여 맨 / 짧은 지혜로 헤쳐보지만 / 마디 굵은 손짓에 / 말 없는 노을이 저물고 있구나.

권희경의 「공(空)」 전문에서도 그가 인생관으로 심저(心底)에 간직했던 시적 진실을 엿보게 한다. 이러한 발상도 '여울져 야무진 삶들이' 적절한 시간성과 화해함으로써 획득한 소중한 체험의 소산이다. 여기에서 절실하게 다가오는 이미지는 '말 없는 노을이 저물고 있'는 형상에서 세월의 무상(無常)과 '공(空)'이라는 철학적인 개념의 인생론이 피력되고 있어서 삶과 무관하지 않은 시적인 화해를 감지할 수 있게 한다.

어느날 슈바이쳐도 '나의 삶에는 두 가지의 체험이 그늘을 드리고 있었다. 하나는 이 세상에 헤아릴 수 없는 신비와 고뇌가 넘쳐 흐르고 있다는 생각이며 다른 하나는 인류의 정신적 퇴폐기에 내가 살게 되었다는 사실'이라는 그의 사유를 유추해보면 신비와 고뇌는 결론적으로 우리 인간들이 공유(共有)한 정신적인 작용이라서 '공(空)'으로 지향하는 심리적이 변환(變換)이라고 할 수 있을 것이다.

> 라일락과 하얀 진달래 향기 / 이른 아침 가벼운 발걸음 / 짙은 꽃향기에 심심한 기쁨을 느낀다 / 바쁘게 살고 있는 우리네 삶 / 그 고독한 삶 속에서 다가오는 아늑한 그리움 / 바람에 흔들리듯 다가오는 / 아늑한 그림자의 향기 / 그 향기에 취해보는 하루 / 내 삶 속에 오늘이 있었기에 / 항상 즐거웠고 생동감이 있었다 / 꿈을 그리며 어디서 왔는지 / 아름다운 향기 나의 정신을 깨우고 / 고독하고 내 심오한 가슴 속에 / 항상 꽃피는 그리운 그대의 향기 / 그것은 보고픈 그리움의 향기였어.

한편 임방원의 「삶의 향기」 전문에서는 그가 '바쁘게 살고 있는 우리네 삶'에서도 '그 고독한 삶 속에서 다가오는 아늑한 그리움'이 있고 '아늑한 그림자의 향기 / 그 향기에 취해보는 하루'에서 그는 '항상 즐거웠고 생동감' 넘치는 삶의 향기를 맛보고 있다. 그는 '삶의 향기 = 그리움'이라는 등식을 성립시키면서 '고독하고 내 심오한 가슴 속에 / 항상 꽃피는 그리운 그대의 향기'이며 '보고픈 그리움의 향기'라는 어조로 삶에서 인식하는 존재감과 실재(實在)의 정감(情感)으로 순정적인 아름다움을 형상화하고 있다.

> 갈 나이에 넘어서까지 / 운명의 멍에를 질질 끌며 / 지루한 삶에 투정을 부린다 / 적적한 밤 / 외로움이 낭자한 어둠을 깔고 누워 / 달아나는 잠을 쫓다가 / 벌떡 일어나 / 머릿속에 걸어둔 가슴앓이 / 축축하게 젖어 있는 업보를 푼다 / 먼저 저승으로 이사한 인척들 / 뒤따라 거처를 옮긴 벗들에게 손 흔들어주고 / 질식할 것 같은 통한을 삼킨 뒤 / 상복 같은 세월을 억지로 뒤집어 쓴 / 나날의 싫증 틈에 자라는 환청 // 어서 오라는 / 소리, 소리.

이길옥의 「환청(幻聽)」 전문에서는 어쩐지 인생무상이라는 어눌(語訥)한 정감이 엄습하고 있다. 이것이 그에게서는 '환청'이지만 현실적인 삶의 현장에서 보면 우선작품의 도입부분에서 '갈 나이에 넘어서까지 / 운명의 멍에를 질질 끌며 / 지루한 삶에 투정을 부린다'는 어조가 심상찮음을 보여주고 있다. 일찍이 앙드레 지드는 '삶의 가장 짧은 순간이라 할지라도 죽음보다 강하며 죽음은 모든 것이 끊임없이 새로워지도록 하기 위하여 다른 삶을 허용하는 것에 불과하다'는 언지로 삶과 죽음에 대한 정의를 내린 바 있지만, 이길옥의 시적 결론은 '어서 오라는 / 소리, 소리.'라는 환청만 들리고 있다. 그는 다시 '먼저 저승으로 이사한 인척들 / 뒤따라 거처를 옮긴 벗들'에 대한 겸손한 예의를 통해서 들려주는 그의 진실은 바로 '나날의 싫증 틈에 자라는 환청'이라는 불면증에 가까운 삶의 현장이다.

이 밖에도 도지현의 「후조(候鳥)」 중에서 '푸른 눈동자 / 아스

라이 먼 하늘 보며 / 고독을 삼키고 / 그렇게 쓸쓸히 사위어 가겠지 // 마른 가슴은 / 엉켜 버린 실타래 같이 / 허무를 삼키며 / 그렇게 살아가겠지'라거나 작품 「못다 핀 꽃 한 송이 피우리라」 중에서 '피안의 세계로 가고 싶은 마음 / 싶은 마음일 뿐이지 / 갈 수 없는 현실 / 오욕덩어리인 세상 // 그러하더라도 / 아름답고 / 소담스런 꽃 한 송이 피우고 싶다 // 살아온 바탕 위에 / 피운 꽃 / 아직도 미완이기에 / 못다 핀 꽃 한 송이 피우고 싶다'는 삶의 여운을 진솔하게 현현하고 있다.

우리는 푸시킨의 '삶이 그대를 속일지라도 / 슬퍼하거나 노하지 말라 / 슬픔의 날을 참고 견디면 / 멀지 않아 기쁨의 날이 오리니 // 마음은 미래에 사는 것 / 현재는 언제나 슬픈 것 / 모든 것은 순간에 지나가 버리고 / 지나버린 것은 그리움이 되리니'라는 삶에 대한 교시적(敎示的)인 메시지를 상기하게 되는 것은 어쩐 일인가. ✷

(『국보문학』 2014. 11.)

가을 이미지들과 서정적 시편들

시월이다. 이제 완연한 가을로 접어들었다. 지금은 사비유(死比喩)에 해당하는 천고마비(天高馬肥)니 등화가친(燈火可親)이니 하는 종래의 가을 예찬은 그 의미가 퇴색해가는 현실의 삶이다. 그러나 우리 시인들은 온고이지신(溫故而知新)의 거룩한 정신세계를 살아가면서 가을의 이미지를 되새기거나 작품으로 형상화하는 경향은 지금도 유효하다. 대체로 가을에 대한 이미지는 두 가지로 살펴볼 수 있다. 첫째는 풍요로움이다. 결실한 오곡백과가 지천으로 무르익어 일용할 양식과 먹거리가 널려 있어서 풍족한 이미지가 창출된다. 두 번째는 이와 같은 추수(秋收)가 끝나고 낙엽이 흩날리는 가을의 이미지는 고독함이다.

이처럼 시인들은 가을의 풍요로움보다는 무엇인가 외롭고 그리운 이미지로 작품을 형상화는 시법을 많이 대할 수 있다. '이슬 치는 가을밤 홀로 거닐면/ 시름에 쌓이는 나그네의 마음/ 멀리 배에서는 등불이 새어 오고/ 초생달을 두들기는 다듬이 소리(露下天高秋氣淸 空山獨夜旅魂驚 疎燈自照孤帆宿 新月猶懸雙杵

鳴)'라고 두보(杜甫)는 시 「밤」에서 읊었다. 또한 월탄 박종화 선생도 어느 글에서 '가을 바람 소슬하여 낙엽 구르는 소리만이 들리는 밤, 기러기는 울부짖고 싸늘한 서릿발은 기왓장을 뚫어 차가운 기운이 살 속으로 스며들 때 이부자리는 차가왔고 베개는 외로웠다.'고 해서 어떤 아련한 그리움과 고독함을 사유(思惟)하고 있다.

지난 9월호에서는 이렇게 가을을 음미하면서 창출해낸 이미지들이 다양하게 현현되고 있어서 계절의 변화와 거기에 수반(隨伴)하는 시인들의 정감이 시흥(詩興)을 높이고 있어서 우리들을 공감으로 유로하고 있다.

> 그토록 화려했던 햇살 / 대지를 뜨겁게 달구더니 / 오는 계절에 비켜서고 / 더위에 지친 마음 / 선들바람에 날려보내고 / 말갛게 다가오는 / 가을의 향기 / 풀벌레 울음소리에 / 애달픈 향수 / 밀려오는 진한 그리움에 / 돌아서서 가던 길 멈추고 / 저미는 쪽빛 하늘 아래 서있는 / 코스모스 닮은 여린 미소 / 무성했던 들녘도 / 황금빛으로 / 풍성한 꿈으로 영그는 / 가을의 길목 / 뜨락에 나가 가슴 열어 / 구월이 오는 소리에 / 귀 기울여 본다. 그리움은 숲처럼 깊어라.
>
> — 조선윤의 「구월이 오는 소리」 전문

이 작품에서 읽을 수 있는 것은 먼저 '무성했던 들녘도 / 황금빛으로 / 풍성한 꿈으로 영그는 / 가을의 길목'에서 응시하는 풍요로움이었으나 '말갛게 다가오는 / 가을의 향기'가 바로 '풀벌레 울음소리에 / 애달픈 향수'이며 '밀려오는 진한 그리움'이다. 조선윤은 가을의 초입(初入-구월)에서부터 여름을 보내면서 시간성에서 감응(感應)하는 아쉬움과 함께 가을의 결실보다는 간절한 그리움에 젖어 있다.

빈곤이 채색되는 풍요로운 매일 / 깨끗한 바람따라 나서면 / 마주 보며 웃다가 / 붉은 탄성으로 / 빈 가슴 채워지고 / 기억그물에는 언제나 / 고운 국향의 연정 / 누구나 흡족한 계절.

– 조경화의 「가을은」 전문

조경화의 가을은 '빈곤이 채색되는 풍요로운 매일'이며 '누구나 흡족한 계절.'이다. 이는 표지화와 함께 게재된 작품으로서 시화(詩畵)용으로 창작된 것으로 이해된다. 그러나 그는 '빈 가슴 채워지고'라는 어조는 풍요의 이미지를 더욱 가시화(可視化)하고 있어서 가을의 음미(吟味)에 보편적인 감응으로 현현되고 있다.

가을이 오기 전에 / 얼룩진 무심한 거울을 / 말끔히 닦아 두어야 한다 / 언제 올지 모르는 / 계집애 찰진 냄새가 / 가녀린 꽃잎에 바닥을 꺼낼 수 없어 / 달빛을 안고 있다 / 가풀막 언덕길 / 어머니 상여를 빗방울에 묻고 / 동전 몇 잎 뒹굴다 소리 없이 / 국밥을 마시며 잠든 척, / 가혹한 형벌 돌아갈 고향이 없다 / 가슴에 파고드는 가시 / 아무도 묻지 않는 의미를 준비하고 / 너는 너대로, 나는 나대로 / 보이지 않는 열정의 자유 / 귀하게 들여다보는 그득한 하늘 / 길을 잃어도 좋다 / 시처럼 살다 너를 만날 수 있다면.

– 이동희의 「가을이 오면」 전문

이동희는 '지역문단순례 – 경북문협 편'에 게재하여 가을을 음미하고 있다. 그는 시적 상황도입에서 '가을이 오기 전에 / 얼룩진 무심한 거울을 / 말끔히 닦아 두어야 한다'는 상황을 설정하고 결론에서 이해할 수 있듯이 '길을 잃어도 좋다/시처럼 살다 너를 만날 수 있다면.'이라는 어조에서 '너'라는 화자를 그리워하는 안타까움이 발현하고 있다. 또한 그는 '가풀막 언덕길/어머니 상여를 빗방울에 묻'었다거나 '가혹한 형벌 돌아갈 고향이 없다'는 절망의 언어에서는 이 가을과 동시에 엄습(掩襲)하는 그리움의 이미지가 투영되고 있다.

> 내리쬐는 뙤약볕/빨갛게 익어가는 사과처럼/누렇게 살쪄가는 벼 이삭처럼/들판 모퉁이에 서 봅니다/암녹색 가을 하늘에/풍요와 행복이 가득/몸도 마음도 유토피아를 꿈꾸며/혼자 가만/예쁜 미소를 짓는다.
>
> —조복현의 「가을」 전문

조복현의 가을은 지금까지 보와 온 우수(憂愁)의 이미지와는 달리 '빨갛게 익어가는 사과'나 '누렇게 살쪄가는 벼 이삭'을 바라보는 형상에서 '풍요와 행복이 가득/몸도 마음도 유토피아를 꿈꾸'는 행복의 풍요를 음미하고 있다. 이렇게 가을을 소재로 한 작품들을 살펴보았지만, 이 가을에서 발상한 작품들도 다수 읽을 수 있었다. 조광식이 작품 「월성의 비밀」 중에서 '가을 햇살 왼쪽에는 비밀의 열쇠가 있습니다'라거나 '가을 창가에 앉아/어제도 오늘도 못잊을/천년 향기를 따라/춘몽(春夢)을 꾸며 하이얀 날개를 펼칩니다'는 가을은 이 가을과 접맥된 다른 정경이나 사물(혹은 시적 대상)에 대한 한 부분에서 작품으로 형상화하는 시법을 응용하고 있다.

김명석도 작품 「서럽도록 아름다운 땅에서」 중에서 '부서진 낙엽 밟고 은하수 끝에 박힌/별 하나를 뽑으려 길 아닌 길을 그대 가고 있는가' 또는 '갈잎 속에 이슬처럼 살아도 한 백 년인 걸' 그리고 '남겨질 흔적이나 가다듬으며/그렇게, 그렇게 살다가 나그네처럼 떠나는 거지/속박에서 벗어난 정토(淨土) 불보살의 뜻도 그러하였으리'라는 결론처럼 그가 구현하려는 '정토'에 관한 시상이 바로 가을 '부서진 낙엽'을 밟으면서 발현되었다는 점을 간과(看過)하지 못한다.

> 단풍 서리 곱게 내린 가을/표현 못한 언어들이 홀로 앓다가/흔적들이 모여 앉아/밤새워 쓴 편지/그대에게 부치지 못했습니다/수많은 사연/하얀 편지지에 가득 담아 놓았는데/책갈피에 넣어두고 몇 날 며칠/시간만 흘려 보냈습니다/따스한 봄날/고운 꽃잎 흩날리는 소리/메아리처럼 되돌아와/추억을 흔드는/꽃바람에 띄우겠습니다.
>
> ―정희정의 「편지」 전문

이 '편지'에서도 '그대'에게 부치지 못한 '밤새워 쓴 편지'를 '단풍 서리 곱게 내린 가을/표현 못한 언어들이 홀로 앓다가' 완성했으나 아직까지 부치지 못하고 '따스한 봄날/고운 꽃잎 흩날리는 소리' 들리는 날 '추억을 흔드는/꽃바람에 띄우겠습니다.'라는 여망으로 자신의 심중(心中)을 토로하고 있다. 이러한 가을의 이미지는 추풍낙엽(秋風落葉―가을 바람에 떨어지는 낙엽)이나 황국단풍(黃菊丹楓―가을을 상징하는 노란 국화와 붉은 단풍) 혹은 추성(秋聲―가을의 바람 소리)에서 이미지를 찾거나 발상하는 경향은 옛날 우리 선비들이 즐겨 취택(取擇)하는 가을의 시담(詩談)으로 전해지고 있다.

필자의 오랜된 작품 「가을길을 걸으며」 전문에서도 '멀리서 손짓하는 바람을 따라/텅빈 가을 길을 걸어간다/오래도록 삭지 못한/낡은 염원 하나씩은/코스모스 꽃잎 위에 던지면서/가을을 가고 있다/허허로운 발걸음/낙엽 바삭이는 소리에/아득히 지워지는 그리움/저문 계절에 서서 응어리 진 채/아픈 사랑으로/풀벌레는 잠들지 못하고/길섶에서 흔들리는 꽃대궁들은/들판의 그 넉넉함도/그 길에 붓그린 밀어도/누군가 잊어버린 노래여라/가을 길에 들리는 빗소리/오, 나의 사랑이여.'라는 어조로 그리움을 진지하게, 간절하게 노래하고 있다.

정비석 소설가도 그의 작품 「들국화」 중에서 '가을은 서글픈 계절이다. 시들어가는 풀밭에서 팔베개를 베고 누워서 유리알처럼 파랗게 갠 하늘을 고요히 우러러보고 있노라면 마음이 까닭없이 서글퍼지면서 눈시울에 눈물이 어리어지는 것은 가을에서만 느낄 수 있는 순수한 감정이다.'라는 어조에서 우리는 가을의 이미지를 순정적인 서정을 흡입시키는 매체가 되고 있음을 이해하게 된다. 이 가을은 풍요와 쓸쓸한 고독이 동반하는 계절이다. 겨울로 진입하는 길목에서 한 해의 생동감을 정리하는 결실이 우리 모두에게 도래(到來)하기를 기대한다. 등화가친-독서량도 증대시키면서 좋은 작품 한 편 창작하기를 기원한다. ✱

(『국보문학』 2014. 10.)

여름 시편들과 대자연의 향연

이젠 입추, 말복 지나고 처서까지 지나간 9월, 가을 절기이다. 지난 여름은 무척 더워서 열대야 등 여름 고통이 심했다. 이태백도 '백우선을 부치기도 귀찮다 / 숲속에 들어가 벌거숭이가 되자 / 건(巾)을 벗아 석벽에 걸고 / 머리에 솔바람이나 쇠자(懶搖白羽扇 裸體青林中 脫巾掛石壁 露頂灑松風)'고 했다. 그러나 소동파는 '사람들은 모두 더위에 괴로워하는데 / 나는 여름해가 긴 것을 좋아 하노라(人皆苦炎熱 我愛夏日長)'라고 해서 이태백과 소동파의 여름나기는 상반된 이미지를 갖고 있다.

일찍이 김남조 시인은 그의 글 「생명의 시원에서」 중에서 '마치도 여름은 모든 사람이 연사인양 떠드는 기분이고 가을은 남의 말을 들을 줄 아는 이들의 품격있는 방청석과 같다'고 했다. 이처럼 여름과 가을의 표정이나 의미는 서로 다른 양상으로 나타나고 있다. 옛말에 신량입교허 등화초가친(新凉入郊墟 燈火稍可親)이란 말이 있다. 이는 조용히 벌레 소리를 들어가며 독서삼매에 밤 깊은 줄을 잊어도 좋은 가을을 예찬한 말이다. 등화가친의 계절이 다가온 것이다. 이렇게 해서 독서의 법열을 아는 사람은 다행이겠으나 이 독서의 비애를 감지하지 못하는 사람도 이 좋은 계절을 그냥 보내기는 너무나 아깝다는 계절 9월에 누구나 시 한 편쯤은 음미하는 여유를 가져야 할 텐데 글쎄, 세상의 인정이 자꾸 위험해지려는 현실은 안타깝기만 할 뿐이다.

지난 8월호에서는 마지막 물러나는 여름의 아쉬움이 포괄된 작품들을 많이 대할 수 있어서 이 여름에 대한 이미지와 시적 전개를 살펴보기로 한다.

> 하늘 정갈한 날 / 간절히 소망하는 것을 향해 / 오르고 오르다 보면 / 맑고 오묘한 물소리를 듣는다 / 넉넉한 자리 비워놓고 / 그리움으로 기다리는 / 삶의 안식처 거기서 / 누구나 착한 신의 자식들로 / 가끔 생(生)의 진실을 만나기도 한다 / 진솔한 땀으로 버거운 삶을 비우는 / 여름 계곡은 / 아마도 도솔천을 닮았을 것이다.

먼저 칼라로 미술 작업실과 계곡의 그림 한 점 곁들인 작품이 눈에 들어온다. 조경화의 「여름계곡에서」 전문이다. 주제의 투영은 바로 '넉넉한 자리 비워놓고 / 그리움으로 기다리는 / 삶의 안식처'에서 해법을 찾아가는 삶의 지향점이다. 그리고 이 계곡에서는 '가끔 생(生)의 진실을 만나기도 한다' 그러나 그가 시적 진실로 천착하는 것은 마지막 결론으로 적시한 '진솔한 땀으로 버거운 삶을 비우는 / 여름 계곡은 / 아마도 도솔천을 닮았을 것이다.'라는 어조에서 확인할 수 있듯이 '삶을 비우는' 삶과의 대칭적인 이미지가 돋보인다.

이 비움의 미학은 우리 인간들이 내적으로 지향해야 할 형이상적인 정신세계의 정점이지만 종교적인 관점이거나 지성적인 개념에서도 신성한 가치관의 탐색으로써 우리들은 공(空)이나 허(虛)의 사유(思惟)를 시적으로 접근하는 예를 다양하게 대할 수가 있어서 시의 위의(威儀)를 더욱 높혀주는 역할을 하게 된다.

> 하늘 가린/잎 틈으로/별을 헤아리다가/이른 새벽/뿌옇게 안개로 치장하고/아침이면 부드러운 햇살로/포근히 몸을 감싼다/맑은 물 계곡에 담고/시원한 바람 불어/새들의 노래 소리와 함께/정령들이 노니는/숲속의 쉼터/지친 영혼에/푸른 피를 수혈하는/너그럽고 여유로운/여름 숲이고 싶다.

이 허태기의 「여름 숲」 전문은 어떠한가. 이 청정한 숲에서 그가 감응(感應)하는 시각적 이미지는 '잎 틈으로/별을 헤아리'는 일과 '아침이면 부드러운 햇살로/포근히 몸을 감'싸는 현상으로 현현되고 있다. 그러나 그는 이러한 잡다한 형상들이 결국은 '지친 영혼에/푸른 피를 수혈하는/너그럽고 여유로운/여름 숲이고 싶다.'는 '지친 영혼'과의 교감을 통해서 '너그럽고 여유로운' 정신적인 안온을 투영하는 주제를 살필 수 있게 한다. 이러한 시적 상황의 설정이나 전개는 우리 고유의 시적 원류에서 생성하는 서정성을 배제하지 못하고 진솔한 사유와 정서의 융합의 결정체가 된다는 시법을 이해할 수 있다.

> 대자연속 풀벌레 합창/매콤 알싸한 모깃불 향내/귀와 코를 간질인다/멍석 위에 둘러앉은 티 없는 이들/오고 가는 눈빛 선하고/주고받는 이야기 정으로 영근다/옥수수 단호박 모락모락 김 서리고/엄마의 줄부채질/온 가족이 시원하다/북두칠성 빛나는/화사한 달빛 아래/하하 호호 술래잡기 끝나도/이들이 사라질까/눈뜨기 두렵다.

이계순의 여름은 어떤 형상으로 나타나고 있는가. 작품 「그 여름밤에」 전문에서 보면 그의 상상력은 과거의 체험으로 거슬러가고 있다. 여름밤에 일어나는 한 가족의 단면이 시적 발상으로 설정하고 상황을 전개하고 있다. 그는 '멍석 위에 둘러앉은 티 없는 이들'이 펼치는 현장은 '주고받는 이야기 정으로 영'그는 정겨운 정황(situation)은 다시 '옥수수 단호박 모락모락 김서리고 / 엄마의 줄부채질 / 온 가족이 시원하다'는 어조에서 정감을 확인하게 된다. 그러나 이러한 동심이 여름 달빛 아래에서 '하하 호호 술래잡기 끝나도 / 이들이 사라질까 / 눈뜨기 두렵다.'는 결론으로 그의 시적 진실로 승화하는 것은 그 그리움이 매체(媒體)가 되어 지금 작품으로 현현하고 있는 것이다.

구름위에 뜬 호수 / 대지에 널브러진 쓰레기 / 다 쓸어갔으면 싶다 / 가면 쓴 초록 / 배 밖으로 튀어나온 간 / 가지 부러뜨려 놓고 / 뿌리채 뽑아 갔으면 싶다 / 짝짝 훑은 터전 / 총총 철죽 깊게 심어 / 붉게 타는 봄동산 / 배턴 넘겨주고 싶다 / 동산 꽃필 수 있다면 / 폭우는 대 비 / 오물을 다 쓸어 담아 / 소각장으로 보냈으면 싶다.

조환국의 「폭우는 빗자루」 전문에서는 여름 이미지 특히 폭우에 대한 보편적인 개념에서 추출한 이미지가 특이하다. '폭우=빗자루'라는 은유적 처리는 약간 생소한 감이 있지만, 이는 '대지에 널브러진 쓰레기 / 다 쓸어갔으면 싶다'는 어조에서 이해할 수 있듯이 그가 염원하는 것은 그 폭우의 빗물이 대지를 청소해주는 역할의 기대가 넘치고 있다. 그는 이러한 시법으로 '오물을 다 쓸어 담아 / 소각장으로 보냈으면 싶다.'는 결론과 같이 그 '빗자루'의 역할은 우리들의 상상력을 광범위하게 확대시키고 있으며 그는 매 연마다 '싶다'는 어미(語尾)를 장식해서 그의 소망이나 갈구(渴求)의 성취를 암시하고 있다.

> 나날이 열기가 더해지는 날이지만/칠월의 언덕은/그 푸름이 짙어져/희망으로 물들어가니 좋습니다/장마 끝에 찾아온 작열하는 태양/그 뜨거움만큼/용솟음치는 정열이 있고/살아 있다는 것을 일깨워 줍니다/비가 오시는 날이면 그리움에 젖고/은은한 향기가/코끝을 스치면 기다려지는 당신입니다.

도지현의 「칠월에 보내는 편지」 중에서는 시간성에서 반추(反芻)하는 그리움과 기다림의 진솔한 정념(情念)이 형상화하고 있다. 그는 칠월의 열기와 작열하는 태양이 지금 '용솟음치는 정열이 있고/살아 있다는 것을 일깨워' 주는 소중한 각성(覺醒)을 갖게 된다. 이러한 정감들이 '비가 오시는 날이면 그리움에 젖고/은은한 향기가/코끝을 스치면 기다려지는 당신'이라는 '편지'의 간절한 소회(所懷)를 이해하게 된다. 이렇게 단순한 심정의 발현이지만, 이 여름에 띄우는 그리움의 언어는 상당한 설득력을 내포하고 있어서 그의 칠월은 아마도 불망(不忘)의 계절인가 보다.

> 둥치 안으로 삭힌 언어에서/삐죽삐죽 가시가 돋아/옹이가 된 바람의 불립문자들/속 깊이 메아리치다/껍질을 뚫고 나와 허공을 찌른다/녹음을 입은 느티나무 가지에/산들바람 불어오면 매미 한 마리 날아 든다

정희정의 「초여름」 중에서는 기승전결 구도를 응용한 시법에서 상당한 시적 경력이 축적된 언어의 구사를 엿볼 수 있다. 이

는 그가 '둥치 안으로 삭힌 언어'나 '옹이가 된 바람의 불립문자들'이라는 어조의 다양성에서 감지할 수 있듯이 그가 시적 언어의 조탁(彫琢)에 많은 노력을 기울인다는 점을 간과(看過)할 수 없을 것이다. 또한 그는 이러한 언어들이 '속 깊이 메아리치다 / 껍질을 뚫고 나와 허공을 찌른다'는 주지적(主知的)인 결론의 주제는 시적 의미성과 그의 지향점인 인생관까지도 유추할 수 있는 탁월한 시법을 이해할 수 있게 한다. ✷

(『국보문학』 2014. 9.)

염천(炎天)에서 꽃 피운 자연 서정시편

박두진 시인은 그의 작품 「8월의 강」에서 '팔월의 강이 손뼉 친다 / 팔월의 강이 몸부림 친다 / 팔월의 강이 번민한다 / 팔월의 강이 침체한다 / 강은 어제의 한숨을, 눈물을, 피 흘림을, 죽음들을 기억한다 / 어제의 분노와, 비원과, 배반을 가슴 지닌 / ...., 강은 팔월의 강은 유유하고 왕성하다 / 늠름하게 의지한다 / 손뼉을 치며 깃발을 날리며, 오직 / 망망한 바다를 향해 전진한다'라고 읊었다. 이렇게 8월의 번민과 한숨은 오로지 '망망한 바다를 향해 전진'하는 어조는 염천에서 새로운 향기의 메아리를 창출하는 '팔월의 강'으로 흐르고 있다. 이러한 시적 모티프나 흐름은 어떤 형이상적인 인식의 전개가 한 편의 작품으로 창작되는 결과물로 보아진다.

8월 염천에서는 휴가다, 피서다, 해외여행이다, 나름대로의 혹서(酷暑)를 이기는 방법들이 있겠으나 우리는 오직 한 편의 시를 위해서 땀을 흘리는 열정이 다가올 추수의 수확을 기다리는 심정으로 매진하고 있다.

> 휘돌아온 바람으로 네 / 비로소 자리하여 / 하늘 가장 가차이 / 춤을 추는 몸짓으로 / 너는 꽃으로 피고 / 나는 별밭으로 남아 / 네 향기 속에 / 내 이름 사르련다 / 우리 땅 한가운데 너

지난 7월에 '특별초대시'로 게재한 최은하 시인의 「꽃밭에서」 전문이다. 그는 '꽃밭'과 '별밭'을 대칭적으로 교차하면서 이미지를 적출(摘出)하고 있다. 그의 아호가 '별밭'임을 상기하면 작품의 상황이나 그 전개가 쉽게 이해될 수 있을 것이다. 최은하 시인은 1938년 나주에서 출생하여 경희대 국문학과와 동대학원을 졸업하였고 1959년에 김광섭 선생의 추천으로 『자유문학』으로 등단하였다. 별밭 최은하 원로시인은 『왕십리 안개』 『바람의 초상』 『최은하 시선집』 등 18권의 시집과 『그래도 마저 못한 말 한 마디』 외 1권의 수필집을 상재하였다.

> 메마른 땅 / 뿌리는 보슬비 / 하늘 찌르듯 삼라만상 / 생존의 단비가 휘날린다 / -중략- / 보슬비 내리면 / 걷고 싶은 연인의 마음 / 살금살금 발걸음 놓는다 / 풀잎 맺힌 이슬방울 / 생기 솟아 물방울 되어 / 사랑수로 마시는 보슬비.
>
> — 서병진의 「보슬비」 중에서

우선 서병진은 8월의 가뭄이나 장마로 인한 어려움에서 안온과 생기를 염원하는 '보슬비'가 '촉촉이 적셔주는 사랑비'로 전환하는 이미지의 변신을 탐색하고 있다. 그는 이 '생존의 단비'에서 염천의 황량한 심저(心底)들을 정화하는 기능의 시법으로 '연인'과의 흠모(欽慕)를 형상화하고 있다. 8월 장맛비와는 대조적인 '보슬비'에서 '메마른 땅'과 '사랑수로 마시는 보슬비'와의 비교는 상당한 상상력으로 유추하는 시법으로써 고갈과 생기의

대지를 연상케 하는 시적 진실을 이해하게 한다.

그대여! / 초록 장미 피는 그 길로 / 그리 가시면 주신다던 '행복' 뉘에게서 받나요 / 그리 돌아 보며보며 / 멈칫멈칫 떨어지지 않는 발길 / 의구심 가득한 눈동자로 가셔야만 하나요 / 자유롭고 아름다운 갈망 / 지평 끝 초롱불 따라 어디까지 가시나요 / 저는 청정하게 그대 오시기 기다리고 있겠어요.

– 정진수의 「바람에게 쓰는 편지」 전문

정진수는 바람이라는 자연물에게 편지를 쓰고 있다. 그는 어조에서 '뉘에게서 받나요'나 '가셔야만 하나요' 그리고 '어디까지 가시나요' 등의 의문형 어법으로 문장을 이어가는 특징이 있다. 그리고 그는 결론으로 '저는 청정하게 그대 오시기 기다리고 있겠어요.'라는 해법을 적시하여 바람과의 교감을 조화롭게 마무리하고 있어서 그가 간직한 내면의 정서가 '행복'과 '자유롭고 아름다운 갈망'을 염원하는 이미지가 공감을 유로하고 있음을 이해하게 한다.

물빛 고요히 / 은빛 찬란하게 흐르고 / 허공의 여백 가득 채운 연분홍 고운 꽃잎 / 미풍에 눈꽃 흩날리는 / 나뭇가지 사이로 / 하늘이 언뜻언뜻 보이는 숲길 / 뭉게구름이 피었다가 사라지고 / 뻐꾸기 울음소리 처연하게 스미는 봄날 / 나뭇잎 그림자 배웅하는 오솔길 / 뒷동산을 하얗게 물들인 아카시아꽃 / 허공에 주저리주저리 내려뜨리면 / 벌, 나비의 사랑 누리가 달아오르고 / 엉겨 붙고 젖어 흐르면 / 붓을 들고 / 수줍은 손짓으로 / 봄의 화폭에 고운 수를 놓는.

– 정희정의 「봄의 풍경화」 전문

정희정도 자연 서정에 시각을 고정시키고 있다. '봄의 풍경화'를 그리면서 전개하는 서정성의 진수(眞髓)는 아무래도 주변 정경(情景)의 봄 이미지의 아름다움이다. 그는 이러한 계절적인 변화에 민감하게 반응하면서 '붓을 들고/수줍은 손짓으로/봄의 화폭에 고운 수를 놓'는 다감한 시법을 적용하고 있다. 그에게서는 '허공의 여백', '연분홍 꽃잎', '미풍', '뭉게구름', '뻐꾸기 울음', '오솔기', 그리고 '아카시아꽃'과 '벌, 나비' 등등의 이미지가 복합적으로 현현됨으로써 시적 전개의 효율성을 상승시키고 있다.

아무도 불러주지 않는/이름 없는 야생화/목젖 보이도록 웃고 있다/뉘도 눈총주지 않는 야생화/초록색 물감 치마 두르고/가슴 열어 사랑편지 쓴다/ -중략- /돌 틈에 핀 야생화/분장 미소 초롱초롱/내게도 순정은 있다고/행복의 꿈 편지 띄운다.

— 조환국의 「야생화 편지」 중에서

조환국의 서정성은 어떠한가. '야생화'라는 사물이 우리들에게 띄우는 편지인지, 객관적 사물로서의 인간이 관망하거나 감응(感應)하는 시적 대상물인지는 차근차근 살펴보면 이해가 되는 작품이다. 그는 '초록색 물감 치마 두르고/가슴 열어 사랑편지 쓴다'거나 '선한 눈망울 이리저리/찾는 님 지금쯤 가슴 조인다' 그리고 결론적으로 '내게도 순정은 있다고/행복의 꿈 편지 띄운다.'는 어조에서 명징(明澄)하게 현현되듯이 '야생화'의 순정적 이미지가 아름답게 형상화하고 있다.

하얀 꿈 서려 있는/그 섬에 가고 싶다/환하게 열어주는 푸른 물결 위/힘차게 날갯짓하는 너를 보고 싶다/담백한 마음/묵묵히 살아가는 모습 / 가만 미소 지으며 바라보고만 싶다 / – 중략 – / 무심히 흘러가는 구름도 / 한없이 넉넉히 감싸는 수평선도 / 속울음 우는 너의 마음 알 이 없지만 / 먼 하늘가에서 사랑담아 그 마음 헤아려보며 / 물에 비친 얼굴 위로 애꿎게 수제비만 동동 띄운다

– 채 린의 「하얀 새가 앉아 있는 섬」 중에서

채 린 역시 '하얀 새'와 '섬'이 조화를 이루어 '힘차게 날갯짓하는 너를 보고 싶다'거나 '가만 미소 지으며 바라보고만 싶다'는 기원 의식이 부드럽게 분사하고 있는데 이는 그가 '....싶다'라는 어휘로 그의 여망이나 갈구(渴求)하는 심적인 내면이 적나라(赤裸裸)하게 표현되고 있다. 그는 다시 '하얀 꿈'과 '푸른 물결', '담백한 마음', '사랑', '무심히 흘러가는 구름', '넉넉히 감싸는 수평선' 등이 하나의 공동체를 형성하면서 '속울음 우는 너의 마음 알 이 없지만 / 먼 하늘가에서 사랑담아 그 마음 헤아려보며 / 물에 비친 얼굴 위로 애꿎게 수제비만 동동 띄운다'는 결론에서 그리움의 이미지가 형상화하고 있다.

한 줄 한 줄 읽지 않아도 문장이 되는 / 띄엄띄엄 읽어도 푸르고 푸른 / 한 장 한 장 넘기지 않아도 책이 되는 / 보이는 것마다 글이 되는 / 하늘도 / 바람도 / 꽃도 / 강물도 / 모두 스승이다 / 우리 함께 읽으면 행복을 주는 / 자연은 / 살아있는 살아가야 할 길을 열어주는 / 위대한 가르침이다 / 자연은 스승.

– 이소영의 「자연은 스승」 전문

이소영은 '자연은 스승'이라는 결론을 부각함으로써 그가 만유(萬有)의 대자연에 대한 경외(敬畏)와 '위대한 가르침'을 간과

(看過)하지 않는 사물 응시(凝視)의 집념을 보여주고 있다. 그는 '읽지 않아도 문장이 되'고 '넘기지 않아도 책이 되'고 또 '보이는 것마다 글이 되는' 것이 하늘이며 바람이며 꽃이며 강물이다. 그는 자연과 더불어 초연(超然)하는 경지를 내밀하게 절규하고 있다. 이것이 자연 서정의 본령이며 시의 위의(威儀)라고 할 수 있을 것이다.

이 밖에도 조환국의 「생명의 소리」 홍대식의 「경춘선」 김해리의 「벌이 웃는다」 김민희의 「꽃과 나비」 배미영의 「은비」 송태환의 「파도」가 자연 서정을 물씬 젖게하는 작품들이다. ✷

(『국보문학』 2014. 8.)

'세월호' 참사와 분노의 시적 형상화

벌써 7월이다. 장마철이 시작되려나 보다. 신록이 우거져 만물을 생동감 넘치게 하는 청순의 계절이다. 7월이 되면 '내 고장 칠월은/청포도가 익어가는 시절'이라는 이육사의 작품 「청포도」가 떠오른다. 박두진 시인도 「칠월의 편지」에서 '칠월의 태양에서 사자 새끼 냄새가 난다/칠월의 태양에서는 장미꽃 수술 냄새가 난다'라고 노래했다. 지난 5월과 6월은 사랑의 계절이었다. 많은 시인들이 사랑을 노래했다. 어린이날, 어버이날, 스승의 날 등등 사랑이 넘치는 5월과 현충일과 6.25 사변일 등 우리의 가슴에 한으로 깊이 남아있는 아픔을 화해하는 사랑의 원류가 흐르고 있었다.

이러한 사랑의 이미지는 '바보처럼이나 사랑하고 싶네/그렇다/오월의 밤은/뜨겁고 차디차다는 것을/이제야 알 것도/같지만....(홍중기의 「고통의 계절」 중에서)'이라거나 '사랑은 사랑을 하고/그 사랑은 또 그 사랑을 가슴에 묻는다/초록이 초록이기를 바라면서/그 사랑 향기에 취하나 보다(이철호의 「5월의 사랑」 중에서)' 그리고 '6월만 되면 홋날 후세 / 날아다니는 숨바꼭질하는 문자 / 감꽃 피는 잎 모양을 보면 / 붙어있는 파릇한 이파리가 떨어지기 전에 / 떨림의 숨은 소리는 온다간다 말도 없는 / 너였다(황주철의 「6월이면」 중에서)'는 어조와 같이 사랑과 '떨림의 숨은 소리'와 같은 간절한 사랑의 노래로 남아 있다.

그러나 아직도 못다푼 비극의 현실이 우리들의 가슴을 아프게 하고 있다. 세상을 놀라게 하고 있는 세월호 침몰사건은 온 국민의 분노와 슬픔을 절규하고 있지만 지금도 12명의 실종자를 찾지 못하는 안타까움이 있다. 또한 이 배의 주인인 유모씨도 잡히지가 않아서 분노는 더욱 절정에 달하고 있다. 이러한 국민적인 비극을 절감한 시인들이 이를 작품으로 형상화하는 노력을 지난달 『국보문학』에서도 많이 읽을 수 있었다. 전남 진도 팽목항에는 마지막 실종자를 찾기 위한 작업이 계속되고 있으나 정조(停潮) 등의 해류의 움직임에 따라서 잠수사들이 물속에 잠긴 선박을 탐색해야 하는 어려움이 있다고 한다.

> 뜨거운 목숨의 줄 끊지 말어라 / 고통과 분노를 씹어 삼켜라 / 이미 죄다 찢어진 혈육의 가슴 / 피륙을 벗기는 통증을 / 그 누군들 대신할까 / 이제 막 영글려던 꽃봉우리 / 처절하게 꺾이는 순간의 도피 / 비겁자의 대피소는 바다처럼 넓지 않다 / 누가 이들의 아우성을 / 누가 이들의 통한을 안단 말인가
>
> — 이성미의 「세월호」 중에서

이성미는 승객을 대피방송도 없이 그냥 탈출하여 자기 목숨만을 구한 선장과 선원 일당에 대한 분노의 폭발이다. '비겁자의 대피소는 바다처럼 넓지 않다'는 통한의 분노가 처절하게 생을 마감한 뭇 생명들을 위로하고 있다.

엉터리 같은 사고가/대형 참사로 변했구나/눈물만 하염없이 흐를 뿐/어이없어 분노할 수도 없구나/나는 믿기지 않도다/놀라니 자율신경이 헝클어지고/미친 웃음이 저절로 나오는구나

– 김낙형의 「끊어진 카톡」 중에서

김낙형도 그 당시 선내에서 벌어진 상황을 인지하고 분노를 금하지 못하고 있다. 이 엄청난 대형 참사가 인명을 앗아간 믿을 수 없는 상황을 적나라하게 형상화하고 있어서 처참한 현장의 이미지가 생생하게 적시되고 있다.

얼마를 더 가져야 만족할 수 있어서/생명을 담보로 헛된 짓을 했느냐/이 버러지 같은 굴통이들/다 낡은 배를 사고 그것도 모자라/까대기를 만들어서 욕심을 채웠더냐/천벌을 받아도 모자랄 뇌 없는 인간들아/너희 무거운 죄는 자자손손/피맺힌 원한으로 남아 우세를 당할 것이다/눈을 감아도 눈을 떠도 날마다/너희가 한 어처구니 없는 행동이/생각할수록 소름이 돋는다.

– 권영미의 「품행도 덕성도 잊은 인간들」 중에서

권영미는 우리의 인성에서 가장 중요한 품행과 덕성을 망각한 인간들을 강하게 질타하고 있다. '생명을 담보로 헛된 짓'을 적시하면서 '천벌을 받아도 모자랄 뇌 없는 인간'에게 경고하고 있다. 그리고 '너희 무거운 죄는 자자손손/피맺힌 원한으로 남아'있을 저주의 어조로 분노하고 있다.

너를 위해 나를 위해/희생한 누구를 위해/우리는 언젠가는 촛불이 되자/서로를 아끼는 불을 켜자/촛불이 되자/안전은 대통

령과 정부가 해나가야 할 국민의 대명사다.

— 박윤주의 「촛불」 전문

박윤주도 세월호 참사 희생자들을 위한 '촛불'을 밝혀 들고 그들을 애도하자는 호소력을 형상화하는 절규이다. 안전 불감증에 대한 경고의 메시지도 함께 전하고 있어서 '서로를 아끼는 불'이 필요한 현실의 시대적 아픔도 현현되고 있다.

한탄스런 어른들의 잘못된 행동은 / 이제 어떻게 자식들의 울분에 / 고개 들고 부모라 말할 수 있을런지 / 시간은 무심히 흐르고 있지만 / 아픈 상처 분노로 잊혀지지 않을 터 / 그 어디서 예쁜 꽃들이 다시 피어날까 / 간성으로 이 나라를 짊어지고 나갈 / 우리 아이들 영전에 / 노란 리본 하나 달아두고 속죄의 눈물만 흘리고 만다.

— 홍대식의 「먹먹한 시간」 중에서

홍대식의 '먹먹한 시간'은 바로 '시간은 무심히 흐르고 있지만 / 아픈 상처 분노로 잊혀지지 않을 터 / 그 어디서 예쁜 꽃들이 다시 피어날까'라는 의문형 수사법으로 당시 참사의 현장에서 탈출한 선원들을 분노하면서 그들 영전에 '노란 리본 하나 달아두고 속죄의 눈물만 흘리고' 있다. 그는 '한탄스런 어른들'과 '아이들' 그리고 '자식'과 '부모'가 대칭을 이루면서 '다시 피어'나지 못할 '예쁜꽃들'의 상처가 영원히 잊혀지지 않을 분노로 현현되고 있어서 공감을 유로하고 있다.

하늘땅도 바다도 울고 / 산천초목도 고개를 떨궜다 / 사욕의 우매한 자여 / 창파에 널브러진 국화꽃을 보라 / 물꽃 튀는 비명소리

귀 찢는다 / 피지 못한 봉오리들 / 살려서 품으로 돌려주오 / 억장 무너지는 절규의 선지피 / 온누리 붉게 물들인다 / 방글방글 날뛰며 / 평생 추억 쌓는 수학여행길 / 피눈물 피바다가 왼 말이냐 / 네 초인종 소리 온통 곡두뿐이다.

– 조환국의 「천지도 울고」 전문

조환국 역시 '하늘땅도 바다도 울고 / 산천초목도 고개를 떨궜다'는 상황에서 읽을 수 있듯이 세월호 참사에 대한 그의 진솔한 내면의 정서는 엄숙하면서도 '사욕의 우매한 자여 / 창파에 널브러진 국화꽃을 보라'라는 경고의 메시지까지 동행하고 있다. 그는 다시 '물꽃 튀는 비명소리'와 '억장 무너지는 절규의 선지피'라는 극단적인 언어의 활용으로 시의 위의(威儀)를 더욱 승화하는 시적 전개를 통해서 우리 인간의 진실과 정감을 유로해서 '평생 추억 쌓는 수학여행길 / 피눈물 피바다가 왼 말이냐' 라는 감동의 어조로 작품의 주제로 형상화하고 있다.

지난 호에는 '국보문예창작대학원' 수강생들의 작품이 특집으로 게재되었는데 여기에서도 '세월호'의 상황과 이미지의 투영이 두드러지게 현현되고 있다. '진도앞 바다 참사 희생자 유가족들 / 고통을 함께하고 눈물을 닦아주며 / 침몰된 세월 뒤로 하고 십자가로 일어난다.(이재호의 「세월호」 중에서)'거나 '삼백여 희생자의 유가족 애절 통곡 / 온나라 울리더니 대통령도 울렸다 / 이 나라 어찌하다가 이 지경이 되었나(정태은의 「세월호 사고」 중에서)라는 작품이 눈에 뜨인다. 이는 시조라는 정형적 운율을 중시하는 특징이 현대시와는 별개의 양상으로 현시되지만 '희생자 유족'들의 고통을 위로하고 온국민의 분노를 화해로 흡인하는 시법은 우리들을 공감으로 형성하는 시적 진실을 이해할 수 있다.

모두가 떠나버린 빈집 / 삶의 발자국은 사라지고 / 빈 그림자만 벽에 다닥다닥 붙어 있다 / 두 번째 인생은 없다 / 비비고 견주며 사는 삶의 종착역 / 사는 일이 벅차다고 / 주어진 운명의 시간 헛되지 않게 / 절제하고 버리며 / 바람처럼 살다가는 인생의 주인공 / 매 순간순간 / 불타는 열정으로 그려가야 할 나이테.

– 조진현의 「빈집」 중에서

여기 조진현은 지금까지 살펴본 세월호 사건과는 별개의 이미지로 그의 심저(心底)에서 숙성된 시적 위의와 본령을 탐색하는 정수(精髓)를 읽을 수 있다. 그는 '빈집'이라는 이미지에서 공허(空虛)에서 창출하는 주제가 삶과 인생이 복합적으로 상관성을 적시함으로써 '주어진 운명'과 '바람처럼 살다가는 / 인생'에 대한 깊은 성찰을 진실로 발현하고 있다. 시는 현실적인 사건이나 외적(外的)인 사물에서 이미지나 주제를 창조하는 것도 중요하지만 그 사물에서 재생되는 체험이 어느 부분과 상관물로 현현되느냐 하는 문제도 결국 우리 인생관의 재창조를 모색하는 작업이 곧 시법으로 형상화하기 때문일 것이다. ✷

(『국보문학』 2014. 7.)

Persona의 수사적 목적과 진실

지난 4월은 잔인했다. 엘리엇의 작품 「황무지」 첫 행에서 '4월은 가장 잔인한 달 / 죽은 땅에서 라일락을 키워내고'라는 구절에서 인용한 것이지만 우리들의 4월은 어린 생명들이 한꺼번에 사라져간 비극의 잔인한 4월이었다. 온 국민들이 슬픔에 잠긴 채 아직도 못다푼 원혼들이 저 남쪽 진도 앞바다 팽목항에서 한으로 울부짖고 있다. 그것도 인재(人災)라는 후진국의 비극이 인간의 조그마한 부주의와 부실로 엄청난 슬픔을 남기고 말았다. 지금도 그 비극의 현장에는 국민들의 관심과 성원으로 추모의 물결이 넘실대고 있다.

이제 유월이다. 유월은 우리의 고전 「농가월령가」에서 '농부야 근심마라 수고하는 값이 있네 / 오조 이삭 청태공이 어느 사이 익었구나 / 일로 보아 짐작하면 양식 걱정 오랠소냐 / 해진 후 돌아올제 노래 끝에 웃음이라 / 애애한 저녁 내는 산촌에 잠겨 있고 / 월색은 몽롱하여 발길에 비칠거다'라고 해서 한 해의 농사가 시작되는 계절의 의미가 풍기는 성하(盛夏)로 접어든다. 지난 호의 작품들에서 우리 시의 형태를 살펴보면 수사적으로 퍼소나를 통한 소통이나 주제의 창출을 모색하는 경향을 많이 접할 수 있다. 이 퍼소나는 시 작품에서 말하는 사람 또는 화자(話者)를 일컫는다. 이것은 대체로 많은 시인들이 응용하는 구성요소의 하나라고 할 수 있다.

이 퍼소나는 『시학사전』(이정일 편저)에서 보면 배우의 가면을 의미하는 라틴어 퍼소난도(personando)에 유래된 용어로서 가면을 쓴 인물이 퍼소나는 물론 시인 자신이 아니기 때문에 무수한 얼굴과 개성을 가질 수 있다. 시인은 퍼소나를 통해서 수많은 인생과 세계를 폭넓게 조명할 수 있다. 그래서 우리는 일반적으로 시적 화자라고 불리는 퍼소나가 작품 속에서 어떤 형태로 나타나고 어떤 역할을 하는가를 주의 깊게 살펴보아야 한다. 시에서 화자는 춘향이나 님과 같은 사람이 되지만 때로는 관념이나 사물이 될 수도 있다. 대체로 작품 속에 나타나는 시적 화자는 '나''너' 또는 '그' 등의 인칭대명사로 나타나는 예를 많이 접하게 되는데 1인칭인 '나(혹은 우리)'와 2인칭인 '너(혹은 당신, 그대)' 그리고 3인칭인 '그'가 있는가 하면 부정칭인 '아무개'도 작품에서 활용되고 있다. 이를 다시 정리해보면 다음과 같이 쓰인다.

- 제1인칭 : 나, 내, 저희, 본관, 본인, 소인, 소생, 소직, 소신, 오인(吾人) 등
- 제2인칭 : 너, 그대, 당신, 댁, 인형, 귀형, 귀관, 공(公), 나으리, 경(卿) 등
- 제3인칭 : 이사람, 그자, 저놈, 저 자식, 등
- 부정칭 : 누구, 아무개, 실명, 등

그렇다면 제1인칭 대명사가 작품에서 어떻게 나타나고 있는가를 살펴보기로 한다.

> 바람에 휘날리며 / 흔들거리는 코스모스를 바라보며 / 무심결에 하늘을 바라본다 / 어느덧 나는 / 세월의 무상함을 느낀 / 나 자신을 바라본다.
>
> — 김민희의 「코스모스」 중에서

> 허공에 엎드린 거미야 / 은빛 외줄에 몸을 달고 / 밤손님으로 내릴거니 / 별꽃으로 오를거니 / 조막 가슴 그늘로 내려 / 묵음에 들고 / 내 마음은 사다리 타는구나
>
> — 김해리의 「생명의 끈」 중에서

위의 두 작품에서는 '나 자신을 바라본다.'거나 '내 마음은 사다리 타는구나'라는 어조로 '나'를 화자로 내세우고 있다. 여기에서 간과(看過)할 수없는 부분이 김민희는 '코스모스'라는 사물을 제목으로 했으나 김해리는 '생명의 끈'이라는 관념이미지로 제목을 했다. 이러한 경우, '코스모스'가 의인화하여 '나'가 되는 방식으로 결국 '코스모스=나'라는 등식이 성립되어 김민희는 자신이 노래(또는 절규)하는 음조(音調)가 코스모스를 대행시키는 형식이어서 이러한 시법을 많이 사용하는 것이 요즘의 화자라고 할 수 이다. 이와 반대로 관념 이미지에서 '나'는 실제로 김해리의 목소리이거나 그의 진실이 노골적으로 반영되는 자신과 일치하는 화자가 되어 김해리의 내면을 노출하는 경향의 시법으로 변해서 자칫하면 독백으로 흐를 염려가 있다는 점을 명심해야 한다.

이영순도 작품 「사는 게 우습다」 중에서 '은은한 음악이 좋다

가도/나도 모르게 경쾌한 음악이 좋고'라거나 또는 '잘 팔리지 않는 글을 쓰는/내 모습도 오늘따라 어쩐지 우습다' 그리고 작품 「매화꽃을 보며」 중에서도 '내 발이 풍금을 치며/가람 같은 마음으로/따라 부르며 흐놀다 보니//나는 어디 가고 매화만 있구나'라는 어조로 '나(혹은 내)'에 대한 실재(實在)의 언술로 현현되는 것은 역시 독백이나 넋두리의 위험을 감수해야 한다.

이처럼 '나'를 화자로 해서 시적 진실을 탐색한 작품은 정희정의 「끝없는 물음」 중에서 '강물은 강물로 흐르고/바람은 바람으로 부는데/나는 어디로 가야 하나', 이천도의 작품 「봄」에서 '내 마음이 그새/꽃이 되었다', 김성훈의 작품 「자갈치 아지매」에서 '자갈치 아지매/억센 사투리/나를 당긴다' 그리고 권영미의 작품 「떡고물」에서 '내가 너희 살렸다고/거짓깃발 높이 들고 소리를 지르지만' 등등에서 확인할 수 있다. 다음으로 화자 '너(혹은 당신, 그대)'가 들려주는 메시지는 어떻게 나타나고 있는가 살펴보자.

> 당신의 투지력이 나에게/버팀목이 되어 준다면/지울 수 없는 은혜롭게/삶을 채워질 것을
>
> — 공정식의 「도연선갱 별곡」 중에서

> 너 없는 술자리에서 거나이 통음하다/술잔에 일렁이는 얼굴 하나 띄워놓고/취하니 흐린 안개 속 무엇인가 보이더라
>
> — 이성미의 「취하니 알겠더라」 중에서

> 커져만 가는 상심의 너울/곱게곱게 갈아/잔잔한 호수에 희석한다면/그대 생각 잊혀질까
>
> — 홍대식의 「커피 한 잔」 중에서

여기에서 나타난 화자 곧 '당신'이나 '너' 그리고 '그대'는 의인화가 아니고 실재(實在)하는 2인칭 화자라고 할 수 있다. '당신=도연선생', '너 = 술 상대', '그대 = 연인' 등으로 화자를 유추할 수 있을 것이다. 이러한 화자는 김기원이 작품 「당신에게」에서 '때때로 / 차 한 잔 나누고 싶은 당신 / 가슴 그림자로 / 봄바람 불어' 또는 어광선의 작품 「지상 천국」에서 '소녀처럼 기뻐하는 / 그대의 손 잡고 길을 나섰다'거나 조환국이 작품 「상처난 고목」에서 '증오심의 포로가 된 / 아픔의 생명 / 너를 더욱 아프게 할 뿐이다' 조현광이 작품 「야생화」에서 '그대, 음지에 가려져도 / 홀로 꿋꿋이 서서 / 온갖 바람에 쓰러지지 않으며' 그리고 송형기의 작품 「교육」에서 '너 가는 길이 / 바른 길이냐 / 그른 길이냐'라는 등의 화자 설정과 같이 작품 중에서 대화의 대상이 2인칭으로 다양한 교감을 시도하고 있다. 제3인칭인 '그'에 대한 교감의 작품에는 어떻게 나타나고 있는가.

> 모든 상념들을 망각의 바다에 / 던져버리고 / 그는 황금빛 날개를 달고 / 훨훨 하늘을 날은다
>
> — 류시희의 「슬픈 남자의 하루」 중에서

류시희는 '그는'이라는 화자가 그의 시적 진실을 대변해주는 형상이다. '나는'이나 '너는'과 같이 화자는 언제나 그 시인과 동행하면서 상황과 전개를 동시에 행하는 불가분의 상관성을 갖는다. 이러한 시적 화자의 특성은 실제 시인이든 허구적인 시인이 언어를 특수하게 사용함으로써 하나의 태도를 표현하는 사실에 보다 관심을 가지고 시를 읽게 되는데 시론에서 '몰개성론(沒個性論)'의 시관(詩觀)은 퍼소나(탈)라는 용어로써 시적 화자를 실제의 시인과 엄격하게 구분하고 있다.

시가 하나의 창조물인 이상 '탈'이란 시적 화자를 '자전적으로 동일시할 것'이 아니라, '상상적으로 동일시해야 할 것'이라고 고 김준오 평론가는 주장한다. 시적 화자는 제재에 대한 태도를 표명하기 위해 창조된 극적 개성이기 때문에 시는 고백이고 자전적이 아니라 어디까지나 허구적이고 극적이라는 시론이다. 마지막으로 부정칭의 화자는 어떻게 펴현하고 있는가 알아보자.

- 시인이여 / 시를 가슴에 품고 구도의 길을 가는 이여(정성수의 「시인에게」 중에서)
- 처음부터 시인이 나타나는 것은 아니다.(김용수의 「시인」 중에서)
- 마음씨 고운 산처녀 같은 얼굴—한번 안아보고 싶은 / 복스러운 아낙네 같다(이학주의 「호박꽃」 중에서)
- 한 그릇 나누어도 / 복에 겨운 친구(이일현의 「친구」 중에서)
- 기다림 / 배를 불리던 / 어머니가 보고 싶다. (임연혁의 「봄비」 중에서)
- 몇 년 전만 해도 동네 골목은 / 조무래기들의 놀이터였죠.(이길옥의 「풍경 4」 중에서)
- 숫재 밑 홀아비 짝귀 아제 / 이랴 낄낄 / 쟁기 한 짐 지고 소 몰아 / 몽실네 밭 갈러 가 는데(김덕원의 「짝귀 아제」 중에서)
- 우리 아내 / 맵시 좋아 / 곱기도 알뜰하고(송형기의 「네 가지」 중에서)
- 어머니의 가슴은 가마솥이다(이소영의 「어머니의 가마솥」 중에서)
- 무언의 / 침묵 속에 / 사유하는 노 뱃사공(정진수의 「세월」 중에서)

이러하듯이 많은 시인들이 인칭대명사 이외에 '시인', '아낙네', '산처녀', '친구', '어머니', '조무래기', '홀아비', '몽실', '아내' 그리고 '노 뱃사공' 등등의 다양한 화자가 등장해서 시적 진실을 탐색하는데 동원되고 있다. 일찍이 박목월 시인은 그의 작품 「일상사」 중에서 '청마는 가고 / 지훈도 가고 / 그리고 수영의 영결식 / 그날 아침에는 이상한 바람이 불었다 / 그들이 없는 / 서울의 거리, / 청마도 지훈도 수영도 / 꿈에서조차 나타나지 않았다'라는 어조로 청마 유치환, 지훈 조동탁 그리고 김수영 시인들을 실명으로 거론하는 시법도 우리는 눈여겨 음미할 필요가 있으리라. ✷

(『국보문학』 2014. 6.)

봄의 향훈과 서정적 이미지

오월이다. '오월은 계절의 여왕(노천명)'이니 '아름다운 오월이 되어 꽃봉오리 싹 틀 때/내 가슴도 사랑의 그리움에 싹튼다(H. 하이네)'라는 말처럼 오월은 사랑의 계절이다. '오월을 사랑하는 사람은 생명도 사랑한다(이어령)'는 어휘에서 오월의 생명성은 그 이미지가 봄에서 여름으로 건너가는 역할이 우리 인간에게 사랑을 요망하는지도 모를 일이다. 이러하듯이 '꽃샘추위가 있는 삼월과/계절의 여왕이라고 하는 오월/중간에 있는 봄의 계절 사월(배미영의 「사월」 중에서)'이거나 '올챙이/살얼음에 뒷다리 으라차차/시리던 꽃샘추위 성급한 울음소리에/운석에/스모그 현상에/꿈꾸는 삼월이 간다(임정봉의 「사월이 오면」 중에서)'는 '사월'의 아쉬움이 오월을 더욱 정감으로 현현되고 있음을 알 수 있다.

지난달에는 한국시인협회 회장에 김종철 시인이 취임하고 한국현대시인협회 회장에 손해일 시인이 취임해서 양대 시인협회가 새로운 도약을 다짐하는 행사들이 많이 있었다. '매년 오월을 시의 달'로 삼아서 '시인과 대중이 소통하는 새롭고 다양한 행사들을 진행할 수 있도록 정부 관계 기관에 건의하겠다'는 김종철 회장의 시에 대한 집념이 그가 내건 '한 줄의 시가 세상을 살립니다'의 향훈으로 활짝 피어나기를 기원한다.

오월에 관한 시인들과 수필가들은 많은 이미지를 투영하고 오월을 노래했다. 수필가 피천득의 「오월」에는 '오월은 금방 찬물로 세수를 한 스물 한 살 청신한 얼굴이다. 하얀 손가락에 끼여 있는 비취가락지다. 오월은 앵두와 어린 딸기의 달이요, 오월은 모란의 달이다. 그러나 오월은 무엇보다도 신록의 달이다. 전나무의 바늘잎도 연한 살결이 보드랍다.'는 예찬을 아끼지 않았다. 지난 4월호에서는 특히 봄의 향훈에 관한 작품들이 많아서 마지막 떠나가는 봄을 아쉬워하는 보편적인 상념의 시편들을 대할 수가 있어서 봄의 서정적인 이미지가 돋보이는 봄을 만끽(滿喫)하는 자리가 되었다.

> 안개 너머로 / 보이는 / 수줍음 / 보일 듯 보일 듯 / 동그란 / 웃음이 / 거리로 / 여울져 / 내 조그마한 / 심목(心木) / 싹을 틔운다
>
> — 홍중기의 「춘망(春望)」 전문

오랜만에 홍중기의 작품을 대한다. '춘망'이라, 글쎄 봄에 걸어보는 기대나 희망은 무엇일까. 그의 '조그마한 / 심목'을 싹 틔우는 여망(輿望) 속에는 '수줍음'과 '동그란 / 웃음이' 공존하고 있다. 그것이 그의 '심목'에서 생기 있게 탄생하기를 염원하는 생명성의 기원이다.

> 찬바람 이겨낸 가지마다 / 샛노랑 꽃망울 달아 놓았네 / 겨울을 참아낸 나뭇가지에 / 아기손보다 더 연한 / 분홍 꽃송이 매달아

놓았네 / 수줍은 봄 햇살 / 매화향보다 더 보드란 봄바람이 / 다투어 목련가지에도 / 환한 꽃다발을 꽂아 놓겠지.

– 조성설의 「봄」 전문

여기 조성설의 '봄'은 어떠한가. 그는 '수줍은 봄 햇살'에서 탐색하는 봄의 향훈은 '보드란 봄바람'과 더불어 '겨울을 참아낸' 새생명의 탄생을 노래하고 있다. 거기에는 '샛노랑 꽃망울', '분홍 꽃송이'와 '매화', '목련' 등의 '환한 꽃다발'로 매달거나 꽂아지기를 기원하는 생명성의 이미지이다.

꽃이 피는 봄 / 그림 같은 사랑으로 / 행복을 담아요 / 행복한 생각과 마음을 / 선택하는 삶에 피는 / 행복의 꽃 / 여백의 미가 있는 / 벚꽃 아래에는 / 표현되지 않는 사랑

– 배미영의 「그림 같은 사랑」 전문

배미영은 '꽃이 피는 봄'은 바로 '사랑'과 연결되는 봄의 이미지이다. 거기에는 '행복'이 내재되어 있어서 역시 봄은 '삶'과 동질의 개념으로 서정성을 강조하고 있다. 이것이 봄의 향훈과 소통하는 사랑이라고 할 수 있다. 그러나 '여백의 미가 있는 / 벚꽃 아래에는 / 표현되지 않는 사랑'이라는 결론과 같이 그 '여백'에 가려져 있는 미지의 사랑을 갈구(渴求)하는 이미지는 '행복'에 대한 진실의 토로(吐露)라고 할 수 있다.

겨우내 얼었던 몸이 풀리며 / 온몸에 두드러기가 솟았다 / 어머니는 / 서둘러 자라 등껍질을 / 넣고 약을 달여 주셨다 / 이른 봄이면 잊지 않고 / 가시처럼 돋아나던 병 / 열꽃이 오를 때마다 / 엄지만큼 키를 높혀주고는 / 어느 날 밤 / 빨간 꽃봉오리 초경을 데려왔다

— 김해리의 「봄」 중에서

김해리의 '봄'은 '어머니'와 함께 시작한다. 그는 '이른 봄이면 잊지 않고/가시처럼 돋아나던 병'에서 '어머니'와의 해후(邂逅)가 시작되고 '빨간 꽃봉오리 초경'으로 생명과 삶의 진정한 의미를 노래한다. 그는 함께 발표한 「낮에 뜨는 달」에서도 '봄비를 기다리는 우수/겨우내 빈뜰을 지키던/마른 고춧대를 뽑아 사른다 —중략— 하루해를 등지고/불꽃을 피우는 그을음에 젖은/가장의 머리가 하얗다/수직으로 오르는 연기/발밑에 꿈틀거리는 봄의 입김.'라는 어조에서 읽을 수 있듯이 생명성 탐구에 더욱 절실한 상황으로 전개되고 있다.

꽃들의 고향에는/흙 향기 춤을 추고/별들의 고향에선/밤하늘 창문 열고/새하얀/마음의 고향/시한 그루 베는구나.

— 송경태의 「봄」 전문

송경태의 '봄'은 어떠한가. 그는 시조를 통해서 '봄'의 이미지를 형상화하고 있다. 그는 '꽃들의 고향'에서 교감하는 '흙 향기'와 '시 한 그루'는 그가 여망하는 새로운 세상이거나 새로운 생명의 향훈이다.

방울방울 내리는 그대의 손길이/아직 찬기 서린 몸으로 내려와/내일의 꽃길을 꿈꾸는/봄의 길목으로 이끌어 낸다/—중략—/보슬보슬 내리는 은혜의 가락들에/영육을 깨끗이 씻어줄 수 있도록/내 속에 있는 사랑의 새싹을/자라게 하고 싶은가 보다.

— 이철호의 「영혼에 내리는 비」 중에서

이철호는 '봄의 길목'에서 맞이한 '봄비'가 '내일의 꽃길을 꿈꾸'거나 '내 속에 있는 사랑의 새싹을/자라게 하고 싶은' 여망의 한 단면으로 '영육'의 정화를 절실하게 현현하고 있다. 여기에서 중요한 부분은 '그대'라는 화자가 바로 '봄비'의 의인화이며 '내'라는 화자는 '사랑의 새싹'을 염원하는 생명의 화신(化身)이다.

이 밖에도 이우창이 「비가 온다」 중에서 '겨울인데/봄을 기다리는 비를 기다린다/하늘이 자리를 비켜/봄을 외면하고 있다'라거나 조환국이 「못잊어 찾아온 님」에서 '못잊어 찾아온 님/온 세상을 위해서/하얀 꽃가루 가지고/다시 찾아온 님이여//봄의 축제에/축하하기 위해서/오신 님이시여' 또는 어광선의 「봄의 소리」에서 '눈감고 들어보니/음반 두드리는 소리와 흡사하다'거나 「아리랑」에서 '오늘 비가 촉촉이 내리듯/그날도 촉촉이 땅을 적셨다//나도 봄이 많이 남지 않았다'는 어조들은 생명 탐구와 서정적 이미지의 결합으로 창출된 주제를 이해할 수 있게 한다.

한편 정다겸도 「봄비」에서 '하늘 먼지를 안고/사뿐히 내린 봄눈이/다녀간지 4일째/소록소록 봄비가 옵니다'라거나 정다운은 「다시 피는 봄」에서 '시대 흐름이 바꾸어 놓은 것들/이해할 수 없는 일들도 많지만/모든 것을 받아들이고 공경하며/푸른 송백처럼 바르게 살라고/사람은 다 때가 있다고/난 다시 피는 봄날이고 싶다'는 생명성의 기원은 공감을 유로하고 있음을 알 수 있다. 이러하듯이 봄에 대한 이미지는 다양하게 발현하는데 대체로 봄은 새생명의 탄생에 키워드를 맞추면서 우리 시인들은 작품을 창조하는 것이 아닌가 싶기다 하다. ✷

(『국보문학』 2014. 5.)

지적 이미지와 문명 풍자 비평

이제 춘분이 지나고 서울 기온이 20도에 육박하는데도 영동에는 눈이 내리고 있다는 뉴스가 전해진다. 이상 기온이 계속되는 일이 작금(昨今)의 일은 아니어서 우리들은 모두 그냥 무덤덤하게 지나친다. 그러나 어김없이 산야가 푸르게 바뀌기 시작한다. 멀리서 봄이 오는 소리가 들린다. 일찍이 독일의 시인 하이네(H. Heine)는 '즐거운 봄이 찾아와 / 온갖 꽃들이 피어날 때에 / 그 때 내 가슴 속에는 / 사랑의 싹이 움트기 시작하였네 // 즐거운 봄이 찾아와 / 온갖 새들이 노래할 때에 / 그리운 사람의 손목을 잡고 // 불타는 이 심정을 호소하였네'라고 노래했다.

이 봄의 이미지는 탄생이거나 새 새명이다. 겨우내 잠들었던 만물이 소생하여 새로운 기운을 일으키는 호시절(好時節)이다. 이 봄에는 멋진 서정시 한 편을 쓰고 싶은 욕구가 생기기도 한다. 하이네처럼 사랑을 그리워하는 사랑시도 한 편 쓰고 싶은 계절이다. 어떤 때에는 자연의 섭리에서 뿐만 아니라, 정치 경제 사회 등에서 무엇인가 잘 풀리지 않는 현상을 가리켜 춘래

불사춘(春來不似春)이라 해서 봄같지 않은 봄을 비꼬기도 하는 세태를 볼 수도 있었다. 그래서 '(졸시 「봄 詩 – 어쩐지 봄을 느낄 수 없는」 전문). 꽃샘바람 춥다 / 어쩐지 / 봄이 와도 봄같지 않는 날 / 되는 일도 없는 몽롱 / 그렇다고 안 되는 일도 없는 / 그저 적당한 바람만 온 몸 감싸고 / 울어라 / 우리 모두 이 봄을 슬프게 울어야 하리 / 화사한 생명 / 겨울을 빠져나가는 편법을 꿈꾸고 / 버들강아지 숨소리 거칠다 / 저기 파헤쳐진 산등성이 / 아파라 / 아픔이 봄기운을 밀어낸 채 / 홀로 / 떨고 있는 무명의 나무 한 그루 / 어쩐지 아직도 춥다 / 추워서 터뜨리는 꽃망울 / 될 일이 안 되고 오히려 / 안 되어야 할 일이 쉽게 풀리는 / 그 어느 날 우리들 / 갑자기.'라는 작품도 있다.

지난 호에서는 –동인 방문– 특집으로 '청송시인회' 회원들의 작품을 집대성, 조명해서 세간의 이목을 집중한 바가 있다. 이들의 작품을 읽으면서 우리 시에서 시대적인 요청에 의해서인지는 몰라도 주지적인 주제를 창출하는 경향을 많이 대할 수 가 있었다. 이 주지시(主知詩–intellectual poetry)는 지적인 요소가 강한 시를 말한다. 시는 감정만으로 되지 않고 소재와 언어를 처리하는 지적 능력이 함께 작용해야 가능한 것이므로 모든 시에 어느 정도는 지적인 요소가 들어 있다고 보아야 한다. 그 중에서도 특히 지적인 요소를 중시하는 작품은 흔히 주지주의(主知主義), 모더니즘, 이미지즘 등으로 불려지는 계열의 시인들은 사물을 관찰하고 노래하는 데 있어서 지적인 요소를 강조하는 까닭에 그들의 작품 중에서 주지시라고 할 수 있는 것이 많은 것이 특징이다.

구석구석 별난 것 잡화점 차린 마음 / 누가 볼까 겁이 난다 / 스치고 지나가면 가는대로 그냥 두어야 했는데 / 꼬리에 꼬리를 물고 끈질기게 따라 붙는 것 알면서도 / 그 끝에 매달려온 희미한 자국은 왜 기억하지 / 나름에는 비우면 없어질 것 같아 / 털어내도 무엇인가 꼭 남아 있는 흔적 / 엉킨 실타래 같은 잡동사니 / 묻어 들어온 것인지 어떤지 당최 모르는 / 작은 먼지, 알갱이들에 엉켜 / 밤새 늪을 헤매다가 / 머리만 잔뜩 무거운 채 뒤죽박죽, 참 어렵다 / 부수수한 몰골로 새벽, 고개 주억거리며 / 쓰레기만 한 아름 버리고 왔다.

– 임길성의 「털어내기 연습」 전문

우선 임길성이 주제로 투영한 부분은 '나름에는 비우면 없어질 것 같아 / 털어내도 무엇인가 꼭 남아 있는 흔적'이다. 이러한 공허의식을 작품 전체에 구도적으로 연출하면서 그가 지향하려는 지적인 주제 곧 비움의 미학을 전제로 하는 시법(詩法)이 공감을 확산하고 있다. 또한 그는 이 주지주의적인 철학성을 표면화함으로써 그의 인식 내면에는 지적인 주제의 발현에 고뇌와 갈등이 생성하고 있다. 그것은 '작은 먼지, 알갱이들에 엉켜 / 밤새 늪을 헤매다가 / 머리만 잔뜩 무거운 채 뒤죽박죽, 참 어렵다'는 진솔한 해법을 적시하고 있다. 그리고 그는 '누가 볼까 겁이 난다'고 했으나 '쓰레기만 한 아름 버리고 왔다.'는 어조에서 확인할 수 있듯이 지적 주제의 창출에는 상당한 현실적인 고뇌가 동반하고 있음을 이해하게 된다.

황금빛 물비늘 부서지는 흰 파도 / 하늘 끝자락 푸르게 비추이고 / 은모래 부드러운 감촉 여인의 살결인 듯 / 뜨겁게 타오르는 석양으로 밀려드는데 / '티끌 없이 비우라' / 살면서 쌓인 욕심 넘쳐 속삭이는 바람결 / 함께하던 이들 쓸쓸히 돌아간 저녁 / 고요한 바다에 어둠이 스민다 / 무심히 기울어진 해 그림자 / 고즈넉한 자태로 선홍빛 물들이다가 / 묵묵히 걸어가는 여행길 마치는 날 /

수평선 걸린 노을 닮은 흔적이면 좋으리.

— 이서빈의 「겨울바다의 흔적」 전문

이서빈도 나름대로의 지적 주제를 탐색하고 있는데 '티끌 없이 비우라'는 공허감을 주제로 도출하고 있다. 이러한 발상은 '겨울바다'에서 조망한 '흔적'이다. 그러나 거기에도 '살면서 쌓인 욕심 넘쳐 속삭이는 바람결 / 함께하던 이들 쓸쓸히 돌아간 저녁 / 고요한 바다에 어둠이 스민다'는 고독과 동행하는 고뇌가 현현되고 있다. 이와 같은 지적인 해법을 탐구하기 위해서 그가 자성(自省)한 진실은 마지막 연의 끝 세 행에서 '고즈넉한 자태로 선홍빛 물들이다가 / 묵묵히 걸어가는 여행길 마치는 날 / 수평선 걸린 노을 닮은 흔적이면 좋으리.'라는 여망(輿望)이 그를 잔잔한 명상으로 흡인하고 있다.

가을 끝이 되면 성형왕국 길마다 / 성형을 하는 환자들로 북새통이다 / 병이 든 건 언제인데 왜 가을이 너무 시린가 / 그래서 한 해가 가기 전에 몽땅 상처를 봉하기 위해서일까 / 통행에 방해를 해서 죄송합니다 / 내가 시킨 일이 아닌데 나에게 충성을 위해 / 그래서 한 자리 주어서 죄송합니다 / 당신이 성형미인처럼 보인다고 말한다면 / 그건 예의가 아니라 범죄행위입니다 / 외모가 출세의 지름길이니까요 / 수술 받다 죽을 수도 있어요, 그래도 해야 돼요 / 적당히 겉으로 남 보기에 좋아 보이면 돼요 / 속은 별 문제가 아니어요 / 그래야 내년에 또 민초들이 세금 때문에 울어요 / 나무를 다 비틀어 병신 만들면 아름답지요 / 그래서 성형은 예술입니다 / 하지만 다만 연말이나 출퇴근 때만은 피해 주세요 / 너무 짜증이 나 서로 물어뜯었어요.

— 임명규의 「성형왕국」 전문

임명규는 지적 주제의 창출을 예감하면서 문명적 비판에 초점을 맞추고 있다. 일찍이 영국의 시인이며 비평가였던 아놀드(M. Arnold)는 '시는 본질적인 면에서 인생의 비평이다'라는 유명한 말을 남겼다. 이 말을 원용(援用)해 보면 인생뿐만 아니라 사회적인 비평도 동시에 해야 한다는 교훈을 얻을 수 있다. 이러한 의미에서 보면 임명규는 '성형완국'을 통해서 지금 현실적으로 통용하고 있는 일련의 현실적인 사건들이 작품으로 형상화함으로써 사회적인 경각심이나 자성의 메시지를 던져주고 있어서 공감을 유로하고 있다.

이러한 시법은 아이러니(ieony)나 풍자(satire)적인 수사법이다. 그는 '당신이 성형미인처럼 보인다고 말한다면 / 그건 예의가 아니라 범죄행위입니다 / 외모가 출세의 지름길이니까요'라는 어조는 우리들에게 무엇을 적시하고 있는가. 현실적인 모순 등을 빗대거나 비웃는 형상으로 꼬집고 폭로하고 깎아내리는 표현법이다. 그는 다시 '나무를 다 비틀어 병신 만들면 아름답지요 / 그래서 성형은 예술입니다'라는 어조에서 비꼬기의 절정에 이른다. 이러한 시적 구성이나 상황 설정은 많은 시인들이 시도해 보고 실험도 하고 있다. 또한 그는 함께 발표한 「누가 소금을 치랴」에서도 이러한 비평정신이 풍자적으로 나타나고 있어서 주목하게 된다.

우리가 잘 알고 있는 '춘향전'에서는 어사 이몽룡이 남원에 당도해서 변사또의 생일잔치 말석에 앉아 한 수 읊은 것이 당시 사회적인 부조리를 신랄하게 공격하는 시로 그의 의미는 백성을 위하는 충정이 서려 있다. 물론 이 시를 듣고 일부 눈치 빠른 관속들은 줄행랑을 쳤지만, 변학도 사또는 술에 취해서 흥청망청하다가 암행어사 출도를 접하고 체포되어 봉고파직(封庫罷職) 되었다는 소설 속의 스토리이다.

금준미주천인혈(金樽美酒千人血)－금동이에 담긴 아름다운 술은 천 사람의 피요
옥반가효만성고(玉盤佳肴萬性膏)－옥소반 올려진 진미의 안주는 만백성의 기름이라
촉루낙시민루락(燭淚落時民淚樂)－촛물이 흐를 때 백성도 눈물 흘리고
가성고처원성고(歌聲高處怨聲高)－노래 소리 높은 곳에 원성도 높더라

이와 같이 문명이나 사회에 대한 시각화와 물질화에 대한 비판이나 이를 고발하면서 개선하고자 하는 풍자는 어디까지나 비평적 태도를 가져야 하며 감정보다는 이성에 의한 풍자가 오늘의 문학적 요청이라고도 할 수 있다. 풍자시는 사회, 인물의 결함, 죄악, 모순 등을 정면에서가 아니라 여러 가지 비유 등의 표현을 통해서 재치를 활용하거나 비평하는 것이다. 풍자 그 자체에 의미를 두기보다도 시로서의 기능을 충분히 다하여 그 속에 풍자정신을 둔다고 하는 종래보다 한층 복잡한 구성을 취하고 있어야 한다.

현실을 날카롭게 분석하면서 부드럽게 노래로 불려지는 것도 있으며 명확한 이미지와 리듬을 살리는 것도 있다. 시의 아름다움을 잃지 않고 무엇보다도 시로서 사람의 마음을 감동시키는데 풍자시의 묘미가 있다고 하겠다. 이 밖에 '청송시인회' 방지원 회장의 소개와 함께 30명 회원들의 작품이 고른 어조로 주제의식이 확고하게 현현되는 시법의 충실성을 읽을 수 있어서 감동을 더했기로 지난 달의 시는 풍성한 수확을 실감한 한 달이었다. ✷

(『국보문학』 2014. 4.)

내면의 계절 '겨울' 이미지의 재생

벌써 겨울이 지나가고 봄의 전령이 푸른 소식을 산야에 가득 전하고 있다. 봄은 일년지대계(一年之大計)의 시발점이며 성취를 여망하는 기원의 출발이기도 하다. 그런데 아직도 지난달에 내린 영동지역의 폭설 여파가 아물지 않고 그 기세가 남아 있어서 올해도 춘래불사춘(春來不似春)이 되지 않을까 싶기도 하다. 대체로 겨울에 대한 이미지의 분류는 눈이나 얼음 외에도 한풍(寒風), 한행(寒行), 설경(雪景) 등 다양하게 창출할 수 있는 계절적인 상상력의 재생으로 내외적(內外的) 형상화를 투영할 수 있어서 시적 구조도 다변적으로 나타난다.

우리의 원로 김윤성 시인은 그의 작품 「겨울」에서 '겨울/차운 기류에 씻기어/유리알처럼 투명해진 풍경/조그마한 입김에도 흐린/차운/거울 속 풍경/낙엽수림에/흰 눈이 쌓여/냉혈동물의 체온 같은/난만한 꽃들//겨울/들/길/이 길을 어디메쯤 걸어서/봄은 있느뇨'라고 읊어서 겨울에 대한 정취와 그 메시지를 적절하게 전해주고 있다. 지난호 국보문학의 작품들은 지난 겨울에 창작된 작품들이 2월호에 대거 발표됨으로써 봄날에 다시 지난 겨울의 정취를 재생하면서 그 이미지의 다변화를 음미하게 된다.

> 눈 되지 못한 설움에 / 눈물을 쏟으며 / 추적추적 내리는 겨울비 / 살아내는 것은 견디는 일이라고 / 죽은 땅 잠든 뿌리 깨우고 / 딛고선 발밑에 스며들어 / 얼었던 사색에 온기를 주네 / 죽어있던 몸에 생기를 주네 / 구브리고 잠들던 의식이 / 기지개를 펴고 깨어나 / 새롭게 돋아나는 핏줄 속에서 / 싹이 돋고 꽃이 피기 시작하네 / 자신을 담금질하며 / 꿈의 기둥에 못질해대며 / 마침내 푸르게 서있네 / 우뚝 서있네.
>
> — 송선우의 「겨울비」 전문

송선우는 이 '겨울비'라는 약간 특수한 상황에서 이미지를 추출하고자 한다. 그것은 어떤 사물이 그 시간과 공간의 적정성에서 추출하는 이미지가 바로 '눈물이 되지 못한 설움'으로 현현되고 있다. 다시 이것은 '얼었던 사색에 온기를 주'거나 '죽어있던 몸에 생기를 주'는 '겨울비'의 메시지는 일반론적인 겨울 이미지와는 상이하게 나타나지만 '겨울비'라는 특수 상황에서 설정하는 시적 구도에서부터 작품의 전체적인 흐름이 아주 완만하면서도 정적인 교감을 할 수 있는 잔잔한 심저(心底)를 이해할 수 있게 한다. 또한 그는 '죽은 땅 잠든 뿌리 깨우고'나 '구브리고 잠들었던 의식이 / 기지개를 펴고 깨어나'는 어조에서는 벌써 도래할 봄의 예감이 이 겨울에서 형상화하고 있어서 그의 시법은 동일 사물에서 창조하려는 새로운 상황으로 전개하여 주제를 더욱 확고하게 정리하는 그의 의식이 분명함을 간과(看過)하지 못한다.

이름 모를 철새가 날아와 / 드넓은 들판에 내려앉아 / 눈 덮힌 볏짚위에 발자욱 남기면 / 양지바른 곳 홀로 앉은 / 초로의 빠꿈담배 / 하연 뭉게구름 만든다 / 세월이 멈춘 듯 조용한 시골 마을 / 외딴지기 미닫이는 바람소리 머금고 / 그리움 토해내며 촐삭거린다 / 하얀 눈 속 헤집는 철새들은 / 세월의 무게를 알기나 할까 / 그저 하얀 눈 속 낱알이 고마울 뿐이겠지 / 작년에도 그랬고 재작년에도 그랬지 / 단순한 먹이 외에 무엇을 생각할까 / 초로의 한숨은 무상함 배어 있거늘....

– 박형근의 「겨울초상」 전문

박형근의 겨울은 우선 외적인 시각적 이미지를 활용하고 있다. 우리 현대시의 구조상 외적인 사물이미지를 설정해 놓고 다시 내적인 관념이미지로 마무리하여 주제를 부각시키는 시법인데 그는 들판에 새가 날아와 '눈덮힌 볏집위에 발자욱 남기'는 시각의 효과를 먼저 적시하고 그가 평소에 구상했던 체험들이 상상력을 통해서 '그리움을 토해내'거나 '세월의 무게를' 투영하고 있다. 이러한 철새의 외형적인 모습에서 조감(鳥瞰)하는 '단순한 먹이'와 '초로의 긴 한숨은 무상함'이 배어 있다는 대칭적인 의미는 우리 인간들의 '초상'이라는 메시지를 이해할 수 있게 한다.

산기슭에서 / 날선 바람으로 울던 / 시린 속도의 유린 / 붉은 잎이 노란 잎이 / 그들의 눈물이었다니 / 불린 살갗을 뚫고 / 뛰어올라 바스라지는 핏줄 / 흘린 눈물의 깊이로 / 바람의 집을 짓는 손 / 홍을 거둔 밤 / 달빛은 숲의 침묵 한 소절 켜놓고 / 새벽 속으로 미끄러진다.

– 김해리의 「겨울로 가는 나무」 전문

여기 김해리의 겨울은 '나무'라는 사물과의 교감이다. 박형근이 '철새'를 등장시켜서 하나의 인간적인 메시지를 전달했다면 김해리는 '겨울로 가는 나무'의 측은한 심성의 유로이다. 그가 가을 단풍잎이('붉은 잎/노란 잎') 모두 '그들의 눈물이'라는 단정으로서 그 '흘린 눈물의 깊이로/바람의 집을 짓'는 그의 시법은 시적 구성에서부터 전개과정이 공감을 깊게 하는 요인이 되고 있다. 또한 그는 '마지막 연에서 '달빛은 숲의 침묵 한 소절 켜놓고/새벽 속으로 미끄러진다.'는 결론으로 대미(大尾)를 장식하면서 그가 토로(吐露)하고자 했던 '겨울'과 '나무'의 이미지 융합이 상당한 조화를 이룸으로써 시적 효과와 진실의 승화가 동시에 형성되었음을 이해할 수 있다.

> 몹시 추운 겨울 아침/아침밥을 짓기 위해/부엌에 들어선 어머니/부지깽이로 아궁이 이맛돌을/툭툭 때린다/－중략－/그제서야 마음 놓고 아궁이 속에/불을 지피시는 어머니/어느새 햇좁살 같은 햇살이/어머니 손등을 간질이며/생긋 웃는다/오붓한 우리집 아침밥이 맛이 있다.
>
> － 김선영의 「겨울」 중에서

김선영의 '겨울'은 어떠한가. 김선영은 어머니가 겨울에 아침밥을 짓는 정경(情景)에서 겨울의 이미지를 생성시키고 있다. 이처럼 단순한 일상성에서도 그가 취택하려는 미적 감응이 잔잔한 선율로 흐르고 있다. 그는 '불을 지피시는 어머니/어느새 햇좁살 같은 햇살이/어머니 손등을 간질이며/생긋 웃는다/오붓한 우리집 아침밥이 맛이 있다.'는 결론의 도출은 어머니에 대한 회억(回憶)이 그의 상상력에서 융화하고 있어서 한 가정의 단란한 정취가 발현되고 있어서 공감을 유발하는 이미지의 효과를 거두고 있다.

> 타닥타닥/알밤 익는 소리/할머니의 옛날 이야기/화롯불 안에서 함께 타오른다/-중략-/고요한 방안에/정물화처럼/할머니의 고운 미소가/문풍지에 묻어난다/겨울밤이 저만치서 소리친다.
>
> — 노유정의 「겨울밤 이야기」 중에서

노유정도 할머니가 화롯불에 알밤을 구우면서 들려주는 옛이야기로부터 구성해서 할머니의 인자한 '고운 미소'로 까지 일련의 상상력이 '겨울밤 이야기'로 재생하고 있다. 이러한 시법은 김선영과 마찬가지로 일상적인 소재와 주제가 동시성을 갖는 표형이라고 할 수 있다. 이밖에도 홍대식의 작품 「흰눈」과 배미영의 두 작품 「겨울카페에서의 친구」 「눈꽃이 필 때」가 내면의 계절인 겨울 이미지의 형상화를 위해서 많은 체험과 상상력을 재생하고 있어서 이 봄날에 다시 지나간 겨울을 음미해보는 좋은 작품들이었다. ✷

(『국보문학』 2014. 3.)

'낙엽' 이미지와 시간성 인식

우리는 정초만 되면 신춘문예에 집중하게 된다. 언제부터인가 모르지만 신춘문예라는 화려한 등장을 기대하는 문학청년들이 많았다. 우리 현대문학사에서 신춘문예가 차지하는 비중은 지대하다. 동아일보와 조선일보가 40년대에 폐간된 후 8. 15부터 속간은 되었으나 6. 25까지 신춘문예에 대해서만은 웬일인지 계속되지 않았다. 그러다가 1955년에 다시 신춘문예가 시작되었는데 그 무렵 발행된 한국일보에서도 실시하게 되어 마침내 3개 신문의 신춘문예를 통해서 많은 시인들이 등용되었다. 여기에서 50년대에 당선한 시인들을 보면 다음과 같다.

- 조선일보 : 전영경 「선사시대」(55년), 박봉우 「휴전선」(56년), 신동문 「풍선 기」(56년), 김영옥 「표정」(57년), 윤삼하 「응시자」(57년), 안도섭 「불모지」 (58년), 신동엽 「이야기하는 쟁기꾼의 대지」(59년), 김재원 「문」(59년), 최 원 「효종대왕릉망부석」(60년)

– 동아일보 : 황 명 「분수」(55년), 강인섭 「산록」(58년), 박열아 「전율지역」(60년), 정진규 「나팔 서정」(60년)

– 한국일보 : 김규동 「우리는 살리라」(55년), 권일송 「불면의 흉장」(57년), 윤부현 「제2의 휴식」(58년), 주문돈 「꽃과 의미」(59년)

이들은 그 시적 경향이 각기 독특한 특성이 있을 뿐만 아니라 많은 응모작품 중에서 두각을 나타낸 역량있는 신인들인 만큼 모두가 수준 이상의 수작들이 많았다. 올해도 경향각지의 신문들이 대거 신춘문예를 공모하여 많은 시인들을 등용시켰는데 필자도 농민신문 신춘문예 심사를 맡아서 권영민 전 서울대 교수와 손해일 펜부이사장과 함께 좋은 시인 한 사람을 뽑았다.

8월의 뒤란은 출출하다 / 태양이 볼륨을 높이다가 / 긴 치맛자락 끌고 내려오면 / 슬픔도 허기 채워 가라앉고 / 그 반대쪽으로 풀벌레 소리가 화창하다 / 소란은 발가락을 꼼지락거리게 한다 / 그러나 나의 발걸음을 재촉하진 말자 / 살금살금 고민하며 다가오는 잎새 / 그 잎사귀 몇 잎 입에 물면 / 바람의 손가락도 짭조름해진다 / 빨랫줄 옷가지들이 바람을 몹시 귀찮아한다 / 옷가지들에 쫓겨난 바람이 장독대를 드나들며 / 뒷짐 지고 하늘바라기를 하거나 / 기어오르는 담쟁이 넝쿨 담벼락에 주저앉거나 / 풍경 속으로 그림자를 흐느적거리며 사라지게 한다 / 땡볕이 넓적해지면 계절이 새롭게 열린다 / 빛들도 숙성되며 바스락거리는 동안 / 내 인생의 무늬도 열어지는 것은 아닌지 / 찬란한 정오 / 장독대에 나를 활짝 펼쳐 놓는다

– 봉윤숙의 「장독대가 활짝 피었다」 전문

농민신문 당선작품이다. 이 작품은 '도시 아파트 생활로 사라져가는 '장독대'라는 객관적 상관물을 내세운 시상 전개와 언어 구사가 신선했다. 시의 첫 연에서는 '출출한 8월의 뒤란'으로 햇살이 내려오면 '슬픔도 허기 채워 가라앉고' '반대쪽으로 풀벌레 소리가 화창하다'라며 전경을 제시하고 있다. 이어서 장독대로 다가오는 '잎사귀 몇 잎 입에 물면' '바람의 손가락도 짭조름해진다' '옷가지들에 쫓겨난 바람들이 뒷짐 지고 하늘바라기를 하거나' '땡볕이 넓적해지면 빛들도 숙성되고 바스락거린다' 같은 공감각적인 비유와 상상력 전개가 돋보인다.'는 심사평을 받았다.

그러면 지난 신년호 『국보문학』의 작품들은 어떠했는가. 우선 '낙엽'과 상관한 시간성의 인식을 새롭게 조망하는 작품들을 많이 대할 수가 있었는데 지난 가을의 여음(餘音)들이 지금까지 메아리치고 있다는 느낌이었다.

> 나는 어머니 뱃속에서 탯줄잡고 매달렸다 / 뱃속에서 태어난 젖줄잡고 매달렸다 / 험한 세상살이 부모님 손에 매달리고 / 이젠 남편 품속에 매달린다 / 자식에게도 매달려 보지만 / 가꾸자꾸 밀려나네 / 달리기만 하는 말없는 세월 앞에 / 모든 걸 내려놓고 아양을 부려도 보고 / 생긋생긋 웃어도 보지만 / 서럽기 한이 없네 / 나는 매달리는데 이골이 났다 / 오늘도 떨어질까 두 손 꼭 잡고 / 이 악문다 / 흥, 내가 떨어지나 봐라.
>
> — 김선영의 「낙엽」 전문

보라. 김선영은 '매달림'에 대한 감성을 형상화하고 있는데 '낙엽'이라는 시간성에서 생성하는 변화 즉 '떨어짐'에 대한 역설적인 진실이다. 그는 '부모님', '남편' 그리고 '자식'이라는 화자에게서 '자꾸 밀려나'는 '말없는 세월 앞에'서 '서럽기 한이 없'다는 진실을 토로하고 있다. 그리고 그는 마지막 결론에서 '흥, 내가 떨어지나 봐라'라고 '매달림'과 '떨어짐'에 대한 대칭적인 간극(間隙)으로 공감을 유로하고 있다.

> 응축된 삶의 허상에서 / 쉽게 접근할 수 없는 냄새일까 / 아니면 미지의 맛일까 / 부르짖는데도 들을 수 없는 소리 / 겹눈으로 보이는 퇴색된 색깔 / 오감을 동원해도 / 더듬게 되는 낙엽 쌓인 길이라 / 낙엽 속을 헤치고 / 지난해 떨어진 가랑잎 찾아보는 / 기억 속의 기억에 빠져 / 사색하게 하는 그런 길이 있다 / 발자국조차 허용하지 않는 / 낙엽들의 추상적 군무 / 올해도 어김없이 시작되었나니 / 쓰다만 시구 완성 위해 / 서리로 얼어버린 새벽녘 되면 / 입김으로 그림 그리며 / 공원 산책로에 나서야겠다.
>
> — 유 유의 「산책로엔 낙엽이」 전문

유 유의 '낙엽'은 어떠한가. 그는 '낙엽들의 추상적 군무'에서 '사색하게 하는 그런 길'을 '기억'하고 있다. 그것은 바로 '응축된 삶의 허상에서 / 쉽게 접근할 수 없는 냄새일까 / 아니면 미지의 맛일까'라는 허상과 실재의 삶을 대비시키면서 '낙엽 쌓인 길'을 걷고 있다. 이러한 일들은 결국 그가 추구하는 '쓰다만 시구 완성 위해'서 필요한 사색의 한 방편인지도 모른다.

> 체온을 데우고 간 비 / 심장 속으로 스며든다 / 버린 것이 그리워서 / 젖은 마음을 밟고 간다 / 가녀린 잎새의 떨림은 / 그대의 눈물일까 / 몸부림치며 흐른다 / 지쳐버린 초록빛에 / 계절이 그린 그림은 / 보내야 함이 서러워서 / 하늘도 울고 있다 / 빗물에 젖은 바람에 업혀 / 어딘가를 지나갔을 낙엽 한 잎 / 젖은 가슴이 발등을

적신다.

— 채경자의 「낙엽에 젖는 비」 전문

채경자는 '어딘가를 지나갔을 낙엽 한 잎/젖은 가슴이 발등을 적신다.'는 시적 정황(situation)에서 이해할 수 있듯이 그가 젖은 낙엽이 적시하는 '그대 눈물'이라는 현실적인 대입이 바로 그가 탐색하는 낙엽과 시간성이 상관된 인식이다. 그는 '보냄'과 '그리움'이 동반하는 '가녀린 잎새의 떨림'으로 우리들의 실재(實在)를 더욱 명징(明澄)하게 현현함으로써 낙엽이 던져주는 이미지는 숙연하게 투영시키는 효과를 발휘하고 있다. 그리고 그는 상황 묘사와 메시지의 융합을 위한 시적 구조를 간명(簡明)하게 유로한 점은 더욱 주제의식의 확대와 함께 낙엽이 공유(共有)하는 함의(含意)가 충분하게 발현되었다는 데 눈길을 이끌고 있다.

본래 이 낙엽에 대한 이미지는 고적함과 쓸쓸함이다. 옛 한시에서도 '여름엔 무성하던 것이/가을에 떨어진 게 슬프다(嗟夏茂盛而秋落)'라고 해서 슬픔과 동시에 그리움까지도 형상화한다. 그러나 이어령 선생의 「증언하는 캘린더」에서는 '낙엽은 결코 고독하지 않다. 낙엽은 결코 죽지 않는다. 저기에서 저렇게 나뭇잎이 떨어지고 있는 것은 보다 새로운 생(生)이 준비되어 가고 있는 소리이며 저기에서 저렇게 무수한 단풍이 가지각색 빛깔로 물들어 가고 있는 것은 나무보다 더 큰 생명의 모태를 영접하는 몸치장인 것이다.'라는 말로 보편적 인식을 전환시키고 있다.

이처럼 고독하고 그립고 기다림의 가을은 낙엽의 시간적 변화에서 우리는 시적 발상이나 주제의 투영에 많은 상상력을 동원하고 있다. 임명규는 '길을 따라 산중턱 양지 밭에 영면(永眠)

의 집이 있었다 / 잠간 쉬려고 그 옆에 누워 세상을 닫았다 / 얼굴 위로 낙엽이 떨어졌다 / 서산마루에 노을이 곱게 물들어 갔다 / 눈을 감으니 더욱 황홀했다(「가을이 떠나는 숲속」 중에서)'거나 권희경은 '초록 노랑 빨강 / 노을 따라 물들어 / 슬픈 삐에로의 미소만큼 / 텅빈 가을 속으로 달리고 있구나(「늦가을 속으로」 중에서)', 이우창도 '뭉게구름이 해를 가려 미소를 주었는데 / 떨어진 낙엽만 보고 기억을 찾는다(「가을 감사」 중에서)', 이철호가 '이 가을 오케스트라가 / 내 귀와 눈을 멀게 한다면 / 난 아직 / 고동치는 인생의 가을에 있는 것이지요(「가을의 사랑은」 중에서)' 그리고 이계순이 '시작과 마침은 / 태초부터 동일점인 것을 / 이제사 새삼스레 아파온다(「가을」 중에서)'라는 어조로 가을의 이미지를 살피고 있어서 시간성이 갖는 다양한 변화의 현상에서 새로운 주제가 창출되고 있다. ✷

(『국보문학』 2014. 2.)

'그리움'에 투영된 자아의 인식

벌써 2014년 새해를 맞는다. 지난 연말에는 모두가 분주하게 마무리를 잘 하고 이제 새로운 목표를 향해서 힘차게 도약하는 기세로 각오를 다지는 한 해를 시작한다. 해마다 '年年有餘'라는 연하장을 써보지만 시인들의 마음은 항상 비어있다는 순정적인 상념으로 사유(思惟)하고 있다.

작년 12월호 『국보문학』에서는 송년 특집으로 '움막문학회' 회원 작품을 집대성하여 독자들의 관심을 흡인(吸引)한 바가 있다. '가슴에 / 恨맺히도록 부르고 싶은 / 간절한 詩를 갖고 싶었습니다(이승연의 「山寺에서」 중에서)'는 어조와 같이 그들이 시에 목말라하는 현장을 찾아본 것이다.

> 상호간의 진정한 대화를 하며 삶의 위험성이 위협받을 때 서로 보호하고 최후의 예의적으로 믿고 친밀한 결속과 서로 모순되는 것을 감수하면서 머리 맞대고 인간성과 자유의 회복을 겨냥하는 움막문학은 아프게 노래한다

움막문학회 공정식 회장의 인사말과 같이 '상호간의 진정한 대화'의 장이 바로 움막문학회이다. 모두 15명의 회원들이 주옥 같은 시편을 발표해서 관심을 집중시키고 있는데 이들은 대체로 경남권을 중심으로 거창, 합천, 마산, 창원, 부산, 그리고 경북 고령 일대에서 활동하는 시인들로 구성되어 있다.

이들이 한결같이 '그리움'이라는 내면의식을 표출하는 특성을 읽을 수 있는데 이 '그리움'의 이미지는 회원 스스로 자아인식을 통한 존재를 확인하는 일이라고 생각하게 된다. 왜냐하면, 이들은 주로 농촌의 전원과 연결되는 서정성은 지나간 추억의 체험으로 재생되는 자연과 가족간 혹은 이웃간의 정경(情景)을 통해서 적시(摘示)하는 진솔한 고백적인 시심(詩心)을 이해할 수 있기 때문이다.

그리움의 저 끝에서 / 아무도 몰래 / 열은 살갗 적시며 파고든 봄비에 / 떨면서 깨어난 동면인가 / 진한 향기 대신 / 비릿한 살 냄새 풍기며 / 감추이듯 내 보인 화사한 자태 / 올해도 예고 없이 찾아온 꽃샘추위 / 끝내 오래 머물 수 없는 슬픈 몸부림 / 짧은 행복위해 / 고운 꽃잎 흩어지고 나면 / 고통의 체액 모아 / 가지마다 무성한 / 바람 스치는 날만 기다리는가.

— 남형호의 「목련화」 전문

그렇다. 우선 남형호가 구현하려는 '그리움'의 표상은 사물 '목련화'를 통해서 전개하는 시적 정황이 '그리움'의 생성에서부터 결론적으로 '짧은 행복위해' '고통'을 인내해야 하는 '슬픈 몸부림'으로 형상화하고 있다. 이러한 목련꽃이 피는 어느 봄날의 추억이 아련하게 재생되고 있으나 이는 '바람 스치는 날만 기다리는가'라는 의문형의 어조에서 엿볼 수 있듯이 '꽃샘추위'

라는 현실성이 상관함으로써 인식의 범주는 단순하게 '목련화'라는 이미지만 적시한 것은 아니고 좀더 폭넓게 옹립(擁立)하는 정서의 일단으로 읽어야 할 것이다.

> 고요히 달빛이 / 청아하게 부셔져 내렸을까 / 풀잎에 옥(玉)구슬 맺히어서 / 한 올 별빛인 듯 피었고.. / 밤새워 / 꽃잎 위에 미소를 짓더니 / 햇살이 너무나 수줍어서 / 자꾸만 작아지는 / 투명하고 찬란한 이슬의 영롱함이여 / 하염없이 안겨오는 아픔이여 / 그리움 가득히 고여 / 가슴 저리는데 / 햇살 밝아 / 녹아들고 말이 없네.
>
> — 김연당의 「이슬」 전문

김연당도 동일한 '그리움'의 이미지를 추출하고 있는데 이는 '이슬'이라는 사물에서 이미지를 추출하는 시법이 앞의 남형호와 유사한 점이 있다. 이러한 어떤 사물에서 다양하게 분출하는 이미지의 감도(感度)는 외적인 사물에서 내적인 관념이 우리 인간 본연의 정한(情恨)에서 창출하는 보편적인 정서라고 할 수 있다. 그는 '고요한 달빛'과 '꽃잎의 미소' 그리고 '하염없이 안겨오는 아픔'에서 감지하게 되는 것은 바로 그가 구가하는 '그리움'이 형상화하는 상황을 잘 처리했다고 이해할 수 있을 것이다.

> 그리움 전하려고 길가에서 피었구나 / 누구의 가슴 속에 심어둔 연민이라 / 늦여름 / 햇살 한 아름 부둥켜안은 채로 / 말 못할 속마음을 참다가 참으려다 / 긴 대궁 가지 끝에 망울망울 꽃으로 피어 / 바람결 / 그 앏은 품에다 그려 넣은 일편단심 / 미워서 하도 미워 끝내 말 못하고 / 눈물도 말라버린 노랑 꽃 마타리야 / 긴긴 날 / 사랑으로 그린 그 마음 물든 채로.
>
> — 이용호의 「마타리꽃」 전문

이용호의 '마타리꽃'에서는 사물의 의인화로 우리들 인간의 그리움을 형상화하고 있다. 자연 사물의 서정적인 시적 구성과 언어의 표출은 잔잔한 우리들의 심성을 한 대궁 '마타리꽃'의 비유로 되살아나고 있어서 우리 서정시의 진수(眞髓)를 음미하는 '사랑'과 '그리움'의 조화라고 할 수 있다. 그는 이러한 은유적인 화법(話法)으로 전개한 작품의 구성에서도 '누구의 가슴 속에 심어둔 연민'과 '그 얇은 품에다 그려 넣은 일편단심'이라는 인간 내면에 잠재한 진실이 결론적으로 '사랑'의 표상으로써의 '그리움'이 적절하게 현현되고 있다는 점에 주목하게 한다.

> 정자나무 아래 / 은행나무 곱게 물들어 / 환상처럼 흩날리던 눈송이로 / 아무도 알 수 없는 순간에 / 너는 내게 정겨움으로 다가왔다 / 필연인지 우연인지 알 수 없지만 / 어쩌면 너는 힘든 어깨 / 피곤한 삶에 실려 왔을지도 모른다 / 무색. 무미, 무표정함으로 / 처음 내 발등을 찾았을 때 / 무심히 지나치는 바람결로 알았다 / 삭풍 끝에 실린 마음 / 애처롭던 그 겨울 / 어쩌면 / 사랑도, 미움도, 기다림도 아닌 / 무향의 그리움으로 다가왔을지도.
>
> — 서옥련의 「무향의 그리움」 전문

서옥련도 '무향의 그리움'이라는 정황을 통해서 이 '그리움'의 원류를 탐색하여 우리 인간과의 융합에서 야기되는 갈등과 고뇌의 원인이 무엇인가를 심도 있게 추적하고 있다. 이러한 시법은 그리움이라는 무형의 관념세계가 '환상처럼 흩날리는 눈송이로 / 아무도 알 수 없는 순간에 / 너는 내게 정겨움으로 다가왔다'는 어조로 보아서 이미 예측된 상황이 아니고 '필연인지 우연인지'를 자신도 의아해 하고 있는 상황이다. 이것이 무향이다. 그리고 그는 '무색. 무미, 무표정함으로 / 처음 내 발등을 찾았을 때 / 무심히 지나치는 바람결로 알았다'는 인식의 시간은 '삭풍 끝에 실린 마음 / 애처롭던 그 겨울'의 이미지로 형상화하고 있으며 이것이 그의 결론으로 '사랑도, 미움도, 기다림도 아닌 / 무향의 그리움'이다

이 밖에도 김남규의 '이 가을 소리에 / 함초롬히 님 그리워진다(「가을은 오는데」 중에서)'는 그리움과 함께 '靑山에 고운 꿈을 먹고 / 海雲같이 넓은 理想의 世界 / 꿈 많은 東山에 올라 읊조리며 / 그날의 詩 한 편을..(「그날」 중에서)' 갈망하는 깊은 심려(心慮)의 그리움도 동시에 읽을 수 있다. 또한 김영식의 「풍경(風磬)소리」, 심성희의 「삶」, 이승연의 「山寺에서」, 이옥남의 「그 세월에」가 작품성이 투철한 이미지의 창출을 위한 고뇌의 흔적을 이해할 수 있게 하고 있다. 그러나 전해말은 작품 「추억이 오는 언덕」에서 '오늘도 / 추억이 오는 언덕에는 / 사무치는 그리움과 기다림이 / 서로 다정히 만나고 있다.'는 '그리움'의 주제를 '추억'에서 회상하면서 그 '기다림이' 바로 '그리움'으로 화해하는 것이 '잊혀진 기억 속에 한때의 / 순간들이 숨어서' '그리운 그 사람'으로 각인되고 있어서 그리움의 승화는 더욱 공감을 확대하고 있다.

이렇게 읽어본 '움막문학회'의 특집은 모두가 이미 전원생활과 익숙해져 있어서 자연 서정을 원류로 한 교감의 심혼(心魂)들이 더욱 시적인 진실의 탐구에 많은 기여를 하고 있으며 이러한 시적 발상이 바로 우리 현대시의 모태가 되는 당연성을 이해하게 된다. ✷

(『국보문학』 2014. 1.)

시적 의미성에 대한 개성과 정서

우리 현대시의 주안점은 대체로 시적 상황의 설정과 언어를 통한 이미지의 투영 그리고 의미성의 부각이다. 이 의미성은 주제를 말하는 것으로서 한 시인의 삶의 궤적(軌跡)에서 획득한 체험의 소산물을 형상화하는 것이다. 현대시의 구성은 시창작의 지침에서 발췌해보면 첫째가 운율(시의 음악성)을 중시한다. 시조에서 중요한 위치에 자리매김하는 외형율(外形律)은 우선 음수율로서 3.4.3.4조 등의 율격의 정리가 확연하게 나타나는 정형시이지만, 우리가 지금 쓰고 있는 현대시에는 내재율(內在律)이라고 해서 안으로 감추어져서 분별하기가 약간 난해하게 되어 있다. 이러한 내재율은 호흡법으로 가늠해 보면 어디에서 한 박자 쉬고 가야하는지가 관건이 된다.

다음에는 이미지(image－시의 회화성(繪畫性))를 말한다. 이는 마음의 그림이니 언어의 그림이니 하는 표현으로 시인의 상상력으로 언어의 그림을 그리는 것은 대단히 중요하다. 이처럼 이미지를 창출하는 요소는 우리 신체가 가지고 있는 오관(五官－눈귀

입코손)에 의해서 지각하는 외적 사물에서 추출하게 되는데 여기에는 시간과 공간 개념이 필수적으로 대입(代入)되어야 한다.

마지막으로 주제(시의 의미성)이다. 이 주제는 작품의 핵이 되는 메시지이다. 언어의 나열만 잘 하면 좋은 시가 되는 것이 아니라, 주체가 되는 내용이 있어야 공감대를 형성하게 된다. 이 주제는 그 시인의 체험이 우리들의 정(情－七情 : 喜怒哀樂愛惡慾)에 의해서 생성되고 이 체험이 바로 이미지나 주제로 연결되는 특성이 있다. 이 체험에는 직접체험과 간접체험이 있다. 태어나서 지금 현재까지 살아온 경험이 직접 체험이며 실제로 직접 체험하지 못한 부분에 대해서는 선지자나 선각자가 체험하고 기술해 놓은 선험(先驗)을 독서를 통해서 체험하는 것이 간접 체험이다. 이렇게 시의 구성 원리를 이해하면 시 창작에 많은 도움이 될 것이다.

지난 달 발표된 작품들은 대체로 수작(秀作)들이 많았다. 우리 시인들이 창작에 좀더 많은 열정을 투여한다면 좋은 작품을 창작할 수 있다는 확신을 가지게 한다. 우선 특별 초대시로 수록한 손해일 국제펜한국본부 부이사장의 작품을 읽어보기로 하자.

바다는 육지가 그리워 출렁이고 / 나는 바다가 그리워 뒤척인다 / 물이면서 물이기를 거부하는 / 모반의 용트림 / 용수철로 튀는 바다 / 물결소리 희디희게 / 안개꽃으로 빛날 때 / 아스팔트에 둥지 튼 갑충(甲蟲)의 깍지들 / 나도 그 속에 말미잘로 누워 / 혁명을 꿈꾼다 / 돌아가리라, 돌아가리라 / 덧없는 날들이 어족처럼 데리고 / 시원(始原)의 해구(海溝)로 / 우리가 어느 바닷가 선술집에서 / 불혹을 마시고 있을 때 / 더위 먹은 파도는 생선회로 저며지고 / 섬광 푸른 종소리에 피는 / 새벽바다 안개꽃.

－ 손해일의 「새벽바다 안개꽃」 전문

그는 '새벽바다'와 '안개꽃'이라는 시적 상황을 설정하고 '물이면서 물이기를 거부하는 / 모반의 용트림'이 작법(作法)상의 기(起)에 해당하는 도입부에서 비장한 메시지를 적시(摘示)하고 있다. 그는 다시 '물결소리 희디희게 / 안개꽃으로 빛날 때 / 아스팔트에 둥지 튼 갑충(甲蟲)의 깍지들 / 나도 그 속에 말미잘로 누워 / 혁명을 꿈꾼다'는 '새벽바다'의 기상이 그의 진솔한 시맥(詩脈)으로 형상화하고 있다. 그는 결론적으로 '돌아가리라'라는 '시원(始原)의 해구(海溝)'를 갈망하지만, '덧없는 날들의 어족'과 동행해야 하는 현실적인 모순을 화해로 흡인하려는 정서의 발흥으로 현현되고 있음을 알 수 있다.

다음으로 김용복의 '꿈'은 어떠한가.

> 나이와 색깔이 있고 / 누구나 가질 수 있으며 / 임자가 따로 없다 / 젊었을 때는 높고 컸지만 / 나이를 먹으며 낮고 작아졌다 / 알맹이가 없으며 / 맛도 없고 만질 수도 없다 / 꿈은 잡히지 않는 환상이요 / 무지개 잡으러 들녘에 갔더니 사라졌다 / 별을 따러 산에 오르는 것 같은 것 / 들녘에서 은인을 만나고 / 별을 따러 갔다가 지혜를 얻는 것이 / 꿈이다.
>
> — 김용복의 「꿈(望)」 전문

그는 이 '꿈'에 대한 이미지와 은유(隱喩)적인 적시로 '들녘에서 은인을 만나고 / 별을 따러 갔다가 지혜를 얻는 것이 / 꿈이다.'라는 어조로 결론의 메시지를 제공하고 있다. 그는 '꿈'에다가 바란다는 망(望)자를 동시에 적시함으로써 그가 여망하는 묵시적(黙示的)인 이미지가 담겨 있다는 점도 간과(看過)하지 못한다. 그는 결국 이 '꿈'은 '임자가 따로 없다'거나 '젊었을 때는 높고 컸지만 / 나이를 먹으며 낮고 작아졌다' 그리고 '알맹이가 없으며/맛도 없고 만질 수도 없다'는 보편적인 언술로 그가 분사(噴射)하는 시어에는 복합적인 의미가 녹아 있음을 알 수 있다.

> 너를 죽여 밤을 밝히고도/비명도 몸부림도/울부짖음도 없다/오직 너의 생명을 태워/누군가의 빛이 될 뿐/흐르는 건/고통의 눈물이 아니다/기쁨 희생 헌신 보람/영광의 눈물이다/진정 희생이란 그런 것이다.
>
> – 이천도의 「촛불」 전문

그렇다. 이천도는 '비명도 몸부림도/울부짖음도 없다'는 화자의 어조는 무언(無言)으로 '밤을 밝히'는 '촛불'과의 시적 교감이다. 여기에서 주제는 '기쁨 희생 헌신 보람/영광의 눈물이다'라는 확연한 메시지라고 할 수 있다. 이 '촛불'은 '오직 너의 생명을 태워/누군가의 빛이 될 뿐'이라는 결론에서 이해할 수 있듯이 '촛불'이 존재하는 궁극적인 이유가 바로 그의 심저(心底)에서 작동한 정서의 원류로 흐르고 있다. 우리 현대시에서 강조하는 이미지와 은유의 탐색은 작품의 멋과 맛을 더욱 가미(加味)하는 중요한 요소로서 많은 시인들이 이의 연구를 위해서 열정을 쏟고 있다. 그렇게 치열한 탐구정신이 결여되면 좋은 작품이 탄생하기 어렵다는 결론에 도달하게 된다.

마지막으로 지난 달 신인상으로 데뷔한 강도헌은 어떠한지 살펴보기로 하자.

> 다름질한다/마름모꼴이 보기 싫어도/어떤 모양을 만들고 있는 것처럼/겸손하게 만드는 모양/언제,/표현도 할 수 없는 천부적 기질을/태고 때부터 있었나/얇게 쓰려 내린 눈동자를 크게 보면/세상의 모든 것이 만물을 본다/닥치는 대로 흩날리고 뿌

리는 / 손끝에서부터 / 자유로울 수 없는 민중의 삶.

– 강도헌의 「찾아오는 새소리」 전문

그는 '표현도 할 수 없는 천부적 기질을' 하늘로 비상하는 '새'에게서 듣고 있다. 필자가 심사를 해서 당선한 신인의 작품으로서는 상당한 습작기간을 거친 작품이라는 평가를 한 바가 있다. 그는 '겸손하게 만드는 모양'이나 '얇게 쓰려 내린 눈동자를 크게 보면 / 세상의 모든 것이 만물을 본다'는 예지(叡智)적인 사물관이 그의 특성으로 현현되고 있으나 그가 탐색하고자하는 주제는 '자유로울 수 없는 민중의 삶.'이라고 할 수 있다. 왜냐하면 자유롭게 날 수 있는 새와 대칭으로 부자유한 '민중의 삶'이 현실적인 갈등과 고뇌에의 조화를 위한 해법일 수도 있다는 역설이 가능해지기 때문이다. 이러한 강도헌의 데뷔에 대해서 '네 꿈이 / 이곳에서 삯이 될 때 / 묵직한 한 그루 / 국보문인협회는 너에게 작은 햇살을 불러 / 절차탁마(切磋琢磨)가 되겠다(황주철의 「도헌 씨께 보내는 메시지」 중에서)라는 격려의 언어도 관심을 보여주고 있다.

이 밖에도 이일현의 「가을맞이」, 조환국의 「가을여행」, 박희균의 「늦가을」, 황주철의 「가을이 가네」, 그리고 정진해의 「비 오는 날」 등이 사라져가는 가을에 관한 이미지를 투영하면서 세월의 덧없음을 토로(吐露)하고 있어서 주목하게 된다. ✷

(『국보문학』 2013. 12.)

가을 이미지와 시적 진실

가을이 완연하다. 계절이 바뀔 적마다 우리들의 심지(心地)는 그 깊이를 더하는 이미지가 발굴된다. 가을 이미지는 어떠할까. 우선 가을 하면 오곡백과가 결실해서 주렁주렁 매달린 나뭇가지를 쳐다보기만 해도 풍성함을 느낀다. 풍요의 계절이다. 이러한 풍성한 가을에는 우리 문단에도 문학행사가 많이 열린다. 11월 1일은 '시의 날'이다. 육당 최남선이 「해에게서 소년에게」를 발표한 1908년 11월 1일을 당시 한국시인협회와 한국현대시인협회가 공동으로 정하고 지금까지 번갈아서 행사를 하고 있다.

이 '시의 날' 선언문에서는 '시는 삶과 꿈을 가꾸는 언어의 집이다. 우리는 시로써 저마다의 가슴을 노래로 채워 막힘에는 열림을, 어둠에는 빛을, 끊어짐에는 이어짐을 있게 하는 슬기를 얻는다. 우리 겨레가 밝고 깨끗한 삶을 이어올 수 있었던 것은 일찍부터 그러한 시심을 끊임없이 일구어 왔기 때문이다. 이땅에 사는 우리는 이에 시의 무한한 뜻과 그 아름다움을 기리기 위하여 신시 80년을 맞이하는 해, 육당 최남선의 「해에게서 소년에게」가 1908년 『소년』지에 처음 발표한 날, 십일월 초하루를 '시의 날'로 정한다.'라고 명시하고 있다. 올해가 벌써 27회째이다. 한국시인협회가 서울 문학의 집에서 시행하는 행사에는 박원순 서울 시장이 참석해서 '시의 도시, 서울' 선언문을 낭독하고 문학 5단체(한국문협 등)가 함께 하는 특별한 행사를 계획하고 있다는 소식이다.

> 시인이여 / 절실하지 않고, 원하지 않거든 쓰지 말라 / 목마르지 않고 주리지 않으면 구하지 말라 / 스스로 안에서 차오르지 않고 넘치지 않으면 쓰지 말라 / 물 흐르듯 바람 불듯 하늘의 뜻과 땅의 뜻을 좇아가라 / 가지지 않고 있지도 않은 것을 다듬지 말라 / 세상의 어느곳에서 그대 시를 주문하더라도 / 그대의 절실함과 내통하지 않으면 응하지 말라 / 그 주문에 의하여 시인이 시를 쓰고 시 배달을 한들 / 그것은 이미 곧 썩을 지푸라기시이며, 거짓말 시가 아니냐 / 시인이여, 시의 말 한 마디 한 마디가 그대의 심연을 거치고 / 그대의 혼이 인각된 말씀이거늘, 치열한 장인의식 없이는 쓰지 말라 / 시인이여, 시여, 그대는 이 지상을 살아가는 인간의 삶을 위안하고 / 보다 높은 쪽으로 솟구치게 하는 가장 정직한 노래여야 한다 / 온 세상이 권력의 전횡(專橫)에 눌려 핍박받을지라도 / 그대의 칼날 같은 저항과 충언을 숨기지 말라 / 민주와 자유가 유린 당하고 한 시대와 사회가 말문을 잃어버릴지라도 / 시인이여, 그대는 어둠을 거쳐서 한 시대의 새벽이 다시 오는 진리를 깨우치게 하라 / 그대는 외로운 이, 가난한 이, 그늘진 이, 핍팍받는 이, 영원 쪽에 서서 일하는 이의 맹우(盟友)여야 한다.

이 글은 1987년 당시 한국현대시인협회 회장이었던 권일송

시인과 시를 무척 사랑했던 소년한국일보 김수남 사장이 함께 발의하고 시낭송계의 대부라고 할 수 있는 당시 한국일보 김성우 논설위원이 동의하고 또한 한국시인협회가 동참함으로써 '시의 날'이 제정되고 위와 같은 '시인선서'가 2004년에 한국시인협회 회장이 발표하였다. 이렇게 우리 문단의 소식을 전하다보니 지난 10월호 『국보문학』에 발표된 작품 읽기가 늦어진 것 같다. 우선 지난호에는 완연한 가을의 이미지를 많이 창출하고 있다는 특징을 읽을 수가 있다.

> 자전거에 올라앉은 / 가을 밭 풀 비린내 / 하얀 억새 손끝이 바퀴살이 걸렸다 / 참 맑다 / 비틀비틀한 이 길이 가을인가?
>
> — 김태희의 「가을」 전문

김태희의 가을은 약간 어눌한 이미지가 다가온다. 그는 시조로 중앙리보에서 7회나 입상한 시력(詩歷)이 있어서 운율에 남다른 애정으로 시창작을 하고 있다. 이후에 현대시도 쓰고 있으나 일반적인 시의 구성보다는 그 흐름이 완만하게 진행하는 특성을 읽을 수 있게 한다. 그는 '하얀 억새 손끝이 바퀴살이 걸렸다'거나 '참 맑다 / 비틀비틀한 이 길이 가을인가? '라는 어조에서 이해할 수 있듯이 보편적인 상상력을 초월해서 하나의 이미지를 완성하려는 그의 진실을 읽을 수 있게 한다. 또한 문장에서도 '이 길이 가을인가?'라는 의문형으로 종결함으로써 이 '가을'에 대한 정의를 통한 시적주제는 잠시 유보하는 시법으로 구성하고 있다. 다시 그는 함께 '10월의 시인'으로 발표한 「코스모스의 미소」에서도 '가을'의 이미지를 추출하여 '침묵인가 미소일까? / 가을 하늘 몇 살일까?'라는 등의 의문형의 시법은 그가 구사하는 시적 구성에서의 개인적인 특성으로 이해해야 할 것이다.

> 가을 나뭇잎 바스락 소리 / 기다리던 갈바람 마중하네 / 을숙도 뙤약볕에 땀흘리며 / 모시조개, 바지락 캐던 한 여름도 / 소슬바람이 대나무숲을 지나고 / 파아란 하늘 양떼구름에 물러가니 / 식구들 둘러앉은 돗자리 평상에는 / 뛰놀던 개구장이 잠 청할 때 / 귀뚜라미 우는 소리 가을을 알리네
>
> – 홍대식의 「가을 소식」 전문

홍대식은 '가을 소식'을 시각과 청각을 동시에 분사(噴射)하는 이미지즘(imagism)의 형태로 시법을 전개하고 있다. '을숙도 뙤약볕에 땀흘리며 / 모시조개, 바지락 캐던 한 여름', '대나무숲'이나 '파아란 양떼구름' 그리고 '식구들 둘러앉은 돗자리 평상' 등의 시각적인 형상화는 한 폭의 동양화를 감상하는 형상이며 다시 '가을 나뭇잎 바스락 소리'와 '귀뚜라미 우는 소리' 등은 청각적인 이미지로 시를 구성하고 있다. 이처럼 이미지의 다양한 창출은 현대시가 요구하는 시법의 하나로 시의 향취(香臭)를 더욱 상승시키는 효과를 얻을 수 있을 것이다. 우리 현대시는 단일성 이미지만으로는 한 편의 작품을 완성할 수가 없다. 있다고 하더라도 단조로운 묘사나 감상적인 스케치에 머물 수밖에 없을 것이다.

그가 연재시로 함께 발표한 작품 「코스모스 편지」에서도 '코끝이 찡한 가을 하늘에 / 짝을 찾는 고추잠자리 / 뱅글뱅글 반가운 맴을 돈다'거나 '모란꽃 전설이 서글퍼 / 다시금 피어날 계절을 대신하며 / 가을 사랑으로 피어난 코스모스'라는 어조가 가을에 대한 이미지를 감도(感度) 높게 형상화하고 있다.

오늘 가을 들녘을 보았습니다/그리도 야속한 사람인데/파란 하늘에 흔들리는 당신 얼굴이/고추잠자리와 함께다니네요/가을 바람은 당신 같은 바람이고/코스모스는 당신 같은 미소 같고/고개 숙인 해바라기는 당신 마음 같아/-중략-/또다시 당신이 그리워질 때면/나는 이렇게 홀로 들녘을 걷겠지요/가을은 당신과 나를/지난 세월로 몰고 가는 그리움입니다.

— 이영순의 「가을은」 중에서

이영순의 '가을은' '가을은 당신과 나를/지난 세월로 몰고 가는 그리움입니다.'라는 어조에서 알 수 있듯이 '가을=그리움'이라는 등식을 성립시키고 있다. 하나의 실생활(real lige)과 상관된 계절병적인 심려(心慮)를 읽을 수 있다. 여기에서 '당신'과 '나'의 시적화자는 가상이 아닌 실재(實在)의 체험에서 투영된 이미지로서 '그리움'의 주제를 더욱 명징(明澄)하게 현현해 주고 있어서 공감을 확산시키는 효과를 알 수 있다.

무엇보다도 큰 열매, 청정한 공기를 생산하는 너/너에게서 상실의 냄새가 난다/나무가 사는 숲속에서는 사람 냄새가 나고/사람이 사는 곳에서는 나무 냄새가 난다/마치 나눔과 사랑이 모두 제 것인 양 자랑하는 너/너의 냄새에 머리가 띵하구나/어디를 가나 추함은 눈 보듯 뻔하다/눈 질금 감아보면 나는 없고 너만 있는데/무엇을 그리 거머쥐려 몸부림이냐/마치 모든 계절을 자신이 만든 듯 허풍 떠는 네게/아무것도 가지지 않고도 당당한 겨울을 거울로 주마/위선의 너에게서 조금이라도 더 멀리 떨어져 나가고 싶다/점점 더 쌓여만 가는 너의 욕심을 무시하며/은은한 목탁소리 버리지 못한 번뇌를 절간에 벗어 놓는다.

— 김선영의 「가을, 그 위선자에게」 전문

김선영의 '가을'은 '위선자'이다. 그 위선은 우리 인간 일상에서 당면하는 갈등이 내면으로 스며들어 현실과 교차할 때 다양한 현상으로 현현되고 있는데 이는 그가 '위선의 너에게서 조금이라도 더 멀리 떨어져 나가고 싶다'는 기원의 의지가 충만하는 그의 진실이다. 그는 '점점 더 쌓여만 가는 너의 욕심'이라는 어조에서 알 수 있듯이 '나는 없고 너만 있는' 인간사에서의 고뇌가 계절의 시간성에서 접맥하는 이미지의 결합은 바로 사물과 시간성이 융합하면서 발현된 그의 진정성이며 '은은한 목탁소리 버리지 못한 번뇌를 절간에 벗어 놓는다.'는 결론은 그의 시적 진실이라고 할 수 있다. ✷

(『국보문학』 2013. 11.)

사물 이미지와 관념 이미지의 차이

현대시의 특징 중에는 사물 이미지만으로 한편의 시를 완성하는가 하면 반대로 관념 이미지만으로 작품을 창작하는 경우가 있다. 이는 어느 한쪽이 그르다 옳다가 아니라, 시적 취향이나 시인의 정서에서 사물이나 관념으로 편향하는 경향을 읽을 수가 있는데 이는 자칫하면 편향된 정서의 외길로 흐를 염려가 있을 것이다. 흔히들 사물시(physical poetry)라고 하는 것은 개인의 사상이나 어떤 의지를 배제하고 오로지 사물적인 이미지만을 중시하게 된다. 이미지즘의 시가 여기에 해당한다. 그리고 관념시(platonic poetry)는 어떤 관념의 세계를 드러내어 독자를 설득시키려는 의지가 있어서 인생이나 정감을 관념으로 파악하여 표현한 시를 말한다.

여기에서 이미지의 추출은 우리 인간이 소유한 오관(五官－眼耳鼻舌身))에 의해서 생성하는 오감(五感－視聽嗅味觸)을 통한 지각활동이 바로 우리 정서나 사유와의 교감으로 나타나는 현상을 말한다. 여기에서 외적 요인만 기술하는 사물 이미지와 내적 정서가 주요 주제를 이루는 관념 이미지로 형상화하게 된다. 대체로 사물시라고 하면 오감, 특히 시각, 청각, 후각, 미각, 촉각을 통해서 분사(噴射)된 외적인 표현을 말하고 관념시는 외적인 자극에 의해서 내적으로 승화한 시법을 말한다.

> 행구동 저수지 오솔길 따라 걸어가면 / 숲속 광장 사람 없는 대합실 긴 의자 / 청솔모 한 마리 역무원인양 졸고 있습니다 / 열차 시간표에 / 멎어버린 기적소리 그리운 듯 / 물끄러미 바라보며 고갤 끄덕입니다 / 눈 맑은 아이와 / 젊은 아버지가 / 출발하긴 너무 이른 / 멈추기엔 아직 이른 / 황금빛 눈부신 / 청운의 역을 지나 / 붉은 신호등 졸고 있는 / 정지된 간이역 / 아 어느새 이곳까지 왔을까 / 여기는 우리의 반곡역(盤谷驛)입니다.
>
> — 정진수의 「간이역」 전문

이 작품에서 보는 바와 같이 '간이역'이라는 하나의 사물을 시적 소재로 취택해서 완성한 작품이다. 보는 바와 같이 '간이역'을 통해서 보이는 외적 묘사에 치중하면서 자신이 행동이나 주변 환경을 기술하고 있다. 앞에서 언급한 것과 같이 자신의 의지와 감정의 흐름이 없는 사물 이미지만으로 구성한 작품이다. 어찌보면 정감이 결여된 딱딱한 스케치에 가깝다고 할 수 있을까. 이러한 작품들은 권영하의 「칡꽃 등불 받쳐 들고」, 이혜선의 「돌문」, 맹숙영의 「밤바다」, 한양정의 「서나무」, 정다운의 「아버지의 뒷모습」, 최수연의 「담쟁이 넝쿨」, 김선영의 「나팔꽃 피다」 그리고 김명옥의 「꽃과 벌」등에서 사물 소재에서 창출한 이미지군(群)을 만날 수 있다.

> 난 바보인가 봐 / 사랑해선 안 될 / 아픈 사랑을 했나봐 / 한쪽 가

슴은 바보라고 / 빈 마음으로 잊으라고 하는데 / 한쪽 가슴은 자꾸만 그리움으로 / 날마다 못나게끔 서러워 보채는구나 / 아 두 가슴을 묶어 / 깊은 강물에 던지고 싶은데 / 어정쩡하고 / 못자람 가슴에다 대고 / 인생이란 이런 거라고 / 사랑은 모두가 아픈거라고 / 그냥 아름답게 조율하며 살라고 / 나도 모르는 누군가에게 속삭이네 / 기억의 올무 속에 / 서성대는 내 삶의 모습이 / 아무래도 나는 바보인가봐

– 이영순의 「난 바보인가봐」 전문

여기 이영순은 반대로 자신의 감정만 깊숙이 표현해서 '나'라는 화자의 독백이 많이 나타나는 현상의 관념 이미지로 작품을 구성하고 있어서 내적인 정감은 풍부하지만 독자들과의 공감영역이 축소될 수 있다는 점을 간과(看過)할 수 없을 것이다. 이러한 작품은 이길옥의 「생각 허물다」과 「몰입」, 방극률의 「내가 나에게」, 이우창의 「그녀 생각」, 정다겸의 「맘」 연작 그리고 박범수의 「변화」등이 관념 이미지로 소재를 설정했거나 내용을 풀어나갔다.

이처럼 사물시나 관념시는 어느 한쪽으로 치우치면 스케치나 독백이 될 염려가 있기 때문에 우리 시법에는 사물과 관념의 이미지를 적절하게 융합(融合)해야 한다는 창작법이 설득력을 가지게 되었다. 이러한 사물과 관념의 이미지의 융합은 취택된 소재가 사물(가령 산, 강, 돌, 나무 등등 외적인 대상물)이라면 시적인 상황 설정에서 사물 이미지를 도입하고 다시 정감이 우러나는 관념 이미지로 서로 교감시키는 시법을 말하는데 여기에서 생성하는 시이론은 김춘수가 말한 「존재의 감각과 의미의 의지」 중에서 이를 이해할 수 있다.

사물을 감각적으로 그대로 수용한다는 것은 원시적인 태도라고 할 수 있다. 그것은 관념(의미) 이전의 관념이 장차 거기서 태어날 관념의 제로지대에 있기도 하다. 이 지대에서 야기되는 사건들은 질서가 없는 듯하지만 그것은 관념의 쪽에서 바라볼 때 그렇다는 것이지 그렇지가 않다.

그렇다. 사물 이미지란 관념이 없는 순수 이미지를 말하고 관념 이미지는 사물 이미지에 인생이나 사회의 어떤 관념이나 의지를 포괄해야 한다는 말이 된다. 그러나 미국의 신비평가 랜슴(J.C. Ransom)은 사물시와 관념시를 비판하고 바람직한 시로서 형이상시(形而上詩－metaphysical poetry)를 내세우고 있다. 시는 사물 이미지만으로는 편협한 것이 되므로 사물과 관념, 감각과 사상이 통합된 시가 가장 바람직한 시라는 것이다. 이것이 형이상시라는 것인데 말하자면 사물시와 관념시의 장단점을 보완해서 새로운 타입의 시를 창작하는 것이다. 이는 보는 관점에 따라서 해석하거나 이해하는 데 차이가 있을 수도 있을 것이다.

그대를 생각하며 / 새벽녘 불어오는 바람결에 / 내 마음 실어 / 그리움의 향기 띄웁니다 / 가득하게 떠오를 / 그대를 가슴에 담으려면 / 내 마음을 비워야 할 것 같습니다.

— 조육현의 「일출」 전문

여기 조육현은 사물적 소재 '일출' (시각적)을 통해서 자신의 가슴 깊이 묻어두었던 간결한 소회(所懷)를 담아내고 있다. 다시 말하면 소재(제목)를 사물로 했을 경우에는 내용은 관념으로 풀어야 하고 반대로 소재가 관념일 경우에는 내용은 사물로 구성하면 형이상시의 개념에 접근할 수 있다는 견해가 된다.

이길옥이 작품 「몰입」에서 '내 넋이 / 헐렁한 외투를 아무렇게나 걸치고 / 블랙홀에 뛰어들어 / 노숙을 한다'라거나 이우창의 작품 「그녀 생각」에서 '크게 피지 않아도 기쁨을 주며 / 향기가 코끝에 닿지 않아도 / 여름이 오는 긴 신음을 듣고 있다'는 어조는 조육현의 상황과 다르게 현현되고 있다

> 차디찬 바위에 / 제 몸을 녹여 붙이고 / 버티고 버티며 한 생을 이뤄 / 마침내 눈부신 꽃을 피워낸 / 배롱나무 앞에 고개 숙여 / 합장을 한다 // 미안하다 나의 시업(詩業)이여

이 작품은 허형만 교수가 오래전에 상재한 시집 『그늘이라는 말』에 수록된 작품 「미안하다」 전문인데 찬찬히 살펴볼 필요가 있다. 이는 제목이 관념이지만 내용은 어떠한가. 마지막 한 행에서만 관념 이미지로 타나나지만 전체의 구성은 시각적인 이미지의 사물이다. 보라. 허형만 교수는 '바위', '눈부신 꽃', '배롱나무' 그리고 '합장'까지 외적 사물과의 관계에서 투영된 '나의 시업'을 향한 자신의 진솔한 심중(心中)이 잘 발현되고 있어서 시의 위의(威儀)를 더욱 심도(深度)있게 이해할 수 있게 한다.

권희경은 다시 작품 「투타연의 폭포는 흐르고」에서 '이름 모를 꽃 / 거름되어 붉게 피어나니 / 떠도는 젊은 영혼의 넋이여 / 아름다운 투타연 폭포 / 흐르는 물에 잠시 쉬어 가게나'라고 사물과 관념을 고르게 융합하는 조화가 엿보인다.

한편 맹숙영의 작품 「여름밤 소야곡」에서도 '발걸음 멈춘 다리 밑 공터 / 색소폰의 애잔한 소리에 / 귀기울이며 땀 식히는 사람들 / 간헐적 들리는 소리 / 찜통더위를 실어 나른다'라는 어조로 사물과 관념의 교차로 작품성뿐만 아니라, '소야곡'에 걸맞는 스토리가 감흥(感興)을 높혀 주고 있다.

이처럼 사물 이미지와 관념 이미지의 차이는 어쩌면 상호 괴리(乖離)의 정감으로 변할 수도 있으나 '소재는 사물=내용은 관념'이거나 반대로 '소재는 관념=내용은 사물'이라는 보이지 않은 하나의 시법을 상기하면 형이상시에 도달할 수 있다는 기대가 남아 있을 것이다. ✷

(『국보문학』 2013. 10.)

삶의 궤적(軌跡)과 시적 상상력

지난 8월. 열대야가 계속되는 더위에도 우리 문단에는 쉬지 않고 행사가 많았다. 연중 가장 큰 행사로 소문이 난 백담사 만해마을에서 열린 '만해축전'을 빼놓을 수가 업을 것이다. 이 축전에서도 전국의 문학단체가 벌이는 문학제 중에서 한국문인협회가 실시한 제52회 한국문학심포지엄이 많은 관심의 대상이 되었다. 이번 주제는 '문학과 과학의 상생'으로 조병무 평론가의 좌장으로 최진호 수필가, 우한용 소설가, 민병도 시조시인 그리고 박덕규 평론가가 발표를 하고 필자와 곽노흥 희곡작가, 박두순 아동무학가가 지정 토론을 별였다.

전국의 문협회원 약 3백 여명이 모여서 진지하게 진행된 심포지엄은 여느 해보다도 대성황을 이루었고 회원들의 관심도 그 만큼 상승되고 있었다. 이처럼 '문학과 과학'의 상호 상생에 대한 논제는 현재 고도로 발달한 과학문명에 비해서 서로 상생을 탐색하는 것은 그렇게 생각보다 많지는 않았던 것이 사실이다.

깜깜한 밤에 / 밝은 태양을 생각한다 / 먼 우주 공간에서 / 허공에 뜬 지구를 바라본다 / 천만 겁으로 얽힌 인연 속에서 / 금생의 나를 생각한다 / 지금 이곳에서 / 매트릭스에 갇힌 / 나를 느낀다 / 저 아득한 곳 / 블랙홀로 이어진 / 또 다른 우주에서 / 음양으로 맺어진 내가 / 광속보다 빠른 영감으로 / 또 다른 나에게 / 따뜻한 마음을 보낸다 / 안부를 전한다.

— 안희수의 「또 다른 나에게」 전문

이 심포지엄에서 필자는 위의 작품을 예로 들면서 토론에 임했다. 안희수 시인은 서울대에서 지구과학교수로 퇴임한 분이다. 그는 시집 『우주의 고도에서』를 발간하면서 필자가 해설을 집필하고 우리 시와 지구과학이 접목할 수 있다는 가능성을 이미 확인한 바가 있다. 이 작품에서는 그가 우주공간에서 지구를 바라보는 이미지가 지구과학자답게 놀라운 상상력으로 작품을 창작하는 지적 사유를 높이 평가하게 된다. '또 다른 나에게'는 그의 존재를 재확인하면서 '따뜻한 마음과'과 '안부를 전하는' 등 자아 인식을 차원 높게 교신을 시도하고 있다. 이러한 교신의 흔적은 그의 고뇌스런 소재의 선택과 작품의 전개에서 이해할 수 있게 한다.

또한 한국시인협회가 후원한 '한국 현대시 100년을 바로 세운다'라는 주제로 만해축전 한국 현대시 100년 대회 심포지엄을 가졌는데 오세영 시인, 이숭원 평론가, 최동호 시인, 홍성란 시인이 발표를 하고 박현수 시인, 장석원 시인, 오형엽 평론가, 염창권 시인이 지정토론을 해서 많은 관심을 도출했다.

그리고 한맥문학가협회에서는 '합천, 그 선비정신과 문학'이라는 주제로 필자가 고향의 선비와 문학을 역설하는 심포지엄이 합천 해인사관광호텔에서 대성황리에 개최되어서 경향 각지

문인들의 열렬한 환영을 받은 바 있다. 여기에서 낭송된 졸작 「해인사에서」 전문은 다음과 같다.

> 분명히 이승이다. 아름드리 / 길목 잣나무 잔잔한 회상 / 지금도 멈추지 못하는 / 홍류동(紅流洞) 계곡 물소리 / 어쩌면 우리 사랑을 잊어버린 / 날들이 한꺼번에 씻겨지는 / 은은한 숲 내음 / 그대여, 오늘은 목탁소리 귀기울이다 / 가야천 드리운 나뭇잎 하나 / 둥둥 떠내려 보내지만 / 묵은 텃밭에 웃자란 잡풀 뜯어내 / 고뇌와 묶어 흘려 보낼 수야 있을까마는 / 삐리 삐리 삐리리 산새 울음 / 젖은 가슴 속 회오리치면 / 그대여, 절반쯤은 극락이다 / 일주문 지나 봉황문 홍하문 해탈문 안으로 / 대적광전 큰 부처님 미소 / 오오, 나무관세음보살 – / 가야산 먼 흰 구름은.

지난 달 『국보문학』에서는 특출(特出)한 작품은 없었다. 모두들 염천(炎天)에 지쳤는지 아니면 모두 피서를 떠나서 창작의 시간을 갖지 못했는지는 알 수 없으나 새롭고 지적인 사유의 산물인 작품들을 읽기가 쉽지 않았다.

> 삶이란 / 수레바퀴다. / 굴러가다가 / 수렁에 빠지기도 하고 / 돌멩이에 걸려 / 땀을 뻘뻘 흘리기도 한다. / 굴러가다가 / 도랑에 처박히기도 하고 / 오르막길에서 숨이 차 / 헉헉거리기도 한다. / 수렁이나 돌멩이 / 도랑이나 오르막길 / 삶의 추임새다. / 수레바퀴의 발목을 잡는 / 걸림돌들이 / 삶의 추임새다

이길옥의 「추임새」 전문인데 평범한 상상력으로 '삶'에 대한 진지한 논거(論據)를 투영하고 있다. 그는 '삶 = 수레바퀴'라는 등식을 성립시키고 살아가는 동안의 희비(喜悲)가 교차하면서

하나의 교훈적인 메시지를 전해주고 있다. 또한 그는 '삶의 추임새'는 바로 '수레바퀴의 발목을 잡는/걸림돌들이'라는 결론에 도달하게 된다. 그는 다시 작품 「걸림돌」에서도 '가장 중요한 때 아니면/가장 요긴한 곳에는 반드시/몹쓸 심사로 토라진 걸림돌이 있다'고 어조(語調)를 높인다. 이러한 상상력의 근원도 '추임새'와 같이 '삶'에 대한 그의 의식이라고 할 수 있다.

우리가 시적 발상이나 이미지의 창출 혹은 주제의 투영에는 그 시인의 삶의 궤적(軌跡)에서 발현하는 것이 통상적이다. 지나온(살아온) 과거의 재생에서 획득하는 이미지가 있는가 하면 현재의 삶에서 유추하거나 탐색하는 이미지도 있을 것이다.

> 너와 내가 함께 사는 세상/너무 따지고 살지 말자/푸른 하늘을 보라/넓은 바다를 보라/-중략-/세상사는 동안/싸안으며 삶의 폐지를 곱게 누벼보자/그러다 보면 인생은 살맛이 난다.

이영순의 「삶의 폐지」 일부이다. 그도 자신의 현재의 사유를 통해서 교훈적인 메시지를 띄우고 있다. '인생의 살맛'을 위해서 제시하는 몇 가지의 방안은 우리들이 생각하고 누릴 수 있는 평범한 상상력의 재생이다. 어차피 우리는 '함께 사는 세상'에서 '내가 남을 헤아리며 용서하면/남도 나를 용서하며 사랑하겠지'라는 결론이다.

> 내일이면 후회하지 않을/사랑만을 하고 살자/일희일비하는 삶이지만/사랑함으로 행복을 잃지 말자/이제 때늦은 후회는/사랑하는 사람에게 아픔의 고통일 뿐

홍대식의 「내일이면 늦으리」 일부이다. 그는 '삶'의 정의가

'일희일비'라고 추정하고 '후회' 없는 삶을 구현하라는 메시지가 명징(明澄)하다. 그리고 '面從腹背하는 어리석음을 버리고/진실한 사랑만을 주어도 짧은 세월'이라는 어조는 삶과 '세월'의 복합적인 상관성을 통해서 구가(謳歌)하는 시적 상상력과 그 진실이 확대하고 있다.

> 많고 많은 사람 중에/그중 한 사람을 만나 사랑을 하고/부부로 인연을 맺어/매일 뜨는 태양을 함께 바라보며/부푼 꿈을 가슴에 안고 살아간다

정다운의 「부부로 산다는 것은」 일부인데 일상적인 삶의 형상화이다. 그는 '부부로 인연을 맺어' '부푼 꿈을 가슴에 안고 살아'가는 평범성을 다시 확인시켜주는 그의 사유에는 삶의 한 단면을 통해서 '때로는 사랑과 미움이 교차하고/때로는 원수처럼 싸우기도/때로는 헤어지자고/시도 때도 없이 힘겨루기를 한다'는 진솔한 삶의 여백을 토로하고 있다.

어광선도 작품 「소박한 행복」 일부에서 '씨 뿌리며 웃고/거둬들인 수확에 웃고/맛있어 웃는 부부는 행복하리라'는 어조가 역시 삶의 궤적에서 창출한 현실적인 소회(素懷)의 형상화임을 알 수 있다. ✷

(『국보문학』 2013. 9.)

시적 화자(話者)의 변용(變容)

현대시의 표현 언어에서 시적 화자(persona)의 역할과 작품의 메시지 전달은 불가분의 관계를 갖는다. 일상생활에서 단순하게 의사를 전달하는 논리적인 기능보다는 정서적인 기능을 중시하는 시의 언어(혹은 시어(詩語))는 모든 사물과 관념의 시적 대상물에 대한 진실을 지적(知的)으로 판별하는 것은 물론, 언어가 지닌 음향의 미묘한 요소가 결합되어 있다. 그래서 우리는 작품을 통해서 이 신비하고 오묘한 맛의 조화를 이해하게 되는데 특히 우리의 일상적인 담론에서도 말하는 주체(화자)가 있고 말하려는 화제(내용)가 있으며 그것을 듣는 청자(聽者)가 있어야 가능하다. 이처럼 시에서도 화자의 표정과 상황, 그리고 담론(언어와 메시지)의 어조(語調-tone)에 따라서 독자(청자)에게 전달되는 시적 메시지가 무엇인가를 이해하게 된다.

이 화자는 우리가 작품을 창작할 때 등장하는 '나', '너' 혹은 '그'라는 인칭대명사를 묘사하는 예를 흔히 대할 수 있는데 사물이나 관념에서 문법상의 의인화로 실제의 '나'와 구분하게 된다. 이처럼 어떤 사물을 의인법으로 처리했을 때에는 시적 정감이나 주제의 감도(感度)가 상승하지만, 실제로 '나'를 표현했다면 이것은 자신의 독백으로 변해버릴 우려가 항상 남아 있다.

내 이름 석 자 곁에 가만히 내가 눕는다 / 쓸쓸한 저녁 무렵 / 돌아보는 이 없는 빈 들녘에서 / 오로지 내 이름 곁에 몸을 뉘인다 / 격한 분노도 아픈 시샘도 / 꿈이라 이름지어 / 거침없는 시간들을 땅에 묻고 / 안타까이 지는 석양빛도 / 회한없이 바라볼 수 있는 나를 위해 / 내 이름 써 놓고 내가 눕는다

– 구자성의 「내가 꿈꾸는 자유」 중에서

이 작품에서 '내 이름 석 자'는 실제로 시인의 이름 석 자가 된다. 물론 시의 발상이나 동기는 나의 체험(나의 이야기에서 출발하는 것이지만)에서 발현되는 것이지만, 앞에서 언급한 의인법과는 차이가 있다. 또한 '나를 위해'라는 어조에서 알 수 있듯이 완전히 '나' 개인에 대한 어떤 결심이나 결단같은 정감으로 흐르고 있다. 한편 '내 눈 끝은 / 하늘만 바라본다(최민석의 「하늘을 본다」 중에서)'거나 '나는 지금 / 시를 쓰기 위하여 / 문화의 계곡으로 / 자유로운 의지로 / 시를 찾아가고 있다(송형기의 「시(詩) 찾기」 중에서)'는 어조와 같이 '나'는 실재(實在)의 자신으로 묘사되어 있다.

그리고 나도 / 누군가를 기다리는 / 싫지 않는 마음으로 / 하늘을 보며 별을 세는 / 고독한 시간이고 싶다 / 너와 내가 사는 세상 / 아무런 기대도 하지 않고 / 기다림이 없다는 건 슬픈 일이다

– 이영순의 「기다리는 마음」 중에서

이 작품에서는 '나'와 '너'가 복합적으로 화자를 형성하고 있다. 일인칭과 이인칭이 상호 연결로 자신의 현재의 심경을 토로하고 있다. 이런 작품도 자칫하면 혼자만의 넋두리가 될 수 있다는 점을 유념해야 할 것이다. 이런 경우는 '내가 가서 네게 닿아 / 닻을 내리고 / 내 맘 확 까발려 타는 속 넣어 / 노골노골 / 너를 녹일께(이길옥의 「내가 갈게」 중에서)' 혹은 '빛의 사람은 / 내가 하늘이다 / 너는 나보다 더 높은 하늘이다(임명규의 「빛의 사람」 중에서)' 그리고 '모두 어디를 가나 그와 함께 하고 싶겠지 / 한 줌 흙이 될 때까지 / 그가 나와 함께 했으면(김선영의 「흥」 중에서)' 등에서 '그대' 혹은 '그'와 '나'에 대한 화자를 확인할 수 있게 한다.

한편 작품의 제목이 외적인 요소(사물)일 경우에는 그 사물이 의인화해서 '나'나 '너'라는 화자가 성립되어 그 사물이 '나'나 '너'로 변용(또는 대변인으로 형상화하기도 한다)되었음을 알 수 있겠으나 만약에 제목이 일반적인 관념(기다림. 그리움 등등)일 경우에는 그 시를 창작한 시인 자신이 '나'로 변한 어조로 나타나게 된다. 이런 경우에 독백이나 넋두리 혹은 푸념에 가까운 언술이 될 위험이 항상 도사리고 있게 된다.

> 그대는 예전에 / 보았던 느낌이나 / 지금 본 느낌이 / 어쩌면 저리도 같을까 / -중략- / 쭉 뻗은 / 자주색 곧은 대공 / 백자처럼 오붓한 미소 / 아름다운 그대여!
>
> — 허임영의 「寒蘭」 중에서

이 작품에서는 '그대'라는 하자가 있다. 이는 '너'나 '당신' 등의 화자가 '그대'라는 이름으로 작품의 중심에 서서 메시지를 전하고 있다. 여기에서 '그대'는 '한란'이 의인화로 변용되어서 소재 '한란'에 대한 구구한 설명이나 시각적인 효과만을 투영한 것은 아니라서 그 이미지와 비유된 어법이 좀 다르게 형상화하고 있다. 다시 '당신/맘 가득히/그대를 바라보기나 했나요(이철호의 「사랑을」 중에서)'와 같이 '당신'이란 화자의 취택으로 효과를 거두는 사례도 많지만 '그대' 대신에 직접 실명이나 직함을 거론해서 작품을 완성하는 경우도 종종 나타나고 있다.

> 늘 그 자리에 계시기/남들이 모르는 줄 알았습니다/맘먹고 찾아갔을 때/타지 출타하는 날이면/등대 잃은 칠흑바다/사방 면벽의 암흑/길 잃은 탕자가 됩니다/해 없는 꽃이었던가/흔들리지 않은 수목 없고/비에 젖어 덜덜 떨 때/햇살로 데워주시고/양식 넣어 채워주시는/고타법원 김이현 스승님은/저의 멘토 사해의 횃불입니다.
>
> — 조환국의 「사해의 횃불」 전문

이 작품에서는 화자가 '고타법원 김이현 스승님'으로 현현되고 있다. 이렇게 실명을 거론하여 청자와의 교감을 시도하는 작품은 어떤 경우에는 주제를 더욱 확고하게 정리하는 효율성도 있게 한다. 그러나 '저의 멘토'라는 '저의'가 바로 '나'였음을 적시하면서 실존의 '저'로서의 어조로 변할 수도 있다. 다시 '인연,/억만년 갑절을 넘어/오늘 만나고 있다/우리 어머니(최민석의 「우리 어머니」 중에서)' 혹은 '달콤함이 그리워/아버지의 주머니에서 꺼내든/거북선이 도드라진 동전 한닢(김동주의 「오십환의 이야기」 중에서)'와 같이 '어머니'와 '아버지'가 화자로 등장하여 스토리를 전개하고 있다.

이렇게 작중 화자는 인칭대명사뿐만 아니라, 가족이나 실제 실명으로 등장시켜도 되고 심지어 애완견 이름 등도 화자로서 실감나게 작품을 풀어나가는 경우도 있어서 이 화자의 활용을 잘 하면 작품의 의미와 전체의 균형에도 적극 도움이 되고 있다. 그렇다면 어떤 화자가 가장 바람직한 작품으로 평가를 받을 수가 있을까. 우리는 어떤 작품에서 이러한 인친대명사가 전혀 삽입되지 않고 문장을 완성한 작품을 대할 때 그 작품의 성격이나 주제를 이해할 수 있을까하는 의문이 생긴다.

멀리 잊혀진 계절이 / 짙은 녹음으로 활짝 피어내면 / 알 수 없는 기억이 뚜벅뚜벅 걸어와 / 황망한 어스름에 산다 / 바람이 물고 온 / 이승 깨우던 숨은 씨앗들 / 감도 없는 나무를 흔들며 / 어거지로 어거지로 낙엽이 진다 / 안개 같은 그리움이 얼룩으로 일어나 / 꽃으로 열리는 밤, / 짧았던 인연, 안타까운 여인이 / 꿈속에서 달로 뜬다

– 공의식의 「나이 앞에 서면」 전문

보라. 이 작품에서는 인칭대명사가 보이지 않는다. 굳이 찾아내라면 '안타까운 여인'이 화자라고 할 수도 있겠으나 위에서 살펴본 화자와는 다르게 나타나고 있다. 이처럼 화자가 보이지 않더라도 화자가 은닉되어 있어서 오히려 작품의 정돈된 정감이 살아나고 있다. 이런 작품들은 서병진의 「지구촌 새 한 마리」, 홍대식의 「봄꽃 지는 사월」, 권희경의 「새벽」 그리고 박태훈의 「칠월 서정」 등에서 화자가 표면에 등장하지 않고 내면에서 풍겨 나오는 시법으로 현현하고 있음을 읽을 수 있다.

이와 같이 표면에 나타나는 화자와 나타나지 않는 화자가 있는데 가령 박목월의 「가정」 일부에서 '아랫목에 모인 / 아홉 마리의 강아지야 / 강아지 같은 것들아 / 굴욕과 굶주림과 추운 길을 걸어 / 내가 왔다'와 같이 '아홉 마리 강아지'와 '내'가 표면

에서 작품을 전개하고 있으며 신경림의 「파장」 일부에서는 '못난 놈들은 서로 얼굴만 봐도 흥겹다 / 이발소 앞에 서서 참외를 깎고 / 목로에 앉아 막걸리를 들이키면'과 같이 전혀 누가 화자인지를 찾을 수가 없다. 우리 시론가들은 이처럼 화자가 들어나지 않는 작품을 선호하는 까닭도 개인적인 독백을 피해가려는 하나의 방편이 아닌가 여겨지기도 한다. ✷

(『국보문학』 2013. 8.)

'싶다'라는 보조형용사와 기원의식

문학 창작에서 언어의 중요성은 재론의 여지가 없다. 지난 6월에는 한국문인협회가 개설한 평생교육원에서 무료 공개강좌가 있었다. 필자도 7월 개강을 앞두고 '현대시와 언어'라는 제목으로 공개강좌가 열려서 성황을 이룬 바가 있다. 대체로 '시는 언어의 예술이다.'라는 기조로 현대시와 언어의 상관성을 살핀 후 '시인은 언어의 연금술사', '시의 언어와 시어는 다른가' 그리고 '시인은 언어의 무법자인가'라는 항목으로 나누어 강의를 진행하였다.

요즘 현대시들이 표현하는 언어의 특징은 한글맞춤법을 준수하지 않는다는 점이다. 가령 띄어쓰기를 무시한다든지 문장 부호를 제대로 붙이지 않는다든지 하는 등의 문장을 많이 대할 수 가 있다. 우리 시인 중에서 띄어쓰기를 하지 않은 시는 이상의 「오감도－시제15호」에서 확인할 수 있다.

나는거울업는室內에잇다. 거울속의나는역시外出중이다. 나는至今

거울속의나를무서워하며떨고잇다. 거울속의나는어디가서나를어떠케하랴는陰謀를하는中일가.

이러한 표현의 문장은 시의 목적과 시정신적 측면에서 보면 언어의 횡포가 되기 싶다. 간혹 맞춤법에 정한 문장부호 즉 마침표(.)와 쉼표(,), 의문부호(?), 느낌표(!) 등을 생략하거나 무시하는 예는 지금도 흔히 볼 수 있는 현상이다. 이 밖에도 시인들은 신조어(新造語)의 개념을 가지고 있다. 아직까지 그렇게 익숙하지는 않지만 박목월 시인의 「靑노루」를 읽어 보자.

머언 산 靑雲寺/낡은 기와집/山은 紫霞山/봄눈 녹으면/느릅나무/속ㅅ잎 피어가는 열두 구비를/靑노루/맑은 눈에/도는/구름

이 작품 「靑노루」에서 보는 것처럼 '청노루', '청운사'. '자하산' 등이 모두 상상속의 사물이다. 하도 많이 읽어서 그런지 낯설지는 않아 보인다. 박목월 시인은 '靑石 돌담'이니 '남도 삼백리', '보랏빛 石山', '水晶그늘'. '砂礫質' 같은 상상의 신조어를 많이 구사하고 있어서 특이하다. 또한 사어(死語－obsolete word)가 있다. '때묻은 언어'라거나 죽은 언어라고 하는데 낡아버린 언어 혹은 관념어를 말한다. 일상어는 다양한 개념과 통념을 지니고 있어서 가령 '꽃과 같이 아름답다'라는 형용은 아름답다는 말 그대로 한번의 개념만 줄뿐이지 자기가 느낀 아름다움의 본질은 표현되지 않고 있다. 시인은 과감하게 이 때묻은 표현을 깨뜨려야 한다. 이처럼 시의 언어(곧 시어－poetic diction)도 시대적 변화에 따라 역시 변하지 않으면 안 된다. 너무나 많이 사용하여 식상하거나 시대에 역행하는 언어들은 자제하는 것이 시의 위의나 시인의 위상에도 품위를 갖게 되는 것은 당연하다.

시의 언어는 시 속에서 우리에게 존재를 보여주는 등불이 된다. 존재의 영역은 존재가 언어를 통해서 나타나는 범위에 국한하는데 가령 캄캄한 밤에 성냥을 켰을 때 성냥불이 비춰주는 그 범위만 환하게 눈에 보일 것이다. 이것은 암흑(또는 無) 속에 나타나는 존재의 모습과 같다고 할 수 있다. 또한 시의 언어는 일상생활에서 단순하게 의사를 전달하는 논리적인 기능보다는 정서적인 기능을 중시하는데 모든 사물과 관념의 시적 대상물에 대한 아름다움과 진실을 지적으로 판별하는 것은 물론, 언어가 지닌 음향, 즉 음악적인 미묘한 요소가 결합하고 있어서 신비하고 오묘한 맛이 조화를 이룬다고 할 수 있다. 특히 우리의 일상적인 담론에서도 말하는 주체(화자)가 있고 말하려는 화제가 있으며, 그것을 듣는 청자(聽者)가 있어야 가능하다. 이처럼 시에서도 화자(話者)의 표정과 상황, 그리고 담론(언어)에 따라서 독자(청자)에게 전달되는 시적 메시지가 어떠할까하는 문제에 직면하게 된다.

그래서 작품에 등장하는 '나', '너' 혹은 '그'라는 인칭대명사를 묘사하는 예를 흔히 볼 수 있는데 사물이나 관념을 의인법으로 처리했을 때는 시적 정감이 상승하지만, 실제로 '나'를 표현했다면 이것은 자신의 독백이 되고 말 것이다. 그러나 화자의 언술에서 시의 본령인 비유나 상징으로 처리하여 화자가 은폐되는 경우도 있다. 어찌보면 이런 경우가 더욱 바람직한 시가 되지 않을까 싶기도 하다. 또한 화자가 감추어진 채 상황만 설정하고 누구의 어조로 들려주는 것인지가 불명확하다. 그러나 화자의 어조(語調 : tone)는 분명하다. 이 어조는 음질, 음량, 템포, 억양, 강약, 고저 등에 의해서 시인이 무엇(주제)을 말하려는지(독자에게 어떤 메시지를 전할 것인지)를 명징하게 드러내는 것이다.

현대시에서는 이런 화자와 그 어조를 통해서 반어법, 풍자, 역설법 등 다양한 표현기법으로 그 의미적 요소를 이해하려 하지만, 작품 전체를 이야기로 전개하여 주제를 적시하는 경향도 많이 나타나고 있다. 시인이 어떤 사물에 관한 스토리를 전개하여 작품 전체에 포괄되는 의미를 추적하는 작법이다.

> 흘러가는 시간 속에 / 사라지는 것들 / 망각의 뒤안길을 / 굳이 헤집어 / 꺼내는 새봄 / 머리칼 스쳐간 / 한 올 실바람일 뿐인데 / 목련꽃 필 때마다 / 거센 회오리로 엉겨 오는지 / 늙지 않는 그리움 / 화석이 되어 / 서 있는 동구 밖 / 봄 뜰에 노을이 / 내리는 저녁 / 산속에 새소리 불러 숨긴 / 목련 향기로 두고 싶다.
>
> — 신인호의 「흔적」 전문

이 달의 시 읽기는 우선 '싶다'라는 보조형용사가 메시지로 전해주는 그 시인의 기원의식을 살펴보려 한다. 위 신인호는 마지막 연에서 '봄 뜰에 노을이 / 내리는 저녁 / 산속에 새소리 불러 숨긴 / 목련 향기로 두고 싶다.'라는 어조로 그의 간절한 기원이 포괄하고 있다. 이러한 기원의 어조는 작품 속에 전개되거나 함축한 내용 중에서 그 시인의 인생 체험이 절대적인 상상력으로 재생하여 어떤 간곡한 메시지를 전달하게 되는데 '흘러가는 시간 속에 / 사라지는 것들'에 대한 '그리움'이 시간성과 복합적으로 현현되고 있다.

> 아름다운 6월에 / 나는 그대를 만나고 싶어 / 꽃이 만발하고 / 연녹색 산들이 날개를 펴고 / 새들이 즐겁게 노래를 부르며 / 들뜬 내 발걸음이 풍금을 치네
>
> — 이영순의 「아름다운 6월」 중에서

이영순도 '아름다운 6월에/나는 그대를 만나고 싶어'라는 어조로 계절과 '나'와의 상관성을 간구(懇求)하는 시간성의 아쉬움이 '새들이 즐겁게 노래를 부르며/들뜬 내 발걸음이 풍금을 치네'라고 '황홀'한 '6월'을 아름답게 장식하고 있다. 한편 조환국이 작품 「비는 보고 싶은 눈물」 중에서 '무르익은 광채의 눈/야생화의 고고한 향기/낙수 타고 들리는 음성/비는 보고 싶은 눈물이다'라거나 어광선도 작품 「칠년만의 미소」 중에서 '그동안 누가 억지로 맡겼나/그 동안 누가 강제로 떠밀었나/그저 내가 하고 싶어 했을 뿐'이라는 그의 간절한 여망이 성취되는 소희를 기원의 의지로 표현하고 있다. 그리고 최민석은 작품 「인생길에서」 중에서 '계절은 자연을 변화시켰지만/그 세월은 그 인생을 변화시켰을 뿐/아무런 의미도 남겨두지 못한 채/이승의 그믐밤 반쪽 남기고/저승 그믐달 반쪽만 남아 있는가 싶구나!'와 같은 어조로 그가 평소에 간직한 내면의 진실을 절감하고 있다.

우리는 이와 같은 '싶다'라는 기원 외에도 문장의 흐름이나 표현의 방법에서 그 시인의 간곡한 기원을 확인할 수 있는데 박윤주의 작품 「엄마가 하고 간 말」 전문에서 '난 윤주를 믿어요/너 아빠 딸이잖아/언젠가 빛이 있겠지/그래 언젠가 빛이 있겠지'라는 어조 속에는 깊은 심저(心底)의 진실이 어떤 기원을 내포하고 있음을 이해할 수 있다. 또한 허임용의 작품 「아침이슬처럼」 중에서 '아무런/말도 없이/한 줄기 바람에/흔들릴까 안타까워/용기와 믿음으로/아침 이슬처럼/영롱하고 빛나기를!'이라고 그의 소망을 현현하고 있다. 이와 같이 우리의 언어에서는 다양한 자신만의 진실을 분사(噴射)하게 되는데 간절한 요망사항이 주로 '....싶다' 또는 '좋겠다'는 어휘로 나타나서 우리들의 심금(心琴)을 울려서 공감의 영역을 확대하고 있는 것이다.

누군가 말했다. 희망이 없다면 절망할 필요도 없다. 우리는 누구나 소중하게 간직하고 이의 성취를 기원하는 희망사항을 누리며 살아가고 있다. 더구나 시적 창조에서 진실의 간절한 성취를 꿈꾸는 것은 우리 시인들의 영원한 과제이며 숙명일 뿐이다. ✷

(『국보문학』 2013. 7.)

그리움과 기다림 그 시간의 시학

우리의 계절에는 봄이 없다. 겨우내 얼어붙었던 나뭇가지들이 겨우 봄 햇살에 기지개를 켜는가 했더니 춘래불사춘(春來不似春), 벌써 여름 날씨가 우리 곁에서 열기를 뿜어내고 있다. 우리는 계절의 섭리에 순응하면서 살아간다. 우리가 시각적으로 빠르게 확인하면서 적응하려는 생명성이 계절과 동행하는 인간과 자연의 정감은 영원한 시적 발상의 원류이며 소재가 되기도 한다.

지난 4월에서도 '봄'에 관한 소재와 주제가 돋보였는데 이번 5월호에서도 '봄의 생명'에 관한 시적 탐색을 확인할 수 있다. 이는 대체로 우리들이 작품의 형태로 발전시키는 모태(母胎)가 바로 계절적(혹은 시간적)인 변화와 거기에서 착상(着想)하거나 분사(噴射)하는 주제를 간과(看過)할 수 없기 때문이다. 이러한 '봄'에 관한 이미지는 새 생명의 탄생에서 흔하게 작품으로 투영하고 있는데 이 생명성에서는 우리 인간들이 겪은 칠정(七情－喜怒哀樂 愛惡慾)에서 발원하고 있음을 알 수 있다.

동백숲 너머 / 퍼렇게 웅그려진 / 꽃잎에 머물고 / 깃털 구름 사이 / 갈라질 듯한 따가움 / 바위 끝 작은 햇살 부셔내며 / 빠알갛게 토해낸 듯 / 절여낸 시름 / 그리움에 덜고 / 천년을 반짝이는 긴 그림자 / 낮게 내린 바람에 / 잊혀져간 가슴에 부서진다.

– 권희경의 「봄」 전문

여기에서 보는 바와 같이 권희경의 '봄'은 '동백숲'과 '깃털 구름' 그리고 '햇살' 등에서 풍기는 '봄'의 이미지에서 그의 내면에 잠재한 정서와 사유(思惟)의 중심축에는 '그리움'이 내재(內在)되어 있어서 그가 현현하고자하는 '잊혀져간 가슴에 부서'지는 애환이 깊게 흐르고 있음을 이해할 수 있다. 그는 '봄'과 '그리움'의 시적 상관성을 자연 섭리에서 조망(眺望)함으로써 그의 체험이 형상화하면서 절실하게 묘사되는 우리 인간의 정감을 다시 확인하고 있어서 그가 구현하려는 진정한 시적 진실이 잘 발현되고 있다.

한동안 보이지 않던 그녀가 오랜만에 / 길모퉁이에 보인다 / 사넬 옷을 어깨에 걸친 그녀 / 잇몸이 하얗게 웃고 있다 / 살랑거리며 걸어오는 모습이 예쁘다 / 지난 겨울 무엇을 했는지 / 성큼 큰 것도 같고 / 야윈 것도 같다 / 그녀가 지날 때마다 / 사람들은 같은 리듬으로 하늘하늘 춤을 춘다 / 그녀의 봉긋한 입술에 반해 / 나도 콧등이 벌름거린다 / 저렇게 상쾌히 걸을 거면서 / 얼마나 발끝이 근질거렸을까 / 모진 풍파를 견딘 그녀 / 언제 그랬느냐는 듯 배시시 웃고 있다.

– 김선영의 「봄」 전문

김선영 역시 동일한 제목 '봄'으로 그 이미지를 승화하고 있는데 그는 '그녀'라는 화자를 등장시켜서 '봄'의 언어를 구사하는 특성을 보여주고 있다. 이는 현대시의 시법(詩法)을 잘 응용해서 공감을 흡인(吸引)하는 좋은 현상이라고 할 수 있다. 이 '그녀'는 겨우내 보이지 않던(월동하던) 생명들이 이제사 '사넬 옷을 어깨에 걸'치고 '살랑거리며 걸어오'고 있는 정경(情景)에서 새로운 희망이 엿보이는 형상이 '모진 풍파를' 인내로 버텨온 우리들에게 강렬한 새 생명의 메시지를 던져주고 있다.

권희경과 김선영은 동류(同類)의 소재 '봄'에서 탐색하는 이미지는 생명성에 대한 탐구이다. 그러나 표현에서는 본인의 사유를 중심으로 현현한 주관과 '그녀'와 '나'를 화자로 등장시킨 객관으로 나누어서 시적 진실에 접근하는 시법들로 형상화하고 있으나 주제의 창출에는 동일한 시간의 섭리에서 파생된 그리움과 기다림의 미학을 전제로 하고 있음을 이해할 수 있다. 한편 홍대식은 작품 「봄과 사랑」에서 '낭랑하던 새소리 들려오는 봄날/긴 기다림 속에 찾아오는 벅찬 환희 속에/그대를 향한 황홀한 사랑의 세레나데를 부르리라'는 어조와 같이 '황홀한 사랑'에의 기다림이 바로 '봄'에 관한 시적 언어이며 우렁찬 메아리이다.

> 바람이 이름을 바꾸고 있다/하늘이 그림자를 지우고 있다/땅이 머리를 들기 시작한다/봄의 호흡이 피기 시작한다/작은 싹이 생명을 잉태하고 있다/구름이 길을 만들어 꽃길을 인도한다/온통 새 생명으로 길을 만든다/작은 입술이 터지게 봄을 부르고 있다/뒷걸음치는 겨울의 손끝이 작게 보인다/멀리 흔들거리는 아지랑이가 겨울을 이별하고 있다/소리 없이 노을이 색을 만들어 주고 있다/기다림의 인내가 생명을 안고 있다.
>
> — 이우창의 「봄의 생명」 전문

이우창의 작품은 '기다림의 인내'가 주요 메시지로 현현되고 있다. 그것이 '봄의 생명'이라고 그의 절대적인 신뢰의 정감으로 우리들에게 다가오고 있다. '봄의 호흡'과 ''새 생명'의 조화는 어쩌면 우리 인간들의 외연(外延)과 내포(內包)가 화해하는 새로운 진리의 세상을 창조하는 성스러운 시간의 하모니이다. 그는 이러한 시법을 통해서 진실의 구현을 위한 모색을 하는 오감(五感)의 이미지를 창출하고 있는데 그의 문장법은 남다르게 '…있다', '…한다'라는 종결어미를 매 행(行)마다 사용함으로써 특이한 어감(語感)을 유로(流路)하고 있어서 간결미가 우선 시선을 집중시키고 있다.

또한 이철호도 작품 「봄을 깨우는 비」에서 '동동동 / 빗방울 소리에서 / 기쁨의 생명이 배어 나오고 / 지나온 발걸음도 / 그 가락에 힘을 얻는다'는 어조로 생명성에 대한 환희의 정서를 분사하고 있다. 이러한 '봄'의 이미지는 새 생명의 탄생에서 창조하는 사랑의 의미가 주제로 승화하는 경향을 많이 대하게 된다. 일찍이 19세기 근대시의 최대 비평적 정신을 소유했던 영국의 시인 워즈워스는 그의 「시집(詩集)」에서 '봄철의 숲 속에서 솟아나는 힘은 인간에게 도덕상의 악도 선에 대하여 어떠한 현자(賢者)보다도 더 많은 것을 가르쳐 준다'고 했다. 이는 '봄'이 간직한 인간들과의 교감이 응집된 친 자연적인 순리의 일환이지만, '봄'이라는 시간성은 인간의 생활이나 생명과 밀접한 관계를 유지하고 있다.

> 세월의 내리막길에 / 그리운 정 하나 얻었으면 된 걸 / 돌아갈 수 없는 어제도 / 이젠 추억이 되어 갔구나 / -중략- / 소중한 삶 속에 / 덧없는 욕심 버리고 / 아름다운 시간으로 준비하자
>
> — 이영순의 「시간」 중에서

그렇다. 이영순의 어조와 같이 '시간'이 '삶'과 내밀(內密)한 상관성으로 시적 상황이 설정되고 또한 주제가 명징(明澄)하게 도출(導出)되는 시법이지만 그에게서 절실한 것은 '그리운 정'이라고 할 수 있다. 왜냐하면, 그는 '세월의 내리막길'이거나 '돌아갈 수 없는 어제' 혹은 '아름다운 시간'이 적시(摘示)하는 메시지는 바로 '그리움'과 아름다움'이라는 인본주의에서 착상된 시적 원류는 바로 시간성임을 알 수 있다. 한편 권희정도 작품 「염원」에서 '사랑의 다리가 되어주고 / 새벽녘 해가 뜨는 날엔 / 당신의 그림자로 / 마음을 내어주며 // 서로 향한 마음엔 / 기다림의 인내가 여울져 / 세월 속에 빛을 발하니 / 푸르름이 묻어나는 하늘에 / 사랑의 연가 영원하리라'는 어조로 '세월 속의 빛'이 곧 '사랑'이거나 '기다림의 인내'라는 결론을 제시하고 있다. 또한 양태영의 「외로운 밤」에서도 '세월 따라 흘러가는 애달픈 청춘 / 가도가도 끝이 없는 유랑의 길 / 해지는 석양에서 헤매는 이 마음 / 이 밤도 등불 아래 지세워 보자'는 '외로운 밤' 역시 '세월'이라는 시간성을 배제할 수 없는 '애달픈 청춘'으로 분화(分化)하고 있다.

> 나의 기둥 오래된 친구들 / 뭣이 못마땅했는지 / 또 하나 금이 가더라 / 소통도 상생도 하라며 / 나를 키워준, 공신들의 아픔들 / 오랜 세월 불가사의 육신을 / 하루 세 번, 닦고 조여 줬어야 / 흔들림 없이 살았을 터인데 / 깊숙이 숨겨 둔 오래된 친구 하나 / 눈 감고 싹둑 지워버렸다.
>
> — 방극률 「오래된 친구」 중에서

여기에서도 '세월'에 대한 시적 담론을 계속하고 있다. 이 '세월'의 흐름에 따라서 '오래된 친구 하나'를 '눈감고 싹둑 지워버'린 시간성의 애환이 진솔하게 나타나고 있다. 그의 순정적이면서도 순박한 심저(心底)에서 길어 올린 시적인 순수가 잘 현현되고 있음을 읽을 수 있게 하고 있다. ✷

(『국보문학』 2013. 6.)

자연 향훈(香薰)과 시적 진실

'5월은 푸른 하늘만 우러러 보아도 가슴이 울렁거리는 희망의 계절이다. 5월은 피어나는 장미꽃만 바라보아도 이성이 왈칵 그리워지는 사랑의 계절이다'라고 우리의 소설가 정비석은 그의 유명한 글 「청춘산맥」에서 읊었다. 이렇게 5월의 향훈은 생동이라는 이미지와 상징의 함의(含意)를 이해하게 된다. 흔히들 5월은 계절의 여왕이니 사랑의 달이니 하면서 많은 시인 묵객들이 5월을 찬양하고 그 푸르름에 대한 정감을 노래하고 있다.

이 만물의 성장과 생명력은 바로 봄이라는 계절의 의미가 더욱 성숙하면서 발산한 자연의 섭리에서 우리 인간들이 조응(調應)하고 수용하는 진실들이 시 작품에서 더욱 활기차게 현현되고 있다. 이것은 바로 4월의 향기가 넘쳐져서 5월로 이어지는 상관성을 간과(看過)하지 못한다. 4월은 봄의 절정에 이르는 개화의 만개로 마무리하고 있다. 전국 각지에서 꽃축제가 벌어지고 봄을 맞이하는 잔치들이 우리들의 흥을 돋구는 향연들이 있었는가 하면 우리 시단에서도 낭송회 시화전 등이 개최되어 우리 시 인구의 저변확대에 기여를 했다.

지난 4월에는 이상 기온의 탓으로 어떤 지방에서는 눈이 내리고 영하로 내려가는 기후로 개화가 늦어지는 현상이 지구촌의 화제로 등장하기도 했으나 4월호 『국보문학』에서는 많은 시인들이 봄과 꽃을 소재로 한 작품을 발표하고 있어서 우리들의 관심을 집중시키고 있다. 우선 희망찬 봄은 어떠한 형태로 다가와서 작품 속에 융합하고 있는가를 다음과 같이 은향 정다운의 「봄이 오는 길목에서」 전문에서 살펴보기로 한다.

> 기나긴 어둠 헤치고 / 변함없이 찾아오는 / 반가운 손님 / 따사로운 햇살로 / 바람으로 / 소리로 찾아온다 / 자연의 리듬 따라 / 뿌리를 내리고 / 새싹을 틔우고 / 꽃을 피우는 / 생기 넘치는 자연 / 사람들은 저마다 / 희망의 꽃씨를 뿌린다. / 산으로 들로 / 강으로 바다로 / 봄과 마주 앉아서 / 사랑하기 좋은 봄날 / 내 마음에도 꽃이 핀다 / 봄, 봄, / 기다림의 세월은 생명으로 빛난다.

정다운은 '봄'을 두고 '반가운 손님'이 '햇살로 / 바람으로 / 소리로 찾아'오는 '자연의 리듬'으로 정의하고 있다. 이와 같이 '봄'에 관한 이미지는 새 생명이며 새로운 탄생이며 희망으로 표징된다. 여기에서도 '생기 넘치는 자연'으로서 '뿌리', '새싹', '꽃' 등으로 '희망의 꽃씨를 뿌'리고 있다. 다시 그는 '산'과 '들', '강'과 '바다'와 봄이 어우러져서 '사랑하기 좋은 날'로 형상화하고 있어서 앞서 정비석의 '청춘산맥'에서처럼 '사랑의 계절'임을 확인시켜주고 있지만, 그가 구사하려는 주제는 바로 마지막 행에서 결론으로 제시한 '기다림의 세월은 생명으로 빛난다'라고 할 수 있을 것이다.

혜송 홍대식도 작품 「봄의 길목」에서 '길가 담쟁이 햇살녘엔 /

어느 새 숨죽이고 고개 내민/파릇파릇 소곤소곤 새싹들이 반갑구나'라는 어조로 '봄이 오는 소리'를 듣거나 '아롱아롱 아지랑이'를 음미하고 있다. 이처럼 '봄'에 관한 작품들은 대체로 다음과 같이 각자의 특성에 따라서 그 관조와 응시를 통한 의미성을 강조하고 있다. 그것이 사물적이든 관념적이든 간에 각자의 취향과 정서의 내면에 관류하는 특징적인 체험이 곧 인식과 지향점을 향해서 언어의 그림을 그리거나 의미성(주제)의 탐색을 위한 여과(濾過)장치의 도정(道程)이라고 할 수 있을 것이다.

- 사랑하는 님의 추억을 메고/물오른 가지마다 그리움이 몰려오네(이영순의 「봄」 중에서)
- 여섯 살 손녀딸 새끼손 같은/가녀린 꽃잎/노오란 개나리/양지 끝 울타리에 응봉산 돌산 위에도/노오란 융단의 꽃잔치 열렸네(이정종의 「꽃잔치」 중에서)
- 생명이 살아 숨쉬는 소리/지천에 피어나고//망울마다 솟아나는 영기가/영롱한 방울 만들어//세상이 그 안에 자리한다(박태훈의 「우수」 중에서)
- 봄비는 남녘에서부터/높새바람 타고/도담도담 내려/얼음을 녹인다.(옥산 송형기의 「봄 비」 중에서)
- 남쪽나라 매화꽃은 만발하고/진달래 철쭉꽃 준비 완료/앙상한 버드나무 새싹이 보인다(석청 어광선의 「무등산」 중에서)
- 겉절이로 무쳐먹고/비벼먹고 쌈싸 먹고/봄소식이 입안에 뱅뱅.(오산 송형기의 「봄의 서곡」 중에서)
- 앞뜰 목련화/노란 개나리/꽃망울 부풀어/봄의 향연에 미소짓고 있네(문성 조육현의 「꽃샘추위」 중에서)

이처럼 '봄'과 관련된 작품들은 전술한 바와 같이 생명의 탄생을 주된 이미지로 투영하는 특성을 읽을 수 있게 한다. 그러나 각 시인마다의 개성에 따른 이미지의 추출과 표현 방식은 서로 다르게 메시지를 전하고 있어서 흥미롭다. 현대시학에서 담론으로 제기하는 이미지의 표상은 한 시인이 간직한 체험에 의한 영향을 말하는 것으로 시인이 어떤 체험을 재생시켜서 그 재생된 상상력을 다시 새로운 창조적인 상상으로 전환하느냐 하는 문제가 작품의 형성에 중요한 역할을 담당하게 되는 것이다.

위에 예시한 '봄'에 관한 이미지나 시적 구도는 이영순이 '그리움'을, 박태훈이 생명성을 시적 진실로 토로(吐露)하는가 하면 이정종과 송형기, 어광선은 외형적인 사물 이미지로 시각적인 효과를 통해서 '봄'에 관한 이미지를 전해주고 있다. 그리고 송형기와 조육현은 '봄소식'과 '봄의 형연'을 형상화함으로써 자연 향훈의 진실을 탐구하고 있다. 김선영의 「봄」 전문에서는 그 시법(시적 구도)이 특이하다. 그는 '봄=그녀'라는 등식을 성립시켜서 스토리와 어조를 잔잔하게 풀어나가는 특징이 나타나고 있다. 이러한 시법은 시적 대상을 의인화해서 대화를 하거나 시를 구성하는 방법이다.

> 한동안 보이지 않던 그녀가 오랜만에 / 길모퉁이에 보인다 / 사넬 옷을 어깨에 걸친 그녀 / 잇몸이 하얗게 웃고 있다. / 살랑거리며 걸어오는 모습이 예쁘다 / 지난 겨울 무엇을 했는지 / 성큼 큰 것도 같고 / 야윈 것도 같다 / 그녀가 지날 때마다 / 사람들은 같은 리듬으로 하늘하늘 춤을 춘다 / 그녀의 봉긋한 입술에 반해 / 나도 콧등이 벌름거리다 / 저렇게 상쾌히 걸을 거면서 / 얼마나 발끝이 근질거렸을까 / 모진 풍파를 견딘 그녀 / 언제 그랬느냐는 듯 배시시 웃고 있다.

그렇다. 그는 봄이라는 계절적인 대상을 '그녀'라는 사람으로 환치해서 시적 상황(situayion)을 전개하고 있다. '그녀가 오랜만에' 혹은 '그녀가 지날 때마다'라든지 '그녀의 봉긋한 입술' 그리고 '모진 풍파를 견딘 그녀' 등에서 적시(摘示)하는 '그녀'는 자연(봄)에게 자신을 투사(投射-project)하는 시법으로 정리하고 있어서 새로운 형태의 시적 구성이라고 할 수 있다. 이러한 시법은 고 김준오 교수의 이론에 따르면 '비정적(非情的) 타자성(他者性)'이라는 원리로 설명하고 있는데 이는 가장 전통적인 자연관은 자연이 그 존재 근거를 신이나 인간정신에 두고 있어서 흔히들 감상적 오류(誤謬)라고 한다. 또한 이 투사는 시인이란 그 정체가 없기 때문에 그가 계속해서 어떤 다른 존재를 채우는 것을 의미한다. 때문에 자연 속에 자신을 상상적으로 투여하는 원리를 말하고 있다.

그렇다면 김선영은 봄이 곧 '그녀'라는 투사는 자신이 '봄'과 동화(同化)하지 않고 자연을 인격화해서 시적 스토리를 구사하고 있다. 그러나 화자(話者)에서 '그녀'와 대칭하는 '나'가 있다. '그녀'와 '나'는 동질의 개념에서 '봄'을 형상화함으로써 시적 진실을 더욱 확산하여 공감을 유로(流路)하고 있다. 이 밖에도 '2013년 봄' 국보문학 동인문집 제15호 『내 마음의 숲』에 게재된 니아 박언휘의 「사월은 행복한 달」에서 봄에 관한 진솔한 언어로 정적인 이미지를 구현하고 있다.

붉은 장미 넝쿨마다 / 베르테르의 편지가 / 기어되는 봄날입니다. / -중략- / 행복은 / 떨어진 장미꽃잎에도 새벽 공간에도 / 그렇게 스며들어 있었답니다 / 행복은 우리 마음속에 느끼는 만큼 / 존재한답니다.

어떻게 보면 너무 관념에 치우친 개인적인 관조의 사설(辭說)로 들릴 수도 있겠으나 '행복'과 '우리'의 존재를 감도(感度) 높게 읽을 수 있다. 이런 시법을 외적(外的)인 요소인 사물과 내적(內的)인 요소인 관념의 조화로서 '봄'과 화해하는 해법으로 시적 진실에 접근하고 있다. 지나간 달에는 시낭송 행사도 많았다. 국보문학의 시낭송 '시가 흐르는 서울'(사당역)과 지필문학 시낭송(지하 서울역), 뜨락 시낭송 '봄의 왈츠'(인사동 순풍) 그리고 청송시인회 정기 작품발표회(낙원동 크라운호텔) 등 참석 시인들과 시민들의 많은 호응을 받았다. 우리 시 발전을 위해서 바람직한 일이 아닐 수 없다. ✷

(『국보문학』 2013. 5.)

제2부. 소멸의식과 낭만적 환상

인간과 자연, 시와 영혼과

현대시가 인간과 자연의 문제를 소재나 주제로 심각하게 천착하는 일은 어제 오늘의 일이 아니다. 어쩌면 우리 시인들은 작품에서 독백(talking to one self)의 범주를 벗어나고 문명에 대한 비평의 요소가 가미하는데 적극성을 보여야 하지 않겠나하는 생각을 해보게 된다.

19세기 영국의 비평가 매슈 아널드는 시는 인생의 비평이어야 한다고 했던 것을 보면 시는 단순한 아름다움의 묘사에서 끝나는 것이 아니라, 우리 인간의 문제를 심도 있게 다루어야 한다는 일종의 경종이다. 서양의 문예사조를 살펴보면 20세기에 들어와서 미래파(futurism), 다다이즘(dadaisme), 쉬르리알리즘(surrealisme), 이미지즘(imagism) 등은 한결같이 문명 비평의 성격을 지니고 있다. 이것은 근대 예술이 개인의 손장난의 기교나 개인적 감정의 표현만으로써는 이루어질 수 없다는 사회상과 사상상의 위치에 있음과 동시에 표현방법의 혁신으로 의해서 이루어진 성과라고 할 수 있을 것이다.

우리의 현대시에서도 이러한 운동이 전혀 없는 것은 아니다. 흔히 말하는 인성의 퇴폐적 요소나 자연 파괴에 대한 강력한 어조를 현현하는 시인들이 점차 늘어나고 있다. 아무튼 좋은 현상이라고 할 수 있다. 지난 호 『문학저널』에서는 이와 같은 작품을 많이 대할 수가 있어서 우리 시인들은 도덕론자나 자연보호주의자가 아니더라도 새로운 발상의 변화를 요구하는 계기가 될 것으로 믿는다.

> 인간의 우리 밖에서 살아 숨쉬는 생물들 / 순리를 거역하지 않는다 // 푸나무 우렁쉥이 개구리 / 수달, 물총새마저도 거역하지 않는다 // 우주의 섭리따라 살아가는 생명체 / 하나 둘이 아니다 // 자화자찬 / 스스로 명명하고 만물의 영장되어 / 순리를 거역하는 인간의 소행 // 하늘이 내린 천재(天災)보다 / 인재(人災)가 더 우리 삶 위협하는 것을
>
> — 심의표의 「환경을 생각하며」 전문

> 수랑골 다랑이 긴 밭 돌아보면 / 노란 노루꼬리처럼 탐스럽게 늘어진 조모감지 / 그 밭머리로 키 큰 수수 목 휘어잡고 / 늘어지는 멧새떼 재잘거림 듣고 있노라면 / 양지바른 담장 밑에 앉아 / 그저 좋은 손 맞잡던 어릴 적 추억과 / 세상 시름 다 받아주시다 / 시납으로 굽은 어머니의 허리 어깨일레라 / 쉰 하고도 다섯 해나 가을을 / 선사받은 아내의 자줏빛 유듀처럼 사랑스럽다 / 숫 조밭이 가슴에 와 닿는 건 / 척박한 땅에서도 농민 기대 저버리지 않고 / 수수맹새기 조풀대기가 / 지게 작대기 두드리던 놈 죄 학교로 내몰아 / 눈뜨게 했기 때문이다 / 지금껏 희망의 끈 놓지 않고 달려온 건 / 내가 나에게 묻는 질문인지도 모를 일이다.
>
> — 고덕상의 「정직한 땅을 믿고 산 사람들」 전문

우선 심의표와 고덕상의 작품에서 던져주는 메시지가 예사스럽지가 않다. 심의표는 '환경'과 '인간'의 관계에 대한 고발적 성격을 내포하고 있다. '순리를 거역하는 인간의 소행'을 개탄하면서 '인재'를 강하게 비판하고 있다. 이는 인간을 포함한 모든 '생명체'가 '우주의 섭리'를 거역하면서 '우리의 삶을 위협하는' 정황에서 많은 지각(知覺)을 요구하고 있다. 또한 고덕상도 '정직한 땅'이라는 자연에 대한 조감이 선명하다. '척박한 땅'과 '농민의 기대'가 상호 보완의 이미지를 형성함으로써 그가 내면에 침잠시킨 자연의 아름다움과 정겨움을 현현하고 있다.

그러나 심의표처럼 경고적 의미는 없으나 '지금껏 희망의 끈 놓지 않고 달려온 건 / 내가 나에게 묻는 질문인지도 모를 일이다.'는 어조는 그가 스스로 자연 동화와 동시에 투영하는 친자연 의식이며 정감이라고 할 수 있을 것이다. 이러한 정감적 언어는 홍경흠도 「수양버들이 있는 동네」에서 '늘 푸르다 / 언덕에 뿌리를 내리고 / 끓어오르는 연둣빛 / 아래로 아래로 몸을 낮춰 / 빛이 되는 힘 / 자꾸 짙푸르진다 -중략- 제 그림자를 늘어뜨리고 / 한 영혼이 또 한 영혼을 / 노래해, 서로에게 젖어 / 하늘이 열리고 있다'는 '수양버들'과의 진지한 교감은 자연과 영혼의 문제까지도 탐색할 수 있는 시법이다.

> 비극조차 고마웁지 포탄에 날아간 팔 / 전장의 일그러진 설움 기우면서 / 철없는 애들 울고 있다 / 그래서 / 더 덥다 / 뜬구름 분盆에 싸서 헤어진 길 뒤지다가 / 컴컴한 골방에 누워 파편의 노래를 부른 / 가슴 속 독이 든 아픈 꽃 / 벽을 타고 / 오른다 / 혼자 놓은 주사가 고통 없는 피로 흘러 / 남은 한 개 지팡이로 지뢰 위를 걸어간다 / 오월의 미루나무처럼 / 연한 청잎 / 점찍으며.
>
> — 김태희의 「사진 속에서—사막의 아픈 노래」 전문

여기에서는 인간의 또다른 비극인 전쟁의 고통이 있다. '포탄에 날아간 팔'과 '전장의 일그러진 설움' 등의 어조는 인성 파괴나 자연 훼손과 더불어 인간 최대의 비극이다. 지금도 저 사막쪽에서 들리는 테러나 전쟁의 위험은 우리를 슬프게 혹은 분노하게 하고 있다. 이처럼 생존을 위협하는 사건들은 지금도 지구촌 곳곳에서 빈발하면서 현재 진행형이다. 이러한 시대적 비극은 당연히 시인들의 비평 주제로 부각되어야 할 것이다.

그래서 최문길은 '물과 빛은 서로 섞이지 않는/섭리를 모르고/구슬은 인간의 유한을 넘어/반짝이다 지치면 저들끼리 힘모아/미끄러져 태평양에 영겁으로 합류한다/장하다 무한의 섭리의 힘(「연잎 위의 옥구슬」 중에서)'라고 '섭리를 강조하고 있다. 그러나 이러한 불합리에 대한 교시적 메시지를 원로 추은희 시인은 다음과 같이 진실을 적시하고 있다.

> 하루 한번씩의/眞實을 만나기 위해서는/새벽마다/江으로 난/窓을 열어야 한다//원효대교/영롱한 불빛/江心을 뚫고 서 있는 불기둥/맨 처음 새벽의 아름다움을/가슴에 지피고/어제의 얼룩을 지운다//그곳에/詩가 있고/우리들의 眞實한 소리가 있고/그래서 기쁜/가슴을 만나야 한다//하루 한번씩/새벽마다/江으로 난 窓을 연다는 것은/그곳에 있을/우리들의 가슴을 여는 거다

그렇다. 우리는 존재의 의미를 인간과 자연과 시와 영혼에서 찾아야 한다. '진실을 만나기 위해서는/새벽마다/강으로 난/창을 열'고 '시'를 만나야 하고 '가슴을' 열어야 한다.

이문호도 '순간이란 징검다리 건너/영원으로 가는 인생/순간의 잘못으로/잃은 재산 권세 명예/순간을 성실히 살면/낙원

에 이르리(「인생과 순간」 전문)'라고 진실을 토로하고 있으며 고덕상도 '시란게 도대체 뭐라요 / 피식 웃고는 / 말문 닫고 만다 / 시란 뭘까 / 삶일까? 죽음일까? / 인생의 생로병사·희로애락일까? / 오늘 아침 능산리 재 넘을 때 / 카풀 하는 자가용 차창 들이받고 / 땅에 떨어진 비둘기 입안엔 / 콩알 두어 개 / 옳지 올지 이게 시(詩)다 / 한 치 앞도 모르며 영원히 살려다 / 순간에 죽는 게 / 그게 바로 시다 / 영육(靈肉)이 합일되지 않는 게 / 그게 바로 시다.(「시란 게 도대체 뭐라요」 전문)'라는 결론은 바로 인생의 이유를 탐색하는 성찰의 결과이다.

한편 이양순은 현실적 갈등과 고뇌를 위해서 '나는 취하러 온 게 아니라 / 미치러 왔다 / 팍 미치고 싶다'고 울분에 차 있다. '나, 시나위 인생이여 / 심장에는 야생화의 독향이 풍기고 / 억새의 칼날이 숨어 있다 / 희열보다 고뇌, 낮보다 칠흑의 밤 / 흥분보다 분노를 더 사랑한다 / 미쳐야 나팔소리 천지를 흔든다 // 나팔수에게 가장 무서운 것은 / 그림자다 / 햇빛 쨍쨍 정오에도, 칠흑 같은 그믐밤에도 / 숨을 곳 없어 무섭다 / 나는 정오보다 그믐밤 그림자에게 / 당당한 바보시인이 되고프다(「시인의 그림자」 전문)'는 '바보시인'론을 내세워서 인생의 분노를 들려주고 있다.

또한 김영숙이 '완성과 미완성의 경계가 / 모호해질 때쯤 / 고기압과 저기압 사이에서 들리는 / 내 인생의 파랑주의보(「바람의 노래」 중에서)'라거나 고석종이 '생의 막장에서부터 밀려오는 통증 / 나는 왜, 이 기쁨을 즐기지 않고 / 세파에 밀려 떠내려가지 않으려고 / 입에다 진통제를 한 주먹씩 털어넣고 / 긴 목을 빼내어 썰물 같은 신트림을 하는가(「외갓집 가는 길에 폐선이 있다」 중에서)'라는 어조도 인생에 관한 성찰로 현현되고 있다.

지난 달에도 '책, 함께 읽자' 행사는 전국에서 실시되었다. 경주에서 '박목월 시 읽기', 통영에서는 '청마 시 읽기' 등이 대규

모로 진행되었다.

> 목사님 소개로/용인에 갔었다. 내외가/고속버스를 타고./평당 삼천원이면 싼값이지요/산기슭에서 소개업자가 말했다/나는 양지바른 터전을/눈으로 더듬고/서녘 하늘 같은 눈으로/아내는 나를 쳐다보았다/뫼부리가 어두워 들자,/먼 하늘에 등불 하나 둘 켜지고/그럴수록 황량해 보이는 산하/여보, 그만 가요/울먹이는 아내의 목소리가/가슴에 젖어들었다/돌아오는 길에도/고속버스를 탔다/어둠 속으로 달리는 차창에/비치는 내외의 모습/바람과 모래의 손이/마음을 쓰담어 주었다/우리에게 이미 토지는/이승의 것이 아니었다/가지런한 한 쌍의 묘와/한 덩이의 돌이 떠오르는/흘러가는 차창의 스크린에/울부짖는 것은/바라소리도 짐승소리도 아니었다.
>
> — 박목월의 「용인행」 전문

어쩌면 인생과 자연의 생명체가 '이미 이승의 것이 아니'라는 위험한 단정(박목월 시인은 1976년 쯤 자신이 사후에 묻힐 땅을 용인공원묘지에 사두고 1978년에 작고했음)은 엄청난 자아의 탐색결과 나타난 인식이고 성찰이며 영혼의 세계까지 교감할 수 있는 대명제로서 기어코 우리 시인들이 그 해법을 찾아야 할 것이다. ✷

(『문학저널』 2009. 5.)

외연(外延)과 이미지의 융화

이제 화창한 봄이다. 봄은 만물이 다시 소생하는 생명의 계절이다. 이러한 반복행위는 전적으로 자연 섭리에 의해서였다고 보편적인 개념으로 돌려버린다면 시인의 혜안(慧眼)에서는 아무것도 보이지 않을 것이다. 이러한 외부의 잡다한 사연들이 시인의 상상력과 융합하면 새로운 창조가 이루어 질 것이다. 그래서 시인들은 항상 새로운 사물이나 현상들을 찾아다니는지도 모른다. 그것이 일상이건 영혼의 문제이건 구분하지 않는다.

현대시의 발상이나 동기는 이와 같은 외적인 대상에서 많이 수용하고 여과하는 특성을 보게 되는데 지난 달 몇 작품에서 이러한 현상을 유추할 수 있다. 대체로 시각적인 이미지의 투영에서 일차적인 정감들이 시간과 공간의 개념에 따라 다양한 시적 구도를 형성하고 주제를 창출하고 있다. 이러한 외연(外延)의 개념들이 현대시에서 주제를 더욱 명징하게 나타나게 하고 그 개념에서 작품과 연결하는 시법이 성행하는 것은 지극히 자연스러운 일이라고 할 수 있다. 그것도 하나의 소중한 체험이며 시적 원류가 되기 때문일 것이다.

> 아주 오래된 추억의 찻집에서 / 따뜻한 커피잔을 꼭 싸안고 / 선녀 바위에 부딪치는 물소리를 듣는다 / 바닷가를 거니는 사람들 / 따뜻한 입김으로 서로의 상처를 보듬으며 / 모락모락 장미꽃 향기를 피운다 / 파도처럼 밀려왔다 삶의 흔적 남기며 / 다시 돌아오지 않을 허세(虛勢)라도 / 우리 그렇게 살아야 하겠지 / 짙은 어둠 속에서 / 혹독한 겨울바람을 밀어내며 / 산 넘어 남쪽 봄 햇살을 / 키우는 사람들.
>
> — 안호원의 「영종도의 밤」 전문

우선 안호원은 특정지역인 '영종도'를 한 공간으로 설정하고 '밤'이라는 시간성을 융합하여 '삶의 흔적'과 '허세'에 대한 이미지를 '파도'와 '겨울바람' 등으로 조화를 이루고 있다. 그는 결국 '남쪽 봄햇살을 / 키우는 사람들'로 이미지를 압축함으로써 그 시간과 공간에서 생성된 '상처'를 치유하려는 인본(人本)을 근저로 하여 그가 시적으로 형상화하려는 의도와 주제를 도출하고 있어서 그는 한적한 밤의 섬풍경에서 근원적인 인간의 문제를 추출하고 있다. 그가 함께 발표한 「그대는 누구신가요」와 「별이 되어」도 '먼 길을 떠날 인생'이거나 '거친 혼에 불지르다 이승을 떠나' 등의 어조가 우리 인간들의 생멸(生滅)의 문제에 그의 상상력이 집약되면서 존재의 의미를 다시 음미하고 있음을 알 수 있다.

> 그건 / 살아남은 병졸들의 성지순례 / 살기(殺氣)를 닦아내는 엄숙한 고행 / 한 점 불빛으로 흔적을 더듬으며 음미하는 / 물과 바람의 앙상블 / 한 발짝이 한 소절의 기도이고 / 한 모금의 침묵은

한 아름의 고해성사 / 산허리 감아 도는 바람을 타고 / 숨 가쁜 날개짓으로 비상한다 / 수미산 정상 / 무한대로 뻗은 어느 외계의 별밭 / 꽃피는 천국인들 / 이보다 더 황홀하진 않을 것 같은데 / 동녘에 번지는 어스름 핏물 / 저 붉은 도돌이표 / 어둠 이은 자리에 돋아나는 피멍든 발가락 / 수미산은 사라지고 / 사바로 돌아가는 길은 아득하다.

– 박은우의 「야간산행」 전문

한편, 박은우도 '야간'이라는 시간성과 '산행'이라는 가시적인 체험을 융합하면서 '성지순례'나 '고행'이 '한 점 불빛으로 흔적을 더듬으며 음미하는' 인간의 실재 혹은 그 실재에서 파생된 고뇌가 용해되어 있다. 그가 야간에 산을 오르는 일은 곧 '수미산 정상'을 향하는 일이다. 불교에서 말하는 세계의 중심에서 가장 높이 솟아있다는 그 산을 향해서 밤에도 오르고 있다. 그것은 우리 인간세계에서의 '한 소절의 기도'이며 '한 아름의 고해성사'이기도 하다. 또한 그는 '수미산'을 찾아갔으나 '수미산은 사라지고' 다시 '사바로 돌아가'야 한다. 그러나 그 '길은 아득하'기만 하다. 결국 그도 인본의 문제에 대해서 심도(深度) 있는 고뇌가 상존하고 있음을 이해할 수 있다. 그는 역시 「장례식장 소고」와 「남이섬의 타조」에서도 영안실에서 '간추려보면 고작 3막 4장의 짧은 연극인데 나는 얼마나 진솔한 연기로 이 세상에 감동을 주고 기쁨을 주었을까' 또는 '섬에 갇힌 그가 도시에 갇힌 나를 동정한다'는 등의 어조도 우리 인간이 근본적으로 화해하지 못한 고뇌의 일단이 형상화하고 있음에 주목하게 된다.

이제 / 물고기의 등뼈와 벌레의 수의, 불임의 씨방들이 / 전설로 묻혀버린 그 강가에서 돌아와 / 오래오래 익은 눈빛으로 물을 긴

고 / 착한 입김으로 가마 아궁이에 불을 지피던 도공에게 / 비취빛 막사발로 태어나고 싶었는지 몰라

— 이주리의 「도공과 막사발 2」 중에서

여기 이주리는 '도공과 막사발'의 상관성을 통해서 인간의 인연을 중시하고 있다. '네가 나의 호흡이 되었을 때 / 나는 비로소 폐를 얻었다'는 시적 상황설정에서 알 수 있듯이 '절망도 삶 안의 일'이라는 단정에 이르기까지 인간과 사물의 진지한 대화는 요즘 현대시의 흐름에 중요한 한 축을 형성한다. 다만, 그가 구사하는 화법에서 '모르지', '였을지도 몰라', '싶었는지 몰라', '흙이었는지 몰라' 등 불확실성으로 언어를 종결하는 것은 작품의 메시지를 더욱 강조하는 의미가 내포되어 있을지라도 어법의 산만함으로 주제가 감소할 우려가 있음에 유념해야 할 것이다.

나는 河心이 되기 위해 물을 본다 / 얼마나 포개고 또 포갠 물냄새냐 / 하루 종일 물을 보면 세상의 내력을 알게 될지 / 물은 파란만장의 노정을 증명하듯 도도하다 / 어떤 빛깔로 과거의 생애를 기록하게 될지 / 내 안에 흐르는 수로를 알게 될지 / 나를 깨닫고 나를 확인하는 학습이 물에 있다 / 귀를 스치며 흐느끼는 선율이 우원한 지금 / 아무리 물을 보아도 물리지 않는다

— 정일남의 「안양천에서」 중에서

지난달에는 '문단순례'로 '응시동인' 편을 수록하고 14명의 동인 작품 28편이 소개되었다. 모두가 중견인 이들이 질량감 있는 작품들을 선보였는데 정일남의 작품이 우선 시선을 집중시키고 있다. 그는 '안양천'이라는 공간에서 응시(凝視)하는 '河心'이 그의 '생애'와 연관짓는 이미지로 변환하고 있음을 알 수 있

다. 그리고 그는 '나를 깨닫고 나를 확인하는 학습이 물에 있다'고 단정함으로써 비단 '안양천'의 물뿐만 아니라, '물'에서 자신을 반추하고 성찰하는 관조의 미학을 살피고 있다.

이 특집에 동인으로 참여한 조인자도 「황지(黃池) 연못」에서도 '발원지의 물처럼 쉬지 않고 흐를 수만 있다면/다시는 이별하지 않고 은하를 이루어/저 먼 별까지 흘러가 보리'라는 어조로 물과 우리 인간들과의 상관성을 적시하고 있다. 이처럼 정일남과 조인자의 '물'을 구체적으로 형상화한 작품이 이무원과 김송배의 「물 詩」라고 할 수 있다. 우선 이무원은 '망망대해를 보고 싶어 왔다고 했다/세상이 다 물 없는 망망대해지/꼭 물이 있어야겠느냐고 했다'라고 '물'과의 암묵적인 메시지가 전해지고 있음을 알 수 있다.

> 너의 정체는 항상 애매하다/물안개였다가 이슬방울이었다가/더러는 만유의 웃음이다가/문득 험상궂은 폭력이다가/아아, 천태만상의 반전이다가/일엽편주 온몸으로 감싸는/그 평온의 정체/너는 언제나 질곡의 시간을 거슬러다가/가을 햇살에 젖은 옷을 말리다가/더러는 영혼을 만나러 떠나다가/다시 환생의 계곡에서 한 음절 선율로 흐르다가/호수이거나 바다이거나/한 줄기 미풍에 밀려/수줍은 듯 얼굴 묻어버린/최후의 그 정체는/내 온몸을 관류하는 생명수였다가.

이 「물 詩」는 연작으로 쓰는 필자의 작품으로 '상징의 물'이라는 부제가 달려 있다. 물의 이미지는 생명성이다. 그러나 '물안개'와 '이슬방울'이 '웃음'과 '폭력' 그리고 '천태만상의 반전'으로 돌변하는 형상의 이미지는 가스통 바슐라르의 물(그는 『물과 꿈이』라는 저서에서 물의 이미지를 다루고 있다)에서 시적 발상을 하게 된 것이지만 공자나 노자의 물에는 미치지 못한다.

지난 달에도 요즘 전국에서 성황리에 열리고 있는 '책, 함께 읽자'가 서울 대학로 마로니에 공원 야외무대에서 '황금찬 시 읽기'로 열려 대중 속으로 접목하는 시 읽기 운동이 고조되고 있다. 성춘복, 이성교, 김지향, 최은하, 김송배, 김년균, 한분순, 홍금자 등이 참가하여 시를 읽었다. 여기 필자가 읽은 황금찬 시인의 「진실의 나무에게」를 소개하면서 이 글을 맺는다.

> 언제나 하늘의 입을 열고 / 진실을 이야기하는 / 너 나무여 / 바다 같은 귀를 열고 / 사랑의 이야기를 듣는 / 외로운 과실이여 / 지금은 21세기 / 진리를 위하여 / 저 언덕을 넘어야 하고 / 산악 같은 세파도 / 잠재워야 하느니 / 너 진실한 나무여 / 이성의 칼날은 선한 꽃인데 / 불의를 일삼는 / 오늘의 녹슨 파편들이 / 이 시대의 홍수처럼 / 흘러가고 있다 / 나무여 / 이 시대의 선한 나무여 / 사랑과 이해의 열매를 / 열리게 하라 / 간혹 구름이나 / 새들이 날아와 길을 묻거든 / 나무여 / 사랑과 이해의 길이 / 여기 있다고 말하라 / 나무여 / 말하려나 / 진실의 길은 언제나 / 등불 앞에 있다고 / 말하려나. ✷

(『문학저널』 2009. 6.)

의문형 어법과 인식 단정

지난 2월에는 우리 문학이 활성화하는 계기가 마련된 기분이다. 문화관광부와 조선일보 그리고 한국문인협회에서 공동으로 책 읽기 문화 캠패인 '책, 함께 읽자'라는 운동이 전국에서 벌어졌다. 우리 국민들이 얼마나 책을 읽지 않았으면 이런 운동까지 벌여야 하고 하나 의아스럽기도 하지만, 국가나 공공기관 단체에서 책 읽기에 동참하여 저자들을 직접 초청하고 작품을 낭독하고 문학에 관해서 정담을 나누는 일은 상당한 의미를 갖게 된다. 한국문인협회에서는 일차로 '김남조 詩 읽기'를 실시하여 많은 호응을 얻었다. 김남조 시인이 직접 참가하여 '나의 시에 관하여'라는 간단한 문학세계의 소개와 함께 김후란, 허영자, 오세영, 김선영, 이향아, 김송배, 한분순, 이승하 등이 김남조 작품과 자작시를 읽어서 문학적 분위기 확산과 동시에 활성화의 여건 조성에 기여했다.

누구라도 그를 부르려면 / 속삭임으론 안 된다 / 자장가처럼 노래

해도 안 된다 / 사자처럼 포효하며 / 평화여, 아니 더 크게 / 평화여, 천둥 울려야 한다 // 그 인격과 품위 / 그의 출중한 아름다움 / 그가 만인의 연인인 점에서 / 새 천년 이쪽저쪽의 최고 인물인 / 평화여 평화여 / 부디 오십시오, 라고 / 사춘기의 순정으로 / 피멍 무릅쓰고 혼신으로 연호하며 / 그 이름 불러야 한다

— 김남조의 「평화」 전문

이러한 운동은 3월에도 연중 계속된다. 문협에서는 3월 17일, 서울 마로니에 공원에서 '황금찬 시 읽기'와 28일에는 경주 동리. 목월문학관에서 '박목월 시 읽기' 그리고 3월 말에는 원주 구룡사 선방에서 '김소월 시 읽기'를 개최하기로 예정되어 있다. 세계적으로 이름난 시 읽기 운동은 프랑스의 시축제 '시인들의 봄(le printemps des poetes)'이다. 매년 3월이면 전국 규모로 열리는데 올해는 3월 2일부터 15일까지 제11회째 행사를 한다고 한다.

이것은 대중들을 위한 가장 광범위한 문학적 행사이다. 올해에도 예년과 같이 학교, 문화예술협회, 병원 등 약 1만 5천 곳에서 시인들뿐만 아니라 교사와 학생, 공연예술가, 아마추어 시인 등이 참여하여 시 낭송, 시 전달하기, 시 짓기와 같은 행사들을 연다. 때로는 작은 마을의 한 사람이 시에 대한 사랑을 동네 사람들과 나누기 위한 시 써붙이기 행사와 우체부들이 시가 담긴 엽서 3백만개를 우체통에 넣어 전달하고 국철과 지하철, 휴대폰 회사 등 공기업들이 행사를 돕고 있다.

지난 2월 16일 '시인들의 봄' 축제 조직위원장 장 피에르 시메옹과 가진 '조선일보' 인터뷰 기사처럼 거국적으로 시행하는

시 읽기 운동이 부럽기만 할 뿐이다. 각설하고 지난 호 작품을 읽어 보자. 우선 눈에 띄는 부분이 의문형 어법으로 작품을 구성하고 있다는 점이다. 이처럼 문장에서 의문형으로 자문(自問)하면서 해법을 찾아나가는 것은 시법의 한 형태로서 바람직하기도 하지만, 너무 남발하면 인식의 단정에 혼란이 초래될 수도 있다는 점에 유념하게 된다.

- 김기억의 「향기 없는 국화」: 남향의 햇빛이 멀고 / 내 정성 부족해서 인가. －중략－ 국화꽃 향기 언제쯤 / 볼 수 있을까.
- 박영수의 「뇌성(雷聲)」: 한번 보시겠습니까? // 주치의 김박사가 / 청록색 보자기에 싸온 / 핏덩어리 살을 불쑥 / 들어 올리며 그림을 그려가며 / 수술결과를 설명한다.
- 이자야의 「미열」: 문풍지를 흔들며 / 너 우느냐 / 종일을 두고 두고 / 창 앞에서 / 너 무슨 사연에
- 이세종의 「갈대의 눈물」: 갈대가 물었다 / 너도 나만큼 / 흔들리느냐고 / 거센 바람이 불어도 꺾이지 않고?
- 이옥선의 「팽나무가 있는 길」: 저물어진 산자락에 슬픈 이야기를 숨기 듯 / 길 위에 나부랑거리는 시간은 / 술이 익어가는 것처럼 / 그대에 대한 그리움을 숙성시키겠지요
- 배명자의 「밤비속의 상념」: 어제 날아오르던 하얀 나비 / 어느 처마 밑에 젖은 날개 접고 있을까
- 김영진의 「바람아, 꽃을 때리지 마라」: 욱신거렸던 만큼 / 세월 사이 빠져나간 시간 / 물관 타고오는 길 뜨거울 때 / 하얀 꽃 피워내면 / 그리움 자국 / 꽃잎으로 웃어질까

대체로 살펴본 작품들에서 이처럼 의문형 어법을 발견하게 된다. 이러한 표현법은 주제의 명징(明澄)을 위해서 인식 단정으

로 가는 하나의 과정이라고 할 수 있을 것이다.

김기억이 '내 정성 부족'의 의문으로 곧 '국화꽃 향기'라는 해법을 찾고 있으며 박영수는 '한번 보시겠'느냐는 일상적인 물음으로 '수술결과'를 확인하는 형태로 시법을 전개하고 있다.

이자야는 '무슨 사연'의 해명을 위해서 '우느냐'라는 의문이 증폭되고 있으며 이세종은 직접 '갈대'가 일상인에게 묻고 있다. 갈대의 흔들림이 '너도 나만큼'이거나 '너도 나처럼'이라는 의인화에서 던지는 메시지가 예사롭지 않음을 알 수 있다.

이옥선은 '그리움을 숙성시키겠지요'라는 미확인에 대한 신뢰를 예상하는 물음이지만 '팽나무처럼'이란 직유가 반복됨으로써 '팽나무 있는 길'이라는 사물적 소재가 곧 '그리움'이라는 등식을 약하게 할 우려가 있다.

배명자도 '있을까'라는 의문은 미확인이다. 미지의 세계에 대한 동경이며 불확실성 시대의 고뇌이기도 하다. 김영진 역시 '웃어질까'라는 '그리움'에 대한 자문이 불명확한 기대가 그의 내면에 잠재해 있음을 이해하게 된다.

그러나 김영진은 마지막 연에서 다음과 같이 인식을 단정하면서 시적 결론을 유로하고 그의 진실의 한 단면을 엿보게 하고 있다.

> 짧은 생애 지나간 자리 / 견딜 수 없는 살갗 / 제 삶의 궤도로 / 거친 바람의 발목을 잡고 / 흔들리며 흔들리며 / 돌아가기 시작할 것이네 / 바람아 꽃을 때리지 마라

그렇다. 이와 같은 의문형이나 자문의 어법은 바로 그들이 탐색하면서 구가하려는 주제의식으로 나아가는 한 방법인지도 모른다. 그것은 시적으로 시인들이 인식을 단정적으로 적시하면서

진실을 창출하게 되는 것이다. 배명자가 '수면의 강 속에 잠겨/밝은 햇살 꿈꾸는/나비의 하얀 날개짓 소리가 들려온다'라는 단정과 이세종이 '그날 이후로, 나는/더욱 흔들리며/갈대처럼 야위어만 갔다.'거나 박영수가 '갑자기/오늘 하루가 시위떠난 활처럼/바빠진다.' 또는 김기억이 '나를 멀리하고/창밖의 햇살로만/머리 내미는 국화잎'이라는 결론적 어조가 이러한 의문형 수사법을 보충하고 있다고 할 수 있다.

이처럼 의문형 어법에 의하지 않고 바로 인식 단정의 결론을 제시하여 메시지를 전달하는 경우는 다음과 같이 나타나고 있다.

> 밤톨 같은 크기로 하루가 모여든 자리/켜켜이 포갠 지친 그림자가 등장한다//백촉 전등이 등장인물을 고르고/밤이 깊을수록 신이 난 그림자놀이//때로는 낱알로 어울려 넋두리 찧는/즐겁고 신나는 참새방앗간 무대다.//싯빨건 입술로 수다떠는 미스양과/어제 다녀간 복덕방 영감 누렁니까지//휘영청 보름달도 틈새로 얼굴 들이고/궁금한 것마다 찬찬히 훑고 간다//술잔에 담긴 남루를 마시는 사람들,/오늘을 열심히 산 그들의 연극무대다.
>
> — 김용욱의 「포장마차」 전문

> 화려한 장신구는 겉모습일 뿐/느릿하게 토해내는 소리는/그녀의 고단한 삶/굽은 몸과 상처뿐인 넋은/별빛 없는 밤의 동반자/여울목에 흘러보낸 눈물/소(沼)에 묻어버린 이야기/돌고 돌아온 강물 같은 리듬으로/연주자의 시린 가슴을 어른다
>
> — 조수형의 「색소폰 부는 여자」 중에서

여기에서는 지금까지 보아온 의문의 요소가 배제되었다. 시적

상황 설정에서부터 결론까지 보편적인 시법으로 구도를 형성하고 있다. 어떤 표현법이 현대시의 구도와 주제의 적시에 좋다는 것은 아니지만, 모두가 언어를 매체하는 예술이기 때문에 각자 시인들의 관습에 따라 의문형이거나 아니면 인식 단정의 어법으로 표현하고 있는 것이다. 김용욱은 '포장마차'가 밤이면 '오늘을 열심히 산 그들의 연극무대'라는 단정적 어조로 우리들 삶의 애환을 잘 표징하고 있다. 스토리가 보편적이기는 하나, 시간과 공간을 응시하면서 연극처럼 살아가는 인간들의 '그림자놀이'로 형상화하고 있음을 이해할 수 있다.

조수형 역시 '별빛 없는 밤의 동반자'인 '색소폰 부는 여자'의 '고단한 삶'이 곧 우리들의 삶이며 애환이다. '연주자의 시린 가슴'에서 유추하는 '굽은 몸과 상처뿐인 넋'과 '여울목에 흘려보낸 눈물' 등의 어조는 처절한 생존경쟁에서 남겨진 민초들의 현장이다. 이와같이 시의 표현에는 의문형으로 상황을 설정하느냐, 바로 인식 단정의 어법으로 하느냐 하는 것은 문제가 되지 않는다. 왜냐하면 상황설정과 전개와는 달리 한 편의 작품에서 승화하는 주제의 명징성을 현대시는 중시하기 때문이다. 이러한 현상은 신인상 당선작인 조경화의 「어떤 기원」에서 '나를 향해 부끄럼 전하는 세상 일 / 세상 바깥에 버리며 가고 싶다'거나 최현숙이 「내 안에서 나를 찾는다」에서 '피안의 저 언덕을 향해 전진하는 / 나에겐 등대가 필요하다'는 등의 어조도 다른 큰 절차 없이 인식을 단정하는 일례라고 할 수 있을 것이다. ✷

(『문학저널』 2009. 5.)

삶의 시간 혹은 시간의 삶

현대시에서 삶의 시간이라는 것은 곧 시적 발상이나 소재의 취택에서 많은 영향력을 제공하고 있다. 이것이 바로 인생의 편력이 되고 다시 재생할 수 없는 소중한 체험이 되어서 시적 구도에 이미지와 주제를 정립하는 단초가 되기도 한다. 우리 시인들은 이러한 삶과 시간 혹은 시간과 삶에 대한 깊은 사유(思惟) 속에서 유영(遊泳)하고 거기에서 획득한 진실은 언어를 통해서 표현하는 것이다. 그 표현은 그 시인의 시적 진실로써 인생관이 되며 한편으로는 새로운 가치관의 창출을 위한 다양한 지적요소들을 포용하게 되는 것이다.

이러한 인생(또는 삶)의 체험을 저 유명한 러시아의 소설가 도스토예프스키(F.M. Dostoevskii)는 그의 작품에서 두 갈래로 묘사하고 있어서 흥미롭다. 그 하나는 작품 「카라마조프家의 兄弟」에서 '인생은 낙원이어요. 우린 모두 낙원에서 살고 있는 거여요. 다만, 우리가 그걸 알려고 하지 않을 뿐이죠. 만약에 우리가 그걸 알려고만 한다면 이 지상에는 내일이라도 낙원이 이루어질 거여요'하고 낙원을 말했으나 「악령」에서는 '인생은 고통이며 공포다. 고로 인간은 불행하다. 그러나 인간은 인생을 사랑하고 있다. 그것은 고통과 공포를 사랑하기 때문이다'라고 고통과 공포를 적시해서 낙원과 서로 대칭적인 표현으로 작품의 모티프를 구성하고 있다.

이것은 소설이라는 허구적 요소가 작가의 구상에서 서로 다르게 묘사하고 있지만, 그것이 그 작가의 원천적인 삶(인생)의 체험을 원류로 하는 것은 부정할 수가 없을 것이다. 다만, 소설에서는 인생의 진실을 대전제로 해서 전개하는 스토리가 다양하다는 점이 우리 시와 약간 괴리(乖離)되게 현현했을 뿐이다. 그러나 현대시는 이러한 체험의 일단이 작품 속에서 용해되어 많은 시간을 통해서 진실로 정제되어 표면으로 형상화하고 있다는 한 시인(개인)의 인생론과 동일시하고 있어서 시인의 정서는 지적으로 승화하지 않으면 개인의 독백으로 멈춰버릴 위험이 항상 도사리고 있음에 유의해야 할 것이다.

지난 달 『문학저널』에는 이와 같은 삶의 문제가 시간성과 병행함으로써 시적 효용을 더욱 절실하게 분사하고 있어서 우리의 주목을 받는 작품들이 많이 읽을 수 있게 한다.

> 유한한 존재의 슬픔 / 사랑은 그늘을 먼저 봐야 한다 / 에덴의 낭만에서 인간으로 변신 / 깊은 동굴에서 울리는 나팔소리는 두렵다 / −중략− / 우연은 절대 아닌 널 부르며 하루 또 살아낸다
>
> − 조경화의 「사는 게 때론 힘들다」 중에서

우선 조경화는 '사는 게 때론 힘들다'는 제목에서 유출할 수 있는 바와 같이 도스토예프스키가 말하는 '고통과 공포'를 주된 의미로 메시지를 띄우고 있다. 이것이 그에게서 하나의 개인적인

체험이나 현실적인 상황이라고 하더라도 '유한한 존재의 슬픔'이 그의 사유에서 숙성된 진실이라는 주제를 이해하게 된다. 그것이 너무 노출된 설명적으로 제목을 정하고 '깊은 동굴에서 울리는 나팔소리는 두렵다'는 화자의 어조는 바로 그가 진솔하게 수용하는 현실적인 고뇌라고 할 수 있을 것이다. 그가 특집으로 발표한 작품을 필자가 단평으로 해설을 붙인 바 있으나 여기에서도 그는 '삶의 궤적'을 탐색하는 작품들로 심취해 있었다. '자비를 베풀어야하는 표정은 당연한 시간에서 / 우왕좌왕 거릴지언정 비겁하지는 않다 / 내가 살아온 시간도 자랑거리가 많다(「오늘 나는 이렇게 살았다」 중에서)'거나 '날숨 뱉어 크게 호흡하며 살자(「그대여 아직은」 중에서)' 그리고 '지나간 푸른 날은 / 투명한 그리움으로 두고 살자(「슬프지는 않지만」 중에서)'는 등의 어조는 그가 그 궤적을 재생하면서 창조된 인생의 의미라고 할 수 있을 것이다.

도스토예프스키는 우리 인간 심리의 밑바닥을 이해하는 그의 문학으로 인간정신의 무한성을 보여주고 있어서 그의 작품은 실존주의와 정신분석의 대상이 될만큼 인간과 삶에 대한 양면적인 조화를 농축하고 있다. 이처럼 조경화의 작품들은 '나'와 '그대'라는 화자를 통해서 다변적인 상황을 제시하여 존재의 유한성과 시간의 무한성을 조화하여 인간의 정신과 심리작용에 많은 여적을 남기고 있다.

> 산다는 것은 숨이 끊어지지 않고 / 계속 호흡한다는 의미다 / 즉 삶이다 / 삶에도 / 부모나 타인의 덕으로 밥이나 축내며 / 무위도식하는 있으나 마나하는 삶 // 남이야 하고 / 오로지 자신의 이익만 꾀하고 / 그것을 위해서라면 / 나쁜 일도 서슴없는 이기적 삶 / 이 세상에 필요치 않는 삶이다
>
> — 박창목의 「참살이」 중에서

박창목은 '참살이'의 교시적인 메시지를 통해서 '삶'을 적시하고 있다. 일반론적인 어조를 통해서 삶에 대한 의미를 투영하고 있는데 그가 표현하고자 하는 진실은 보편적인 삶에서도 '무위도식하는' 삶이나 '이 세상에 필요치 않은 삶'에 대한 경고를 보내고 있다. 그는 다시 '그래도 기왕이면/어려운 이웃을 위하고/나라가 내게 뭘 줄 것인가를 바라지 말고/나라를 위해 뭘 할 것인가를 생각하는/큰 그릇의 이타적 삶도 좋겠지만'이라고 '참살이'에 대한 인간의 경각심을 분출하고 있다. 이러한 어조는 그의 작품 「가시가 된 편린」에서도 '앞만 보고 달리는/세월은 날카로운 가시가 있었다//백년을 못살면서/천년을 살 것처럼 버둥거린 학(鶴)이/가시에 찔린 만신창이 된 가슴으로/회색빛 도시에 갇혀 있다'고 적시함으로써 그가 구현하려는 인생의 탐색이 '세월(시간)'과 함께 형상화하고 있다.

> 아직도 먼 길 돌아/언 강 풀리는 봄을 기다리는 너는/갈대숲에 숨어 보이지 않고/지천명의 반나절쯤/지나온 나는/자주 강가에/주저앉는 내 마음
>
> — 김병렬의 「겨울의 강변에서」 중에서

한편 문학저널문인회 제4회 글 낭송회 특집으로 수록된 김병렬은 '겨울의 강변에서' '언 강 풀리는 봄을 기다리는 너'와 '지천명의' '나'를 인식하고 있다. 이러한 심리적인 인식의 범주는 자아와 존재라는 거대한 철학과 상관하면서 새로운 인식의 세계를 지향하는 시적 발상이라고 할 수 있다. 이러한 어조는 '내 기억의 자취를 더듬어/떠나는 나를/그대는 아는가'와 같이 화자가 '나'와 '그대'로 분화해서 상호 대칭으로서 의문을 표출하면서 체험이 곧 인생의 지표나 가치관의 정립을 위한 성찰의

현시로 현현되고 있다.

> 바람 가는 곳/거기에 가섭봉 가는 한 줄 길이 있습니다//산모롱이 돌아/다신 안볼 양으로 흩어진 낙엽들 모아/쌓아 놓는 바람줄기 따라가면/낙엽더미 위에/이끼로 법어 달고 앉아/어느 중생을 제도하려는 건지/빛바랜 부도에도 죽비 같은 삶이 보입니다//가섭봉 으르는 길은 낙엽 밟는 길/밟히는 낙엽의 독경소리는/얼마나 아름다운 주검들의 노래인지/그 노래 덮고 정지국사 누워있고/그 노래 딛고 의상대사 지팡이는/천년을 살고 있습니다//한지 같은 햇살/머리 위에 얹고/묵언으로 바람줄기 따라 오르면/선에 든 가섭존자 숨소리가 바람으로 어깨동무 합니다/그곳에 가섭봉 가는 한 줄 길이 있습니다
>
> — 이태희의 「가섭봉 가는 길」 전문

한편 이태희도 '가섭봉 가는 길'에서 응시하거나 관념적으로 응집한 사유의 지향점이 불교의 정지국사와 의상대사 그리고 가섭존자가 시어로 등장하면서 '중생을 제도'하거나 '빛바랜 부도에도 죽비 같은 삶'을 통한 인생을 형상화하고 있다.

그는 석가모니 부처가 연꽃을 들어 대중들에게 보였을 때 가섭만이 그 뜻을 깨달아 미소를 지었다는 염화미소를 연상하게 하는데 이 또한 삶에 대한 성찰의 의미를 축으로 하고 있다. 이 작품의 소재는 경기도 양평에 소재한 용문산의 주봉인 가섭봉으로 가는 길이다. 그에게는 '바람 가는 곳'이 '한 줄 길'이며 '이끼로 법어를 달고 앉아' 있으며 '밟히는 낙엽의 독경소리'를 들으면서 '묵언'으로 성찰의 자아를 탐구하고 있다.

또한 이택규는 '어설피 입 오므리고/다리 붙잡고/가슴 오므리는/이것/혹 내 안에 거짓부처가/도사리고 있음이 아니런가

(「헛깨달음」 중에서)'라는 어조로 '입의 예(禮)'와 '발의 격(格)' 그리고 '가슴의 깊이'를 통한 성찰의 언어가 투영되고 있다. 장준영 역시 '쉼 없이 달리고/숨차게 돌아가는/삶의 여정을 멈추고/그대 안에서 쉬고 싶다//포근하고/따뜻하고/향기로운/그대 안에서 쉬고 싶다(「그대 안에서 쉬고 싶다」 중에서)'고 이제 '쉬고 싶다'는 기원으로 '삶의 여정'을 마무리하려는 정리의 의미를 엿보게 한다.

> 입춘바람이 내는 고음의 휘파람소리 들으며/그 길에 기대어/햇살 한줄 잡고 쉬고 싶은 한나절/누가 이름을 그리 붙였을까
>
> — 김정서의 「세월」 중에서

이와 같이 '쉬고 싶은 한나절'로 기원의 의지를 분명히 하고 있다. 이러한 사유의 진원지는 삶과 시간의 동시적인 개념에서 우리들의 체험이 형상화하는 중요한 시적 원천으로 작용하고 있다는 점에 주목하게 된다. 김정서의 '햇살 한줄 잡'는 일이나 이태희가 '바람 줄기 따라 오르는 일'이 모두가 시적 발상과 주제의 천착을 위해서 체험을 새롭게 창조하는 과정임은 재론의 여지가 없을 것이다. 이 외에도 김태희의 「푸른 산」과 황인오의 「산다는 것」, 김영숙의 「생각나무의 아침」 등의 작품들이 삶과 시간의 병행을 조감하면서 일상에서 창출하는 시적 면모를 확인할 수 있게 하고 있다. ✷

(『문학저널』 2010. 4)

비움과 채움의 시적 상관성

새해 벽두부터 문학단체들은 새로운 사업의 계획과 실행을 위한 행사들이 개최되고 있다. 이러한 상황은 우리 문학과 문단의 실정으로 보아 아주 바람직한 일이 아닐 수 없지만, 문제는 국가적 차원에서 문학의 획기적인 발전을 위해서 지원이나 동참이 아직도 미흡하다는 지적을 외면할 수 없을 것이다.

지난 연초에 문학단체장들과 문화부장관이 신년인사 겸 식사를 함께 했다는데 그 자리에서 우리 문학의 진흥발전을 위한 제언들이 많이 나왔다는 후문이지만 그렇다할 가시적인 성과는 보이지 않고 있다. 이러한 새해의 계획 중에서 한국문인협회는 '환경詩 읽기'를 개최해서 작년부터 이어오던 '책 함께 읽자'를 지속적인 사업으로 활성화하겠다는 취지를 천명하고 있다. 이날은 자작시 중에서 환경과 관련된 작품을 골라서 낭독을 하고 평소에 간직했던 환경문제에 대한 소견도 발표해서 대내외에 많은 관심을 불러 일으켰다. 어쩌면 우리 문학이 지금까지 인간의 인성과 인본에 주안점을 두고 소재나 주제를 설정하여 자아

인식의 문제에 관심을 집중했다면 자연 파괴나 환경문제에 대해서는 등한시하지 않았나하는 생각을 해본다. 지구와 인간은 새로운 비젼으로 상호 방향 설정을 하지 않는다면 공멸(共滅)은 뻔한일이 될 것이다.

각설하고 지난호 『문학저널』에서는 '문단순례－청송시인회(청시동인)' 특집으로 28명의 회원 작품 56편을 수록하여 관심의 대상이 되고 있다. 그동안 연마한 실력들이 잘 표현된 수작들이라고 할 수 있다.

> 버리고 버린다 / 비워 가벼워지기 위하여 / 엉킨 시간들을 가지런히 손에 감는다 / 어쩔거나 이젯껏 살아왔던 집에서는 / 정다이 지내오던 이웃들의 사랑으로 / 기억의 공기 속을 떠다녔는데 / 장롱 위의 기억, 쪽마루의 추억을 앞세우고 / 뒤돌아 휘－휘 둘러보며 / 문턱을 넘어설 때에는 / 가슴이랑 이랑마다 그리움이 한 짐이다
>
> － 곽윤영의 「이사를 간다」 중에서

곽윤영은 '이사'라는 보편적인 일상에서 '비워 가벼워지기 위' 한 정서가 시간성과 함께 작용하여 '그리움이 한 짐'이라는 대칭적 개념을 시적 상관성으로 어조를 조절하고 있다. 이러한 사유(思惟)의 일단은 그가 '이사'를 가면서 상상된 '장롱 위의 기억'이나 '쪽마루의 추억'들이 어쩌면 비우는 정감으로 형상화해서 그것이 결국 '그리움'이라는 새로운 체험으로 각인되고 있다.

한편 이와 같은 공허의식은 인생에서 무상이라는 다른 철학으로 승화하는 심리적으로 전환하는 경우를 종종 접하게 되는데 이는 물질적인 채움을 위한 것이 아니라, 정신적인 재창조를 통해서 존재를 인식하는 한 과정이라고 할 수 있다. 김미외가

'많다는 것은 / 지나친 근심이다(「폭설 내린 날, 월롱역에서」 중에서)'라거나 김사라가 '끝내 나를 따라와 / 그날 그 빈자리에 수시로 / 눈물은 폭우되어 내리고 / 아무런 대책도 없이 / 나는 허물어진다(「연가」 중에서)', 또한 김인숙이 '이제 주인 잃은 뜨락에 / 추억의 창을 빠져나온 / 바람만 오갈뿐 / 팽팽한 세월만 빈 집을 지키고 있다(「창호지문」 중에서)'는 등의 어조가 비움에 대해서 다양한 이미지의 창출로 시적 진실을 구현하고 있다.

> 봄 향기 한 자락이 / 나와 함께 앉아 있다 // 무릎에 놓인 손등 / 눈비와 바람을 거부하지 않고 / 세월의 빈 시간을 여이며 / 살아온 삶의 길목을 회상하는가 / 거친 얼굴에 겉도는 화장이 / 내 가슴에 물기를 돌게 한다 // 사월 초하루 / 이제 스러짐이 / 비우고 받으면서 / 풍요로운 눈길 담아본다 / 어디쯤 무지개로 걸어둔 심원(心願) / 이제사 그 깊이만큼 돋아난다 // 봄 향기 한 자락 / 나와 함께 일어선다
>
> — 마정애의 「사월 초하루」 전문

> 들어오는 것만으로 / 가슴 졸이던 맘 다 풀린 듯 / 기다려 서 계시던 그 얼굴은 / 하늘로 돌아간 아버지 자리를 / 메우지 못한 채 비어 있고
>
> — 박경임의 「그 자리 그렇게」 중에서

여기에서도 비움의 미학을 전제로 해서 시적 상황을 설정하고 있다. 우선 마정애가 '세월없는 빈 시간을 여이며 / 살아온 삶의 길목을 회상'하거나 '비우고 받으면서 / 풍요로운 눈길을 담'는 형상의 어조는 시간성이 우리 인간과의 상관으로 현현되어 비움에 관한 시적 진실을 탐색하고 있다. 또한 그는 첫 연 도입

부분에서 '봄 향기'가 '나와 함께 앉아 있다'는 상황이 마지막 연에서 결론으로 '나와 함께 일어선다'는 대칭이 시적 구도를 상대적으로 구성함으로써 시적 묘미를 현란하게 하고 있으며 우리들의 공감대를 확대하고 있어서 시법의 향상을 읽을 수 있게 하고 있다. 한편 박경임도 '하늘로 돌아간 아버지 자리'가 '메우지 못한 채 비어 있'어서 이 비움의 이미지에서 탐색하는 삶의 진실을 형상화하고 있다. 이것을 그는 '가슴 조이는 삶의 기슭'과 '긴 세월에 쓰러질 듯 고향집 사립문'과 연계해서 '그 자리 그렇게'라는 숨겨진(혹은 낯선) 어휘로 비어 있음을 적시하고 있다.

이 비움의 미학은 단순한 공허의식에서 추출하는 허무주의와는 약간 다른 차원의 이미지가 감지되고 있다. 이는 현실 인식이나 자아의 의식에서 갈등요소나 고뇌의 현장을 탈출하여 정도(正道)의 형이상적(形而上的)인 정신의 갈망, 말하자면 구도자와 같은 정적(靜的)이면서도 하이데거의 실존철학에서 말하는 '본시 있던 나에게로 되돌아 간다'는 것을 차원 높게 현현하는 시법을 말한다. 박일소가 '초록 잎새 바람결에 / 가늘게 떨고 있는데 / 마음은 어디로 흘러가는 걸까(「숲에서」 중에서)'라거나 박종욱이 '태양이 낮게 뜨는 해질녘 / 돌아보면 / 모두가 떠나갔구나(「설경에 서서」 중에서)' 또는 백은숙이 '욕망을 갈아엎고 / 하늘과 소통을 끝낸 시간 / 투명한 미소 방긋방긋 일어나 / 무욕의 깃발 펄럭인다(「겨울동화 속으로」 중에서)'는 등의 어조도 채움을 예비하는 비움의 원류를 현시하고 있는 점에 주목하게 된다.

– 아무도 듣지 않고 / 아무도 말하지 않는 공간에 / 장삼자락 감추어둔 한을 펼친다(박후자의 「눈 오는 날」 중에서)

– 누구라도 중생들은 무거운 속세 내려놓고 / 마음의 오욕을 털

어버리고/흘러가는 구름은 바람에 묻혀/근심 걱정 씻겨간다(김하영의 「연주암」 중에서)

– 한번 쏟아지면 것 잡을 수 없는 외골수의 기억들/그 위로 비밀스런 빛이 훑고 지나간다 (방지원의 「바코드」 중에서)

– 세상일 다 버리고 오직 하나만 위해 가도 후회하지 않을 것 같은…(윤 옥의 「그는 누구일까」 중에서)

– 잃었던 길이 조금씩 보이는 저 무지개빛 부활(이난오의 「먼 유배지에서 2」 중에서)

– 가질 수 없어/부를 수밖에 없는 그대/늘 사무친다(임선영의 「노래」 중에서)

– 내 마음 이끈 호숫가에/살포시 내려앉아/세파에 할퀸 깃털 손질하며/내 몫만큼의 보금자리 혼신으로 닦았다(정신성의 「둥지를 벗어난 새 한 마리」 중에서)

– 빛과 그림자로 잠시 머물다 돌아가는/족지(足指) 따라 밟으며/물소리 바람소리/당신 의 말씀으로 듣는다(차정현의 「만추」 중에서)

이와 같이 보편적인 소재에 투영하는 시적 의식의 흐름은 동류의 주제를 창출하려는 진실에서 출발한다. 우선 박후자는 언어의 절제나 비움에서, 방지원은 비움과 채움의 교차에서, 윤 옥은 정신적 혹은 가치관의 비움으로, 이난오는 존재 실체의 비움, 임선영은 사물의 실체와 가치성을, 정신성은 삶을 통한 정신적 구명을 현시하고 있으며 김하영과 차정현은 불심(佛心)에 근원을 둔 정신적인 해탈의 비움을 갈망하고 있는 특징을 읽을 수 있다. 특히 조경화는 '일상의 탈출에 성공한 지금은/우주의 미아로도 행복한 축복의 시간입니다(「여행을 떠나며」 중에서)' 또는 '벗어나려 하면서도 절대로 놓지 못하는 오늘에 충직히/

상기됐던 모든 가면은 벗어놓고 잔치를 끝낸/고단한 얼굴빛도 편안함으로 돌아왔다(「여행에서 돌아오며」 중에서)'는 어조에서 유추할 수 있듯이 '떠나며'와 '돌아오며'라는 상반된 개념으로 비움과 채움을 대칭적으로 현시하고 있다.

김현기 역시 '바람으로부터 오는 소리/연못 가득 대화를 담아/너 없어도 너와/밤새도록 이야기 한다(「바람 속 연못」 중에서)'는 어조는 첫 행으로 처리한 '-영준이-'라는 특수 화자를 설정한 점으로 보아서 '너 없어도 너와'가 상징하는 시법은 상당한 의미를 암묵적으로 적시하고 있다고 할 수 있다. 김수산나도 '저 살 오른 바람결 간데없고/갈색 깊이가 빈 들녘을 휘몰아칠 때면/한 아름 간직할 수 있는/추억, 가슴에 묻겠소(「주말농장에서」 중에서)'에서 그가 도입부분으로 설정한 '별을 심겠소'라는 심정적인 이미지를 먼저 제시하고 '간데없고'와 '간직할 수 있는'이라는 대칭적 시의 구도로 비움과 채움의 메지시를 투영하고 있다.

이처럼 청시특집 이외에도 비움과 채움을 적나라하게 적시한 작품은 정민욱의 「깡통」에서 그 메시지를 확인할 수 있다.

> 채움으로 침묵하는 것보다/비움으로 받아줄 수 있는(배려)/깨질 듯 소음으로/말할 줄 아는 (소신)/알 수 있는 느낌으로/바람을 그릴 줄 아는(여유)/버려진 관심보다/꽃도 심고/작은 물고기도 키우고/더러움도 받아주는/그저 말없이 담아주는(포용) 또 다른/소리의 파장으로 건네는 관심

이렇게 '채움'의 '침묵' 보다는 '비움'의 표용을 상호 대칭의 이미지를 투영하고 있다. 박은우도 '어제도 그제도 순도 높은 알콜로 지우고 지웠어/명치 속 묵시록도 거짐 다 지워져가/넌

아직도 / 그 자갈밭의 가시나무를 지우지 못한 거니(「유리창」 중에서)'라고 '자갈밭 가시나무'에 대한 상징은 비움(혹은 지움)을 강하게 메지시를 전해주고 있다. 우리는 비움과 채움의 미학이 시적 구도나 주제의 승화에 얼마만큼의 진실을 내재하고 있는지에 대해서 다시 한번 심도 있게 연구해볼 과제로 남는다. ✷

(『문학저널』 2010. 3.)

‘생명의 힘’과 ‘사랑의 불꽃’

2010년, 경인년의 새해가 밝자마자 폭설이 쏟아졌다. 그것도 몇 십년만의 일이라서 모두가 무방비의 제설재난으로 혼란을 겪은 일이 어제처럼 느껴진다. 길도 미끄럽고 기온도 영하 몇 십도에 머무르니 외출은 삼가고 집에서 오랜만에 독서에 몰두하면서 시 창작에 관한 의문을 해소하는 계기가 되었다. 요즘 ‘시란 무엇인가’라는 쾌쾌묵은 물음 앞에서 주눅이드는 현시점의 정서는 아무래도 안일한 사유, 언어의 고갈, 체험의 미축적, 존재의 불감증 등이 복합적으로 전신신경에서 반작용으로 나타나고 있는 것이 아닌가하는 의구심을 유발하고 있다.

사실 작년 5월에는 종합 월간지와 계간지에 월평을 5개 잡지에 집필하고 시창작 강의 3개처, 시집 해설과 문협 행사참석 등으로 과로한 결과는 병원에서 입원치료를 받는 경지에까지 이르게 되었다. 그동안 모든 집필을 중단하고 몸 추스르기에 몰두하여 이젠 예전처럼 회복되었다. 여기에는 40년 넘게 피워온 담배를 끊어버린 기적(?)을 이루기도 하고 그 결과로 체중이 늘어나서 동네 개천을 달리면서 땀을 흘리는 진풍경까지도 연출하고 있다.

지난 달 『문학저널』에서는 삶을 소재로 해서 인간이 소유한 희노애락(喜怒哀樂)에 대한 심도 있는 사유(思惟)를 탐색하고 있다. 우선 다음과 같은 어조로 보편적인 정서가 바로 인간의 삶에서 진하게 무르녹는 성찰의 진실을 읽게 된다.

> 누구나 마음에 담아놓은 / 옛 시절은 / 세월이 가져다 준 나만의 호출로 / 추억이 아름답다거나, / 가슴이 아리도록 생각이 간절할 때 / 그리움은 스스럼없이 상처가 되어 / 부메랑으로 돌아올 뿐이다 / 지나간 삶은 행복해서도 / 불행해서도 아닌 / 모두가 지울 수 없는 기억의 샘물로 / 너와 내가 / 오랫동안 간직한 과거로 남아서 / 만남과 이별을 반복하는 / 우리들의 서겁한 눈물인 것을.
>
> — 손동인의 「추억」 전문

결국 손동인은 과거 지나온 '추억'을 상기하면서 삶에 관해서 '너와 내'가 수용하지 않으면 안되는 진솔한 어조를 분사하고 있다. 이것이 '세월이 가져다 준' 그의 '그리움'이며 '지울 수 없는 기억'으로써 '우리들의 서겁한 눈물'이라는 진실을 추출하고 있다. 이러한 현상들은 우리들에게서 흔히 사유할 수 있는 보편적인 정서이지만, 시간성에서 창출하려는 삶의 문제는 다양한 이미지로 파생할 수 있게 되는데 여기에서는 '아름답다거나'와 '가슴이 아리'다는 것, 그리고 '행복'과 '불행', '만남과 이별'이라는 대칭적으로 시적 정황을 설정함으로써 시적 전개에 묘미를 가미하고 있다.

> 저 찬란한 빛깔이 / 온 세상에 생명의 힘을 충전시켜 주는 사랑

의 불꽃/나는 이제 보았노라! 이 우주의 제왕을/그리고 인간들이 벌이는 짓들이 소꿉장난인 것을…

―장월근의 「동해에 아침 해 솟는데」 중에서

발자국은 남기지 않고/이 삶을 지나가고 싶다/우리가 길을 남기지 않고/삶의 길을 갈 수는 없는 것일까

―김치원의 「길내기 길들이기」 중에서

이 두 편의 작품에서 우선 장월근은 '생명의 힘'과 '사랑의 불꽃'을 삶에서 정립할 지표로 설정하지만, 결국 '인간들이 벌이는' '소꿉장난'이라는 인식이 팽창하면서 어떤 현실적인 갈등이 내재되어 있다. 이러한 현대인들의 고뇌는 김치원에게서 '삶의 길을' 가기 위해 많은 의문이 상존한다. '발자국을 남기지 않고/이 삶의 길을 가고 싶다'는 기원의 의지는 바로 은둔적인 삶에 대한 성찰로써 인간의 심리적 인식의 범주가 확고하게 새로운 화해의 의식으로 전환하고 있음을 말한다.

나는 한강 가장자리 살얼음을 딛고 서서/떨어진 내 삶의 꽃잎들을 강물에 쓸어버리며/차디찬 겨울강물에 비친/울고 있는 나를 보았다

―장승기의 「겨울 한강에 가서」 중에서

장승기는 '떨어진 내 삶의 꽃잎들을 강물에 쓸어버리며' 인생의 절망이 무엇인가를 목도하게 된다. '차디찬 겨울강물에 비친/울고 있는 나'를 발견하고 인식하는 것이 '떨어진 내 삶의 꽃잎'임을 절감하면서 '떠나간 그녀'에 대한 회상(또는 추억이)이 또한 시간성(겨울)과 상호 연대를 갖고 현실적 갈등과 번민이

시적 형상화로 변환하고 있다.

건강하게 살기 위하여 줄기차게 몸을 굴리며/죽을 힘을 다해 죽기를 거부하는 이순의 사람들.

—홍경흠의 「동창회」 중에서

삶을 위해, 삶을 바쳐야 하는/은백의 무수한 생명들은/밀려오는 죽음의 공로 펄떡거리고

—황인오의 「만선의 기도」 중에서

음미되지 않는 삶은/살 가치가 없다고 말했었지

—박효열의 「소크라테스」 중에서

동네 어귀 마을에 귀를 댄 시루봉 사타구니로/꽃상여 나가던 날/구성진 눈물들이 바람처럼 죽음을 떠나보내고/동네는 고개를 꺾은 채/시름은 길모퉁이에 만장으로 펄럭이고 있었다

—배문석의 「살풍경 말그내」 중에시

사람은 가을처럼 화려하게 살다가 죽으면/이름을 남기지만 나무는 죽어서 향기를 남긴다/그래서 부활하여 다시 나무가 된다.

—이상윤의 「나무」 중에서

홍경흠이 '죽기를 거부하는' 인간의 심리를 간과(看過)하지 못하는 반면, 황인오는 '밀려오는 죽음의 공포'가 '무수한 생명들'이 '삶을 위해, 삶을 바쳐야 하는' 우리 인간의 비애가 어려 있다. 그리고 박효열의 '소크라테스'는 단호하게 '음미되지 않는 삶은/살 가치가 없다'라는 경고를 보내고 있다.

한편 배문석은 '꽃상여'와 '구성진 눈물'과 '만장' 등으로 '죽음'을 적시하고 이상윤은 '사람'고 '나무' '부활' 등을 통해서 인간의 삶이 곧 생멸(生滅)에 관한 깊은 철학을 메시지로 제공하고 있어서 네 작품이 서로 대조를 이루고 있다. 이러한 어조는 누군가 말했듯이 '삶은 죽음의 출발이다. 삶은 죽음을 위해서 있다. 죽음은 종말이자 출발이며 분리인 동시에 한층 밀접한 자기 결합이다. 죽음에 의해서 환원은 완성 된다'는 명언이 생멸에 대한 절대적인 가치를 부여하는 것 같다. 여기에서 앙드레 지드(A. Gide)는 말한다. '삶의 가장 짧은 순간이라 할지라도 죽음보다 강하며 죽음은 모든 것이 끊임없이 새로워지도록 하기 위해서 다른 삶을 허용하는 것에 불과하다.' 이처럼 '음미되지 않는 삶'은 '생명의 힘'도 '사랑의 불꽃'도 결론적으로 포용되지 못하는 절망만이 남아 있을 뿐이다.

> 이 세상 한복판에서 / 나를 부둥켜 안아주고 / 가슴 두근거리게 하는 / 사랑보다 더 좋은 평화가 / 이곳엔 가득하다
>
> —홍정연의 「효재에는」 중에서

> 이 드넓은 천지에 / 꽃송이로 만초하여 / 벌 나비는 곡창에 훨훨 / 참진 삶의 터전 밭에 / 후세의 빛나는 그림이로다
>
> —은학표의 「유은정(柳隱亭)」 중에서

그러나 홍정연은 '이 세상'에 대한 집념이 바로 '나를 부둥켜 안아주'는 포용의 미학이 작용하고 있다. 은학표 역시 '참진 삶'을 위한 내면의 정서가 접목하는 것을 유추할 수 있다. 그리고 '사랑보다 더 좋은 평화'와 '후세에 빛나는 그림'이 암묵적으로 발산하는 이미지의 호소는 생명성의 위대한 융합과 조화를 보

여주고 있다. 이렇게 현대시가 주관적으로 천착하는 주제를 살펴보면 대체로 생명성에 대한 인식이 주종을 이룬다. 이것이 삶이라는 방법적 사유를 통해서 시적 주제(혹은 시적 진실)을 창조하려는 시인들의 갈망이기도 하다. 그러나 소재에서 인간자체이든 자연현상이든 아니면 제3차원의 형이상적이든 그것은 상관하지 않는다. 그것이 시인들이 탐색하고 여망하는 주제의 중심축에 진정한 휴머니티가 내재되어 있느냐하는 철학적 요소를 가미하여 새로운 가치관으로 형상화하는 시법을 사랑하고 있기 때문이다.

올 연초부터 심각하게 독파(讀破)한 책은 유종호 교수가 펴낸 신간 문학평론집『시와 말과 사회사』가 특이 인상 깊게 어필하고 있다. 그의 저서『시란 무엇이가－경험의 시학』과『문학이란 무엇인가』와 함께 시 창작을 위한 이론서로서 많은 독자를 확보하고 있는 것으로 알려졌다. 특히 시적 언어에 심도 있게 고찰함으로써 시 창작은 바로 언어의 매체 곧 언어의 예술이 시라는 논리를 강조하고 있어서 두고두고 참고로 읽어야 하는 사전으로서의 역할도 겸하게 된다. ✷

(『문학저널』 2010. 2.)

대사물관에서 형상화한 시적 진실

보편적으로 시인들은 대사물관에서 추출한 이미지나 비유는 삶이나 존재문제와 직결시키고 있다. 이러한 현상은 시적 발상에서부터 표현되기 까지 한 시인의 정서와 사유가 삶이라는 큰 축을 벗어나지 않고 좀더 심도 있게 존재문제에 접근하여 어떤 해법을 탐색하기 때문일 것이다. 대체로 현대시는 자연 서정이나 사회성 짙은 작품을 제외하고는 사물과 비유하는 인간(혹은 인본)문제에 대해서 고뇌의 흔적을 발견하게 되는데 이는 사유의 중심축에 사물과 인간의 동일성을 유추하는 이미지의 투영이거나 어떤 의미를 부여하려는 경우를 많이 대할 수가 있다.

여기에서는 사물이 포괄하는 의미적 상징이나 비유 또는 이미지가 융합해서 현현함으로써 시적 형상화에 그 구도를 설정하고 있어서 주제면에서 시인의 진실을 이해하는데 많은 영향을 미치고 있다는 점을 중시하게 된다. 어떤 측면에서 보면 한 사물을 의인화함으로써 그 사물로 하여금 인간의(혹은 존재의) 문제를 대변하게 하는 역할이라고 할 수 있을 것이다. 왜냐하면, 그 사물 자체를 설명하지 않고 또 외적인 상황묘사에 그치지 않고 사물에게 인간의 상황과 문제들을 적시하게 함으로써 시적 효과와 독자의 공감을 도출하는 중대한 매개체가 되기 때문이다.

지난 호 『문학저널』에서 일별한 작품 중에서 이와 같은 사물 이미지의 활용이 드러나 있음에 주목하게 된다. 김양규, 김운향, 최홍규의 사물관이 이를 잘 말해주고 있다.

> 아슬한 벼랑 끝에 / 홀로 선 것은 / 죽기까지 늙지 않는 / 젊음이란다 // 바위틈을 쪼개어 / 갈퀴발로 섰다마는 / 가난스런 세월 / 굳이 원망 않으련다 // 스스로 길이 든 / 뼈속 깊은 푸르름이 / 소리 없는 함성으로 / 바램하는 푸른 하늘
>
> – 김양규의 「삶 – 소나무」 전문

김양규는 우선 '소나무'에 자신을 투사(投射–projet)하고 있다. 이는 사물의 의인화를 통해서 자아(自我)를 '소나무'와 일치시키는 특징을 읽을 수 있다. '가난한 세월을 / 굳이 원망 않으련다'는 어조가 그것이다. 그는 자신의 삶이 '소나무'에 비유하지만 표현에서는 '자신 = 소나무'라는 등식을 성립시키고 있다. 이러한 은유적 시법이 현대시 창작에서 주목을 받는 것도 그 사물에 대한 외적 묘사를 지향하고 있음으로 해서 자아의 현실적 삶과 일치하는 고뇌나 갈등을 대신하게 하고 있다. 그것은 '아슬한 벼랑 끝'이나 '소리 없는 함성으로 / 바램하는' 정황들이 모두 우리들의 실질적인 인간의 문제들이다.

이처럼 그가 '소나무' 한 그루에서 '삶'이라는 대명제를 반추하거나 이미지를 투영하는 것은 그가 이미 인식한 자아나 존재에 관한 깊은 성찰의 결과물이다. '소나무'에 대한 이미지는 대

체로 독야청청(獨也靑靑)이라고 할 수 있다. 이런 굳건한 의지의 이미지가 그의 현실적 삶과 대칭이 될 때 '소나무'가 내포한 청청함에 대비되는 현실적 갈등으로 승화했음을 이해하게 된다.

> 머리에 달을 이고 / 아니 오신 듯, 다녀가소서 / 산사의 처마 끝에 매달린 풍경 울리거든 / 바람결에 그님이 스쳐갔다 여기시라기에 / 천봉당 태흘탑 아래서 합장하노라니 / 노오란 옷을 입은 소년이 나타나 / 운무 드리워진 능선을 가리키네 / 마음 한 곳을 비우고 / 몸 한 곳도 열어두기를 / 귀한 인연으로 빚어진 삶인데 / 알몸으로 와서 조각조각 깨질 때까지 / 골고루 채우고 비워보기를 / 큰 바위 속에서 흘러넘치는 감로수로 / 청정심 되어 시나브로 비우리라하니 / 새로운 법열이 새록새록 밀려드네
>
> — 김운향의「항아리」전문

김운향의 '항아리'도 동일한 개념의 시적구도와 이미지를 읽을 수 있다. 그도 사물에 투사되어 있는데 '항아리'와 자아의 심저(心底)가 일치하는 경향으로 나타나고 있다. 이는 '항아리'의 비어 있음에 대한 이미지를 직접 자신에게 투영함으로써 '새로운 법열'을 깨우치는 구도로 형성되고 있다. 그는 또한 '알몸으로 와서 조각조각 깨질 때까지 / 골고루 채우고 비워보기를' 갈망하고 있다. 이것이 존재의 문제에서 성찰해야 할 인간들의 고뇌에 대한 경고성 메시지이다. '골고루 채우고 비'우는 것과 '마음 한 곳을 비우고 / 몸 한 곳을 열어두'는 어조도 그가 일상에서 접하는 현실과 시적 진실과의 사이에서 감지하는 지적 사유이며 그의 철학이라고 할 수 있다.

현대시의 주제로 분화하거나 시인의 시 정신으로 정립되는 경향을 살펴보면 대체로 성찰에서 승화하는 존재의 진실을 구

명(究明)하면서 현실과의 모순이나 괴리(乖離) 등을 조화하고 화해하는 시적 원류에 천착하는 특성이 있다. 이런 현상은 물질만능의 현실에서 인성 파괴, 자연 파괴 등에 대한 새로운 이상향을 염원하는 시인들의 속성이기도 하지만, 인본주의의 근원을 실현하려는 인간의 진실 탐구는 바로 공(空)이라는 대명제의 해법을 찾아가는 시의 위의라고 할 수 있다.

> 순전히 오기 하나로 / 고집불통 / 내 갈 길을 가나보다 // 황소고집 / 끈기 하나만큼은 / 내 세상사는 길 // 질기다는 게 / 내 유명특허 / 잡초라고도 하는데 // 채이고 밟히고 / 또 뭉개어져도 / 끈질긴 내 운명 // 순전히 별명 하나로 / 고집불통 / 내 생명 하나 건진다
>
> — 최홍규의 「질경이」 전문

이러한 견해에서 유추하면 최홍규의 '질경이'도 동류의 이미지를 확인할 수 있다. 이 '질경이'의 삶은 곧 인간의 삶이다. '내 운명'과 '내 생명'은 '내 갈길'이거나 '내 세상사는 길'이다. 그것도 '채이고 밟히고 / 또 뭉개어'지는 현실적 삶과 대비되고 있어서 사물에 투사된 자아를 확인할 수 있다. 그는 결론적인 주제에서 '끈질긴 내 운명'을 적시하여 존재를 인식하면서 '고집불통 / 내 생명 하나 건'지는 치열한 삶의 현장에서 시적 진실을 탐색하고 있다. 이처럼 하나의 사물과 존재를 연결하는 이미지의 생성은 현대시법에서 가장 바람직한 주제의 구현이며 시적구도라고 해도 좋을 것이다.

한편 '문단순례'로 '광화문 사랑방 시낭송회 편'을 28명의 작품 56편을 특집으로 수록하였는데 소재면에서 단연 압도적인 것이 계절감각으로 '가을'과 '단풍'에 대한 것이다. '낙엽은 가난한 화가의 관람표 / 단풍은 화가의 손끝에서 삶이 된다(김종철

의 「단풍은 나를」 중에서)'는 어조처럼 자연 사물이 삶과의 상관성에 깊이 몰입하고 있다.

이강홍이 「가을이 슬퍼서 운다」에서 '바람 속에서도 참고 기다리지만/다 소용 없는 허울일 뿐'이라는 어조와 이오례가 「낙엽이 가는 길」에서 '빛바랜 고독이 허공에서/바람에 흔들리며 지상으로/쓸쓸히 내려오는 허무'라는 단정과 정다운이 「낙엽소리로 오는 아침」에서 '안간 힘을 쓰며 매달린/늦은 낙엽을 보며/내가 너인 양 슬픈 마음을 건넨다'는 등의 언술은 결국 공(空)이나 허(虛)에 관한 사유에 시적 근원을 두고 있다.

그러나 박용길의 「낙엽을 밟으며」에서는 공허의식이 구체화하여 인간과의 관계 설정을 심화가 있다고 할 수 있다.

> 세상에 와서/할 일 다한 한 시절이/훌훌 벗은 허물/빈 껍데기/가을이 가지고 놀다 버린 낙엽이/가랑잎으로 이름 바꾸고/바스락/흙으로 돌아가는 소리 들린다

이처럼 그가 '낙엽'과의 교감하는 정서의 내면에는 '바스락' 낙엽 밟는 소리가 바로 '흙으로 돌아가는 소리'로 변환하고 있는데 이것은 시간성에 비례한 인간과의 유사한 존재 이유에 해당한다. 다시 그는 '내 놓을 것 없어서/가슴 시린 나그네가/유일하게 즐기는 행복한 고독/저무는 가을 밟는 소리/허전한 가을 나그네 귀에/일여 일탈의/바스락/어절 수 없는 쓸쓸한 소리 들린다'라고 결론을 제시하여 낙엽과 인간의 대칭적 의미구도를 확인하는데 몰두하고 있음을 알 수 있게 한다.

이밖에도 최영희가 「내장산 단풍」을, 하순명이 「나무가 되다」에서 대사물관에서 형상화하는 작품을 주목하게 된다. 특히 하순명은 '잎새 한 장/허투루 떨구지 않고/온 몸을 찬찬히 다

비워내는'이라는 어조에서 하나의 '나무'(사물이)가 순환적으로 수용하는 삶의 현장이지만, '다 비워내'야 하는 공허의식과 동질의 이미지가 나타나고 있다.

일찍이 셰익스피어가 말한 바와 같이 시인은 항상 그 예민한 눈을 하늘에서 땅으로 다시 땅에서 하늘로 굴리며 모르는 사물의 형체를 상상으로 구체화시키고 또 형태를 부여해 주는 역할을 중시하게 되는 것도 시인과 사물의 불가분적인 교감이 있어야 시 창작이 가능하다. 그것은 마력적인 시의 의미가 바로 인생의 삶과 필연적 상관성이 있음을 확인하게 해 주고 있기 때문이다. ✷

(『문학저널』 2010. 1.)

삶의 현장에서 듣는 절감(切感)의 언어들

현대시의 표정들은 요즘 시대상만큼이나 차가웁다. 시인들도 엄격히 인간류에 속하기 때문에 삶을 외면할 수 없는 현장에서 시적 의미를 탐색하고 있다고 해도 과언이 아니다. 이는 시적 소재나 주제가 대체로 삶의 궤적이나 현재의 상황에서 혹은 미래지향의 삶에서 시인의 지적 혜안으로 응시하거나 관조한 결과물이라는 점이다. 이러한 시적 정황과 동시에 발현하는 상상의 연결은 자연스럽게 이루어지며 또한 현실적 갈등이나 고뇌가 정감적으로 혹은 시적으로 해소방안을 탐구하게 되는 것도 필연이라고 할 수 있을 것이다.

우리는 흔히들 봄은 왔으나 봄 같지가 않다(春來不似春)란 말로 삶이 삶 같지가 않다느니 생활이 생활 같지 않다고 자탄하는 예를 대하게 된다. 이는 세상살이가 어쩐지 제대로 굴러가지 못하고 어떤 고난이나 역경이 동시에 나타나서 어려움이 뒤따르거나 세상이 어수선해서 제대로 그 가치를 발휘하자 못한다는 뉘앙스가 잠재해 있다.

이 시대의 경제 한파가 그것이다. 새해에는 풀릴 것이라는 막연한 기대이지만, 우리는 이를 신뢰할 수도 안 할 수도 없이 엉거주춤하게 바라만 볼 뿐, 대책 없이 고통만 감내해야 하는 이 겨울의 삶에 대한 현장이다. 이와 같은 세상의 현실들이 시로 형상화한 작품들이 지난 호 『문학저널』에서 많이 대할 수 있는 점도 이러한 실재(實在)의 상황들이 시인들의 내면에서 하나의 진실로 승화하면서 적절한 조화를 모색하는 과정이 아닌가 생각되기도 한다.

> 영하에만 살 수 있는 얼음인형은 / 날마다 꽃이 되고 싶어 꿈을 꿉니다 / 수은주 눈금 영을 넘지 못해 / 자신에게 엄격한 차가운 핏줄처럼 / 그리움도 무채색 느낌이 될까봐 / 투명한 심장을 꺼내어 눈물이 됩니다 / 자신이 허물어져 꽃이 될거라며 / 제자리에 멈춘 꿈을 꾸면서 / 영하의 날선 추위도 잊고 삽니다.
>
> — 배문석의 「얼음 인형」 전문

우선 배문석은 현실과 괴리된 화자가 '자신이 허물어져 꽃이 될거라'는 아주 막연한 기대가 적시하고 있다. 그래서 '영하의 날선 추위도 잊고' 사는 기대와 희망의 끈을 놓지 않고 살아가는 현장의 언어이다. 이처럼 겨울 날씨 같은 '영하'의 언어, 그리고 '차가운 핏줄'과 '눈물' 등이 포괄하는 '얼음 인형'은 바로 우리들의 생존과 상관된 삶의 애환이다. 지금처럼 얼어붙은 경제위기에 떨고 있는 소시민이 절감하는 언어의 분사이다.

> 태양은 붉게 시작해서 붉게 끝나는 / 노동의 시간을 사람들에게 알린다 / 오랜 시간 태양에 그을린 노년 부부가 / 오늘 황혼녘에도 논밭으로부터 / 그들의 일손을 거둔다

— 임병현의 「노을이 질 때면」 중에서

여기 임병현은 어떤가. '오랜 시간 태양에 그을린 노년 부부'의 '노동 시간'과 연관된 삶의 현장 언어가 '황혼녘' 그러니까 '노을이 질 때'라는 시간성이 결합하여 조화를 이루고 있다. 그는 '자기들의 나이가 땅에 가까워질수록 / 자연의 넉넉한 순리를' 알고 있음으로 존재의 현장에서 조감하는 삶의 언어를 들을 수 있다. 여기에서 '나이가 땅에 가까워'진다는 이미지는 존재의 의미와도 무관하지 않다는 특성을 읽게 된다. 이 노년 부부는 노을이 지는 시간에 '하루 일과를 자기들 손에서 / 내려 놓'지만, 내일이면 다시 솟을 '붉은 태양' 앞에서 다시 반복하는 삶을 영위할 것이다. 그러나 그들에게서 획득할 수 있는 현장 언어는 '순리'라는 대명제를 신뢰하고 있는 것이다.

힘들어도 견디며 가야하는 / 미망(迷妄)의 오솔길은 / 잎새처럼 아름다운 감성을 깔고 / 사랑에게 행복에게 눈치 보며 / 부끄럽다 여겨지는 연륜을 / 토담 같은 언덕 위에 우거진 / 허상의 넝쿨 걷어내는 / 바쁜 삽질이 오늘을 버티게 한다

— 박선조의 「견딘다는 것」 중에서

박선조 역시 '힘들어도 견디며 가야하는' 현장의 언어가 절실하다. 그러나 그는 '오늘을 버티게' 하는 동인으로 '허상의 넝쿨을 걷어내는 / 바쁜 삽질이' 있다. 그것이 실재이든 관념이든 상관없을 것이다. 이것이 그가 절감한 '황폐한 인심들로 가득찬 도회의 살이가' 던져주는 삶의 언어이다. 그는 다시 '때묻은 벽지'와 '귀퉁이마다 손볼 구석'이라는 정황에서 '겨울나기'를 견뎌야 하는 절실한 현재의 삶들을 조명하는 현장성의 메시지를

확인할 수 있게 한다.

> 이른 새벽 먼동이 터오는 / 환희에 찬 기쁨으로 시작하는 하루 / 부지런히 출근하는 대열 속에 내가 있으니 / 천하를 얻은 듯 행복합니다
>
> — 김원자의 「내 마음속에 행복」 중에서

김원자는 '환희에 찬 기쁨으로' 하루를 시작한다. 이러한 어조는 겨울의 싸늘한 분위기와는 다르게 현현된 '행복'한 일상에 대한 자찬(自讚)이다. 그러나 이것도 삶의 언어라는 데는 이의가 없을 것이다. 우리는 보편적인 삶을 통해서 애환을 체험한다. 이러한 애환에는 다양한 이미지를 제공하고 있어서 시인들은 그것을 형상화하는데 골몰하고 있다. 시는 우리의 삶을 육성시키기도 하기 때문이다.

> 생물들의 천국이라 상해 버려진 것들도 지천 / 때로는 차바퀴에 / 또 때로는 발자국에 밟히고 뭉그러진 것들이 / 노파의 낡은 유모차에 실리는 순간 / 생을 위한 귀한 벗이 된다
>
> — 김성옥의 「시장을 도는 노파」 중에서

김성옥의 '노파'는 '농수산물시장'을 배회하고 있다. '밟히고 뭉그러진 것들'이 한 순간에 '생의 귀한 벗이' 되는 정황도 삶에 대한 한 단면이다. 이처럼 삶에 관한 일상적인 사유에서 추출하는 이미지는 작품으로 형상화할 때 웅대한 위력을 갖게 된다. 누군가 말했다. '시는 인류에게 행복한 삶을 살 수 있는 법칙과 패턴을 제공해 준다'라고. 그렇다. 여기에서 우리가 지존으로 떠받드는 시의 마력이 있다. 그것이 미미하게 단순 감정의 발현일

지라도 시의 효용은 그것으로 빛이 나게 된다.

일찍이 러셀도 아무리 시시한 시인이 쓴 글이라도 우리가 정말로 그를 이해한다면 좋은 시를 읽어버림으로써 받는 인상보다 훨씬 아름답다고 말했다. 이는 우리가 시 한 편에서 공감하는 삶의 형태나 삶 속에 무르녹은 인간 본연의 진실을 발견하게 될 때 시는 바로 우리의 삶 그 자체로 승화될 것이다.

> 종소리는 세상의 깊은/어둠 몰아내며 낮고 가난한 곳으로/병들고 베고픈 곳으로//어루만지는 어머니의 손길로/따스한 온기 전해주며/새로운 생명을 잉태시키며//낡고 위태로운 것들 허물어내고/새롭고 가슴 울렁거리는 것들로/세상 가득 채워줄 것인가.
>
> ― 기 청의 「除夜의 종소리」 중에서

기 청에게서 이해할 수 있는 것은 삶을 통한 생명성 탐구이다. 우리의 삶에서 형성된 '어둠'과 '가난'과 '병들고 배고픈 곳'에 대해서 '온기'를 열망하는 '새로운 생명'이며 '새롭고 가슴 울렁거리는 것'으로 '세상 가득 채워줄 것인가'에 대한 미확인의 기대가 우리의 삶과 동행의식으로 현현되고 있다. 이러한 일련의 기대감은 '제야의 종소리'를 들으면서 '새 희망의 빛을 빚어낼 것인가' 혹은 '그 어떤 소망을/종소리에 담아 누구에게로 날려서//그의 원을 풀 것인가'라는 의문형 언술에서 보듯이 삶에 대한 미래지향적 기원의 의지로 표징되고 있어서 현실적 삶의 소리로 정리하고 있다.

> 장롱 밑에 검고 뾰족한 놈이 고개를 내밀고 있다/막대기로 훔쳐낸다/뱅글뱅글 풍뎅이 한 마리가 튀어나온다/손가락에 잘

잡히지 않는 낮익은 몽당연필 / 강산이 변한만큼 저도 반갑던지 / 손바닥 위에서 데구르르 한 바퀴 재주를 구른다 / 진실은 모두 어디에 두고 토막진 얼굴만 돌아왔다 / 그 많은 진실 지우개로 지워버렸는지 / 어쩌면 지금도 지우고 있는지 / 너는 과연 진실만을 옮겨 적었느냐 / 몽당연필이 뾰족한 말을 던진다.

— 김경덕의 「몽당연필」 전문

김경덕은 '몽당연필'의 애환이 의인화로 나타나고 있다. '너는 과연 진실만을 옮겨 적었느냐'에서 한 생을 반추하는 인간들의 모습이다. 과연 우리들은 진실만을 위하여 살아왔을까라는 회의(懷疑)가 작품의 구도를 형성하고 있다. 이처럼 인간의 한 생애가 '몽당연필'과 같이 낡아 있어도 근원적인 인본의 의미를 추출하려는 시법이 사물을 형상화하는 시의 위의가 되는 것은 당연한 일이다.

이 밖에도 배문석이 「눈물 인어」에서 '저 깊은 몸 안은 / 슬픔이 녹아있는 바다였다.'거나 임병현이 「오늘 또다시」에서 '집에서도 무언가에 쫓기고 있는 나를 바라본다 / 일터에서처럼'이나 김미선이 「외로운 물고기」에서 '스스로 입질하며 / 조용히 물고 / 살아가는 까닭을' 이라고 한다든가, 윤순정이 「깊은 밤 넝쿨터널을 지날 때」에서 '서러운 생의 길고 긴 어두운 터널'이라든지, 이사라가 「석류」에서 '세상 맛 모르던 때' 등의 어조는 우리의 삶에서 절감하는 고뇌와 갈등을 여과하기 위한 시인의 진실이라고 할 수 있을 것이다. ✷

(『문학저널』 2009. 12.)

소멸 의식과 '낭만적' 환상

우리가 '낭만적'이라고 하면 현실적이 아니고 환상적이며 공상적인 것으로 흔히들 말한다. 일반적으로 낭만이라고 하면 실현성이 적고 매우 정서적이거나 이상적, 낙천적인 상태를 말하는데 '낭만적'이라고 관형사가 되면 완전한 환상을 일컫게 되어 현대시에서는 낯설게 하기와 비슷한 정감을 발현하게 된다. 현대시사에는 낭만주의(romanticism)가 한때 풍미(風靡)한 적이 있었다. 이는 18세기 말에서 19세기 초두에 걸쳐서 유럽을 휩쓴 예술적인 태도였다. 이는 초자연적인 것과 중세적인 것 또는 이국적인 취향을 좋아했고 감정과 공상을 존중하였으며 대담한 상상력의 구사에 의해서 문학의 시야를 확대해 나갔다.

영국에서는 워즈워드, 바이런, 키이츠 등의 시인이 등장했고 프랑스에서는 뮈세, 비니 그리고 독일에서는 노발리스 등이 활약했다. 이들은 자유를 추구하는 정신으로 충만해 있었으나 정세 변화의 관계로 흐르는 경향의 단점도 있었다. 이로 인해 19세기 프랑스 상징파가 생겨났고 영국에서는 20세기 모더니즘을 탄생시키게 된다.

우리 현대시에서도 『백조』 동인을 중심으로 하여 홍사용, 이상화, 박종화 등이 낭만시를 썼으나 이것은 유럽의 낭만주의와는 본질적으로 그 양상이 다르다고 할 수 있다. 지난 호 『문학저널』에서 일별한 작품에서는 단연 김명배의 시 2편에 주목하게 된다. 참으로 '낭만적'인 발상이며 깊이 있는 주제를 숙성시키고 있다. 김명배의 「낭만적·1」에서 스스로 '낭만적'이라는 어조를 서슴없이 사용하고 있다.

> 개똥이와 별똥이는 낭만적이다 / 그런데 그게 무어니 / 나는 지금도 엉덩이에 광채를 달고 / 어둠속을 날아다니는 꿈을 꾼다 / 때로는 꽁무니에 빛나는 긴 꼬리를 달고 / 세상 밖으로 추락하는 꿈을 꾼다 / 개똥이와 별똥이는 야행성이다 / 그런데 그게 무어니 / 어쩌다가 잊어버리고 마는 세상 / 눈을 감았다 뜨면 여기가 거기다 / 우리는 왜 어둠속으로 소멸하는 거니 / 안 보이는 것들은 모두 하늘이다 / 소멸하는 것들을 위해 통곡하지 말자 / 있는 것도 없는 것도 없다면 / 잃는 것도 없다 / 개똥이와 별똥이는 낭만적이다 / 그런데 그게 무어니

김명배는 개똥벌레(반딧불이)와 별똥별(流星)의 동질적 개념에서 '엉덩이의 광채'와 '어둠속을 날아다니는 꿈'에 대한 대위적 언술로 '우리는 왜 어둠속으로 소멸하'지 않으면 안 되는 극적 상황을 제시하면서 '소멸' 이후의 공허와 무상무념의 주제를 극명하게 적시하고 있다. 이것은 생성과 소멸을 전제로 하는 우리 인간의 생몰(生沒)의 현실적 현상을 그는 '광채'를 달고 현실을 유영하다가 어느 날 사라져야 하는 운명이 명징한 이미지로 현현되고 있지만, 그는 이를 '낭만적'이라고 명명하고 있다.

우물에 빠진 달을 건지려다가/두레박을 놓친 날 밤엔/어머니의 은가락지만한 하늘속으로/끝없이 추락하는 꿈을 꾸었다/누가 덥석 머리채를 잡고/끌어 올리셨더라/깨고 나면 언제나 달이/벌써 중천에 떠서 휘영청 밝으셨다/추락의 끝은 어디였을까/별 한 바가지 흩뿌려서 공양드리고/떠나고 싶은 밤/이 낭만, 누가 만든 길인가/문구멍으로도 환히 보이는 저 길을/이제는 떠날 수 있을 것 같다/돌아보기 없기/어머니의 은가락지만한 하늘속으로/꿈꾸며 걸어가기/십리도 못가서 발병 나겠지/아리랑 아리랑 아라리오/어머니는 늘 나를 금 안에 두신다

그렇다. 「낭만적·2」에서도 '추락하는 꿈을 꾸'는 시적 정황이 '날아다니는 꿈'과 동일하게 나타난다. 또한 '떠나고 싶은 밤'이나 '이제는 떠날 수 있을 것 같다'는 어조도 '소멸'과의 동류의 이미지임을 이해할 수 있다. 그러나 '개똥이와 별똥이는 낭만적'인데 '그게 무어니'라고 의문을 제기했으나 '어머니의 은가락지만한 하늘 속'이 적시되므로 해서 화자 '어머니'에 대한 상념이 공존하는 것으로 보아 '추락의 끝'에는 또 다른 이미지가 있음을 상기하게 된다. 이처럼 환상적, 이상적 혹은 낙천적 담대한 어조는 그가 인생 연륜이나 문학 연조에서 존재와 상관된 다양한 사유의 변환으로 관조나 달관의 의미도 함축되어 있음을 이해하게 된다.

배문석의 「한강 크루즈」에서도 이러한 상상력의 일단을 유추할 수 있을 것이다.

무던히 보고 싶었던 게야/저리 조바심처럼 어둠 살라냈던/간밤을 수놓았던 그 흔적에서/아득한 은하를 불러/도시를 삼킨 찬란한 선상 이야기//강이 맨살로 그 품을 넓히며/별들 불러들

인 가장자리 / 물굽이마다 껴안은 발길 / 강바닥에 드리운 까닭에서 / 잊혀진 사람들 깊이를 잰다 // 비가 흘러가서 바다인 이유로 강을 거쳐야 한다는 것을 / 유유히 떠가는 크루즈배는 안다 / 그 몸 가득 채워진 설레임에서 / 눈빛마다 별이 된다는 전설을 // 무덤가에 핀 가시엉겅퀴꽃이 / 별 하나씩 꽃잎에 내려 밤을 물러내 듯 / 가시처럼 오가는 명멸 그 시야에 / 깊어진 계절만큼 사랑했노라고 / 오늘, 강물에 편지를 쓴다

배문석도 '별'과 '어둠'에 관한 이미지가 '강물'과 조화를 이룬다. 결국 그는 '명멸'과의 환상에서 낭만적인 '전설'을 탐색하고 있다. 김명배의 '별 한 바가지 뿌려서 공양드리고 / 떠나고 싶은 밤'에서나 배문석의 '별 하나씩 꽃잎에 내려 밤을 물러내'는 상황들이 소멸(혹은 명멸)과 소통되는 낭만적 요소라고 할 수 있다.

우와 / 날보러 / 도동항에 모여든 사람들 / 뼈도 못추리고 죽는구나

한연순의 「오징어」는 단순하면서도 '뼈도 못추리고 죽는' 소멸의 의식이 남아 있는 '사람들'에게 강렬한 메시지를 전해준다. 이는 '오징어'라는 대상사물의 형상이나 이미지에 집착하지 않고 생멸을 이분법적 논리로 분할하면서 '도동항에 모여든 사람들'과 '오징어'의 대칭점을 함축성 있게 적시하고 있다.

그를 만난 후 / 난 자꾸만 그에게로 물들어 가고 있다 / 모난 성격 / 세상의 온갖 진흙은 그대로 묻었는데 / 내 속은 왜 자꾸만 그의 향기로 물드는지 / 내가 깊은 곳에서 / 그의 작은 뿌리로 매달려 있을 땐 / 잎사귀는 나의 그늘이 되고 / 줄기는 나를 일으켜 세우는 힘이었거늘 / 이제 세상 가운데 홀로 선 나 / 세월은 발

없는 덩굴로 나를 휘감아 / 그의 끈으로 꽁꽁 묶었는데 / 너도밤 나무처럼 낯선 나를 기억하며 / 아랫목으로 데워진 / 그의 품속을 기다린다 / 썩지 않으려고 내 속의 물기를 말리면서

박경희의 「호박 고구마」에서는 시적 화자 '그'와 '내(혹은 나)'가 교감하고 있다. 이 교감이 결국 '썩지 않으려고 내 속의 물기를 말리'는 예비 소멸을 표징하고 있다. 이러한 의인화의 시법은 시적인 묘미를 높이는데 그 몫을 다한다. 사물을 사물 자체로 언술하는 것보다는 '호박 고구마=나'라는 의인법은 시에서 뿐만 아니라 일반 문장에서도 큰 효과를 나타내고 있다. 그러나 제3인칭 대명사인 '그'에 대한 암시가 없다. 시의 흐름이나 내용으로 보아서 '호박 고구마(나)'와 깊은 관련이 있는 사람이나 주위의 어떤 형체로 유추할 수 있겠으나 '그'와 '나'의 대칭적 구도에서 시법을 전개했다면 더욱 공감대를 확산할 수 있었을 것이라는 생각이다.

어찌 되었거나 이 낭만적'이 우리에게 암묵적으로 던지는 메시지는 다양하면서도 새로운 정감을 유발케 하는 촉매제가 된다. 일찍이 본질적으로 낭만주의 정신을 귀하게 여긴 하이네는 낭만적인 감정이 자극될 만한 여러 가지 형상을 조형적으로 구성하는 문학적 형상이 명료한 윤곽으로 표현되어야 한다고 했다. 이러한 측면에서 본다면 '낭만적'인 언술이 곧 낭만주의는 아니라는 것이지만 쉬클로프스키가 주창한 '낯설게 하기'에 근접하는 이상과 환상이 혼합된 시법이라는 전제가 가능해 진다. 사물을 사물이미지로만, 아니면 관념을 관념이미지로만 표현되는 시적 구도보다는 '낭만적' 구도가 더욱 시의 본령을 명징하게 보여줄 것이기 때문이다. ✷

(『문학저널』 2008. 12.)

인식과 기원의 순정적 언어들

현대시에서 언어의 중요성은 재론의 여지가 없다. 시인 자신이나 시적 화자(話者)의 어조(語調)를 통해서 전달되는 메시지의 공감 영역은 그만큼 확대되거나 아니면 축소되는 매체(媒體) 작용에 중대한 역할이 따르기 때문이다. 일찍이 예이츠가 말한 바와 같이 시인의 시는 국어처럼 직접적이고 자연스런 것이어야 한다는 것이고 또 하나는 시의 언어는 필연적인 것같이 보이는 것이어야 한다는 것을 새겨보면 시어(시적인 언어)의 선택이 그 작품에서의 비중은 절대성이라고 할 수 있다.

언젠가는 조선일보에서 우리 현대시 100년을 기념으로 '시인 100명이 추천하는 애송시 100편'을 연재하여 시인들의 관심을 모은 바 있으나 공감의 대상이 되었는지에 대해서는 의문이다. 또 요즘에도 '한국인이 애송하는 사랑시'를 연재하고 있다. 정말 그 작품들이 '애송하는 사랑시' 반열에 드는 작품인지도 모호하다. 어쨌거나 신문에서 시를 게재하고 독자들과 가까워지는 지면 할애는 바람직한 일이 아닐 수 없다.

감나무쯤 되랴 / 서러운 노을빛으로 익어가는 / 내 마음 사랑의 열매가 달린 나무는! // 이것이 제대로 뻗을 데는 저승밖에 없는 것 같고 / 그것도 내 생각하던 사람의 등 뒤로 뻗어가서 / 그 사람의 머리 위에서나 마지막으로 휘드려질까본데. // 그러나 그 사람이 / 그 사람의 안마당에 심고 싶던 / 느껴운 열매가 될는지 몰라! / 새로 말하면 그 열매 빛깔이 / 전생(全生)의 내 전(全) 설움이요 전(全) 소망인 것을 / 알아내기는 알아낼는지 몰라! / 아니, 그 사람도 이 세상을 / 설움으로 살았던지 어쨌던지 / 그것을 몰라, 그것을 몰라!

박재삼(朴在森) 시인의 「한(恨)」(2008. 10. 15. 게재) 전문이다. 아주 편안한 일상어로 옆에서 이야기하듯이 들려주는 '사랑'에 관한 하소연처럼 들린다. 그렇다. 시는 자기 존재를 인식하는 일에 다름 아니라고 했다. 이렇게 인식의 언어, 그 순정적인 매력이 바로 시에서 분출하고 있다. 그가 인식하는 중요한 대목은 '사랑의 열매가' '제대로 뻗을 데는 저승밖에 없'다는 것이다. 곧 이승에서는 다하지 못할 사랑이라서 '한(恨)'으로 남아 있다. 이처럼 자신을 인식하는 데는 철학적 사유(思惟)가 필요하다. 그 사유에서 추출한 인식의 언어는 그 시인의 진실이다.

지난 10월호 『문학저널』에서는 이러한 인식과 기원의 언어들을 많이 접하게 된다. 사실 이 시적 언어(혹은 문학 언어)는 우리가 시를 언어예술이며 시인을 언어의 연금술사라고 하는 단적인 설명에서 이해할 수 있듯이 시와 언어의 상관성은 그리 간단하게 요약할 것이 아니다. 이규보(李奎報)의 「백운소설(白雲小說)」에서는 '무릇 시란 그 뜻을 주로 삼는다. 뜻을 세움이 가장 어려운 일이고 글로 엮는 일은 그 다음이다(夫詩以爲主 說意最難 綴辭次之)'라고 한 것을 보면 시는 그 의미(주제)를 상위에 두고 표현 언어를 그 다음으로 하는 것 같다. 그러나 현대시는 이 주제를 명징(明澄)하게 투영하기 위해서는 마력적인 언어의 능력에서만 가능하다는 점에 유의하게 된다.

지난 호 특집으로 수록된 '문단순례 | 영등포문인협회 편 | 시'에서 인식과 기원으로 나누어 그 언어의 특성을 살펴보기로 한다.

아주 오래된 추억의 찻집에서 / 따뜻한 커피잔을 꼭 싸안고 / 선녀바위에 부딪치는 물소리를 듣는다 // 바닷가를 거니는 사람들 / 따뜻한 입김으로 서로의 상처를 보듬으며 / 모락모락 장미꽃 향기를 피운다 // 파도처럼 밀려왔다 삶의 흔적 남기며 / 다시 돌아오지 않을 허세(虛世)라도 / 우린 그렇게 살아야 하겠지 // 짙은 어둠 속에서 / 혹독한 겨울바람을 밀어내며 / 산 넘어 남쪽 봄 햇살을 / 키운다.

— 안호원의 「영종도의 밤」 전문

두렵고 떨리는 발걸음이 / 한 발자국씩 오르는 동안 그 가쁜 숨에서 / 올라야 한다 올라가야한다는 / 믿음이 손길 이끄는 대로 / 땀방울이 떨어져 바다로 간다는 그 사실조차 / 까마득히 잊으며 / 산의 품으로 안겨간다는 것을, / 턱까지 차오르는 희열 / 사람들 지혜로는 형언할 수 없는 그 기쁨이 / 올라야 알 수 있다는 것도 / 처음엔 몰랐다 / 바리며 버리며 오르고 나면 / 그곳이 세상을 만나는 처음이라는 것을, / 우정과 믿음이 더 돈독히 물결친다는 것을, / 흘러 떨어진 땀방울에 쓴 / 가슴 벅찬 편지를 바다로 보낸다 / 저 울창한 숲으로 보낸다.

— 星雨 裵文奭의 「산행」 전문

여기에서 우리는 자아를 인식하는 언어를 확인할 수 있다. 안호원은 공감각적 이미지를 동원하여 자아를 인식하고자 한다. '물소리를 듣는다'는 청각과 '장미꽃 향기를 피운다'는 후각, 그리고 '파도처럼 밀려 왔다 삶의 흔적을 남기'는 시각적 이미지가 적절하게 조화를 이루면서 '우리 그렇게 살아야 하겠지'라는 어조로 인식의 축을 형상화하고 있다. 이것은 '물소리'와 '장미꽃 향기' 그리고 '삶의 흔적'을 '허세(虛世)'라는 존재인식의 원천(源泉)으로 대입함으로써 그가 탐색하는 인식의 범주(範疇)를 확대하고 있음을 알 수 있다.

한편 배문석의 자아 인식에 관한 어조는 약간 복합성을 가진다. '산행'에서 '사람들 지혜로는 형언할 수 없는 그 기쁨이/올라야 알 수 있다는 것도/처음엔 몰랐다'는 어조는 자신의 존재를 되돌아보는 과정에서 '산의 품으로 안겨간다는 것'과 '우정과 믿음이 더 돈독히 물결친다는 것'을 인지하게 된다. 그것이 자신이 살아가면서 터득한 존재의 방식이며 삶의 형태이지만, '버리고 버리며 오르'는 인간 본연의 심연(深淵)으로 인식의 한계를 확대하고 있음을 이해하게 된다. 이러한 인식의 언어는 양연화가 '때로는 밟히거나 뽑힐까 두렵지만/날마다 최후라 생각하니 괜찮다/민들레라는 이름으로 번식의 씨앗을 품고/또 하루를 산다(「골목 민들레」)'거나 이경배가 '아직 잠 깨지 못한 나무 사이를 돌며/조용한 숨소리로 눈 뜨기를 재촉한다(「영등포공원의 아침」)', 그리고 홍금자가 '부서지고 깨지고/더는 발 들일 수 없는/막막함 속에서도/꺼지지 않고/타오르는 불꽃(「사랑」)'이라는 어조들이 모두 자아를 인식하기 위한 이미지로 부각되고 있다.

다음은 기원의 언어이다. 이 기원은 인식된 자아가 어떤 갈등이나 고뇌에 처했을 때 이를 화해하고 조화하는 해법으로 많이 등장하게 되는데 다음과 같이 나타나고 있다.

정겨운/거울 안에/달덩이 매만져도/허물이 남지 않아 언제나 자유로운/임이여/어여쁜 그대/두 손이고 싶어라

— 김진관의 「선유도(仙遊島) 달맞이」 끝 부분

더위에 지친 농부/지나는 길손/새들에 가지 몇 개쯤 내어줄 수 있는/넉넉한 나무이고 싶다.

— 모실 김형수의 「나무이고 싶다」 중에서

아침부터 색색이 부끄러운 가을이/소리 없이 찾아왔으면 좋겠습니다.

— 이기호의 「침묵 달래기」 중에서

감사와 사랑으로/온화한 빛을 향해/기도합니다.

— 오광자의 「갈대」 끝 연

이러하듯이 기원의 언어는 다양하게 표현된다. 우선 김진관과 김형수는 '싶어라'와 '싶다'는 어조로 그들이 바라는 기원의 정서가 함축되어 있는가하면 이기호는 '좋겠습니다'로 표현하여 동질의 기원의 의지가 나타나지만, 오광자는 간절한 '기도'로서 어조를 조절하고 있음에 유의하게 된다. 이러한 기원의 의식은 인식에서 여과(濾過)한 성찰에서 근원하게 된다. 그 성찰을 통해서 시인의 의식이 현실과 괴리(乖離)되거나 불합리, 부조화 등의 심리적 변환이 뒤따르게 되는데 이를 조화롭게 극복하거나 치유할 수 있는 방편으로 시인들이 기원의 의지로 전환하는 과정을 이해할 수 있을 것이다.

특히 '특별초대석'으로 오광자의 신작 「가을」 외 14편이 모두 간절한 기도의 이미지가 투영된 것을 보면 그는 신앙적인 어조가 아니더라도 간구(懇求)의 언어가 주조를 이루고 있다. 이는 그가 대자연(對自然)과 대인간(對人間)에서 '머물 수 없는 자연의 섭리(「가을」)'에 순응함으로써 우리들의 고뇌를 화해하는 해법을 탐색하고 있는 것이다. 누군가 말했듯이 이러한 기원은 어떤 목적을 위한 수단이 되는 것이 아니라, 기원(혹은 기도)하는 마음 그 자체가 정신적 순화를 위한 목적이기에 시인들의 기원은 존재문제와 근원적으로 상관성을 갖게 된다. 오광자가 '가지마다 주렁주렁 / 풍성한 사랑을 / 함께 나누고 싶다(「과수원」)'거나 '잠시 머물다 가는 모습에 / 주님의 섭리 알 것만 같아 / 고개 숙입니다.(「낙조」)' 또는 '목마른 영혼 하늘 문 열게 하소서(「하늘을 바라보며」)' 등의 기원적 어조는 이와 같은 다원화한 현실에서 연약한 우리 인간들의 심안에 시인의 지적인 기원으로 읽혀져야 할 것이다.

현대시는 근본적인 언어방법에 의해서 시인의 사상과 정서는 물론 시인의 직각적인 메카니즘을 포착해서 기록하는 구도를 갖는다. 이러한 인식이나 기원의 언어는 결론적으로 휴머니즘의 지향에 시인들의 주제로 형상화하는 것은 어쩌면 시의 본령이며 탐구해야 할 시의 위의(威儀)라고 할 수 있을 것이다. 우리 시인들의 순정적 언어를 통해서 인간의 순수성을 재음미한다면 그것이 바로 독자들의 공감을 확산하면서 어떤 한 음절의 교시적(敎示的) 기능을 다하는 것이 아닌가 싶다. ✷

(『문학저널』 2008. 11.)

시와수상문학

시적 화자의 활용과 주제의 명징성

언제 봄이 왔는가 했더니 벌써 여름이다. 6월인데도 한여름의 기온으로 상승해서 모두들 헉헉거리고 있다. 거기다가 메르스라는 괴질이 와서 온 국민을 긴장하게 하고 있다. 그런 저런 이유로 문학행사들이 취소되거나 연기하는 소동이 벌어졌다. 그러나 지난 3월부터 6월초까지 박목월 시인 탄생 100주년 기념행사는 성대하게 거행되었다. 용인 공원묘원에서 '박목월 시 정원'이 그의 묘소에 개장되어 많은 제자와 문하생들이 참석하여 선생을 추모하였으며 고향 경주에서는 목월 생가 복원 1주년기념과 함께 백일장, 시화전, 음악회 등으로 목월 시문학을 기렸다.

언젠가 나는 목월 선생을 생각하면서 시를 썼다. '한밤중에 목월 시인을 만났다 / 책장에서 깊은 수면을 털고 / 나와 마주 앉았다 / 천상 어디쯤에서 영혼의 음악 연주하다 / '나그네' '청노루' '선도화' 모두 데불고 / 허기진 나에게 수혈을 하고 있었다 / 희움한 새벽녘에야 비로소 / 혈관을 흐르는 장중한 교향곡을 / 조금 눈치챌 수 있었다 / 목월 시인을 만나는 일은 / 언제나 꿈속 선율로 이루어졌다.(「餘白詩·57」 전문)' – 이 작품은 2006. 3. 23.~26. 동리. 목월문학기념관 개관 시화전에 출품되어 지금도 경주 동리. 목월문학관 광장에 시화로 걸려있다.

각설하고 우리는 현대시의 창작에서나 감상에서 그 표현방법을 가장 중시하는 경향은 어제 오늘의 얘기가 아니다. 어떤 언어를 조합해서 어떻게 전개했느냐 하는 구체적인 형상화를 살펴보면 그 시인의 창작 의도와 주제를 감지(感知)할 수 있게 된다. 지난 봄호 『시와수상문학』에서는 많은 작품들이 시적 화자를 적절하게 활용하여 작품을 완성하고 있어서 상황 설정과 전개 등에서 주제를 명징(明澄)하게 이해할 수 있는 매체의 역할을 하고 있다는 점을 간과(看過)할 수 없을 것이다. 이 시적 화자는 문법상의 인칭대명사를 말하는데 주로 '나'와 '너(혹은 당신)' 그리고 '그(혹은 우리)' 등으로 시 문장에서 사물과의 대칭에서 상당한 보조기능을 담당하거나 스토리텔링의 시법에서는 직접 실체(實體)의 주인공으로 등장하여 작품의 중심 체제를 이룩하기도 한다.

> 빛무리 흘러 번지는 꿈길에 / 널 그리는 붓질이 덧입혀지면 / 일어서던 상념들은 허물어져 내리고 / 해 그린 섬돌에 가지런히 놓이는 / 한 켤레의 신발 / 먼 길 휘돌아온 과거를 묻고 / 무수히 쏟아지는 꽃잎들을 / 실어 나르는 햇귀가스리엔 / 하얀 맨발의 내가 산다.
>
> – 전미야의 「햇귀가스리」 전문

여기 전미야는 '하얀 맨발의 내가 산다.'는 어조에서 알 수 있듯이 화자는 '내'가 어떤 시적인 상황에서 결론을 정리하고 있다. 이 '나'는 한 사물을 의인화한 경우도 있고 실재하는 시인 자신의 '나'일수도 있다. 이 화자는 시에서 말하는 사람을 화자나 퍼소나(petsona)라고 하는데 이는 모든 시의 필수적인 구성 요소의 하나라고 할 수 있다. 이 퍼소나라는 말은 배우의 가면을 의미하는 것이다. 가면을 쓴 인물인 퍼소나는 물론 시인 자신이 아니기 때문에 무수한 얼굴과 개성을 가질 수 있다.

시인은 퍼소나를 통해서 수많은 인생과 세계를 폭넓게 조명할 수 있는 것이다. 따라서 우리는 일반적으로 시적 화자라고 하는 퍼소나가 작품 속에서 어떤 형태로 나타나고 어떤 역할을 하는가를 주의 깊게 살펴보는 것이 중요하다. 이처럼 전미야의 화자는 '햇귀가스리'라는 자신의 당호를 소재로 하면서 자신의 명상에서 생동하는 자신의 이미지를 형상화하고 있어서 '나'는 당연히 자신을 앞세운 시적 상황을 조명하려는 의식이 펼쳐지고 있다.

이번 호에 발표한 작품 중에서 1인칭 '나'를 화자로 한 것은 다음과 같다.

- 그때 그 시절 / 슬픔과 기쁨 / 소식통이 되어 주었던 / 빨간 자전거 / 나의 소년기 추억(백화정의 「사라진 자전거」 중에서)
- 헤어지니 이렇게 / 죽은 것 같은 내 사랑아 / 당신 곁에 있고 싶어서 / 나는 그 자리에 주저 앉아(김세영의 「덩그러니 난」 중에서)
- 새벽녘 / 이슬 미소에 / 촉촉 젖어 내린 사랑 / 내 마음 / 노을빛 속에 / 나는 사랑할래요(강경규의 「임의 봄날」 중에서)
- 무탈하길 갈구하지만 / 나보다 더 / 아플 수도 있겠다 싶어도 / 옆구리 허전하긴 매한가지다. (이옥천의 「군계일학」 중에서)
- 아롱아롱 꿈결을 타고 / 머나먼 술바다로 기어이 가 버리고 / 나는 달의 입술이 되었다.(김영희의 「달의 입술」 중에서)

– 보랏빛 속살 내밀어 / 내 입술 끌어대고 / 향긋한 꽃물 짜 넣어준다.(안혜란의 「고향길」 중에서)

그 어느 날 / 갑자기 떠오른 상념 속 깊이 / 외로운 추억들이 / 별처럼 반짝거린다 / 잔잔한 호숫가에 / 그대 기다림에 흐릿해진 마음도 / 잔잔한 물결처럼 / 흘러서 가고 / 항상 세상은 / 오늘 같은 약속을 남기고 / 유유히 사라져 가지 / 들어줄 사람 하나 없는 곳에 / 무표정한 얼굴로 / 혼자 바람 맞고 사는 세상 / 그리움이란 사치로 / 뜨거운 한 잔의 커피향에 취해 / 때론 이렇게 회상에 잠긴다.

– 정중기의 「회상」 전문

여기 정중기는 화자를 '그대'라는 2인칭으로 설정하고 있다. 그는 '회상'을 통해서 재생하는 '그대 기다림'에서 '그리움'으로 형상화하는 시법이다. 여기에서 간과할 수 없는 것은 전미야는 '햇귀가스리'라는 외적 사물에서 투영시킨 '나'이지만 정중기는 '회상'이라는 내적인 관념에서 직접 언급한 '그대'라는 점이 다르게 작용하고 있다. 이처럼 시적 화자의 활용은 그만큼 상황전개뿐만 아니라 주제의 정립에도 무관하지 않음을 이해할 수 있을 것이다. 그래서 우리 시인들은 화자를 적절하게 응용함으로써 작품의 효과를 극대화하는 시법을 대할 수 있게 한다.

이렇게 2인칭 화자를 투영시킨 작품은 다음과 같이 읽을 수 있다.

– 바다에 가면 / 그곳에도 당신이 있었습니다(박종식의 「그곳에도 당신이 었었습니다」 중에서)
– 몸이 타는 고통의 낮달을 보며 / 그때서야 후닥딱 / 너에게 준 아픔을 깨달았다 (김지향의 「낮달을 보며」 중에서)

– 그대는 지금 / 무엇을 붙들려고 그렇게 발버둥을 치고 있나 (김지명의 「공수래공수거」 중에서)

그런데 겁도 없이 // 새까맣게 높고 찬 밤하늘에 / 팔베개하고 누워 있는 나는 누구냐 / 생각하면 / 무서리 내린 밭에 알몸으로 누운 양 / 등골은 오싹오싹한데 / 카–톡 카–톡하며 말놀이하자는 / 너는 또 누구냐

– 소재수의 「아파트」 중에서

이 작품에서는 소재수는 '나는 누구냐'와 '너는 또 누구냐'라는 어조와 같이 '나'와 '너'를 복합적으로 화자를 동원하고 있다. 우리 시법에서는 이처럼 많은 화자들이 동시에 등장해서 하나의 스토리를 만드는 경우도 있어서 화자의 활용은 시 창작에서 불가분의 관계라고 할 수 있다. 이렇게 화자를 복합적으로 등장한 작품은 오영수가 작품 「회춘」 중에서 '세상사는 마음먹기 따라서라니 / 내 이미 그리 마음먹을 줄 알았으면 / 세월아 네월아 / 너는 너대로 가거라 / 나는 나대로 갈테다'라거나 홍군식이 작품 「란이와 같이 걸은 길」 중에서 '버드나무 우거진 / 산과 들 / 바람따라 향기로움 풍겨주며 / 나를 영접하는 마음 / 그대의 소박함을 알고 있습니다'에서 확인할 수 있을 것이다.

바람이 심하게 흔들다 / 구름을 빼앗아 가고 / 남은 구름끼리 부대끼다 / 비가 내린다 / 가족끼리 부대끼고 / 흩어지고 모이고 헤어지고 만나지 않던가 / 어디 가족뿐이랴 / 밤하늘의 빛난 별들이 그렇고 / 이끼 낀 담장 밑 민들레 홀씨가 그러하듯이 / 사랑 또한 끈질기게 밀고 당기며 / 아픔을 주고 그리움만 앙금처럼 / 남겨주고 떠나지 않던가 / 인생이 그러하고 / 삶이 그러하고 / 세

상 이치가 그러하거늘 / 순리대로 부대끼며 흔들리며 / 말없이 그리 살리라.

— 왕영분의 「부대끼며 흔들리며」 전문

이 밖에도 '그'라는 3인칭 화자도 있고 '그녀'나 '아내', '부부' 그리고 '아버지' 등의 화자도 있다. 그러나 위의 왕영분의 작품에서 보는 바와 같이 화자가 나타나지 않고 뒤에 감춰져 있다. 이러한 시법이 가장 효율적이라는 시인도 있다. 왜냐하면 인칭대명사로 화자를 설정하면 자칫 그 시인의 내면을 표현하는 독백이 되거나 넋두리가 될 우려가 있기 때문이다. 이러한 작품에는 왕영분의 「쉬었다 가렴」을 비롯하여 강경규의 「숲속 향기」, 이오례의 「목련꽃 날다」, 김봉균의 「임진각 3」, 윤영석의 「부부」 등에서는 그 어조가 노출되지 않고 내면에서 시인의 정서나 사유를 조절하고 있는 것이다. 그러나 화자의 어설픈 응용보다는 더욱 정감의 주제가 명징해 짐을 알 수 있게 한다.✷

(『시와수상문학』 2015. 여름호.)

장미와 사랑 혹은 자연 사랑

벌써 가을이 완연하다. 가을은 천고마비(天高馬肥)의 계절이니 등화가친(燈火可親)의 계절이니 대내외적으로 풍성한 이미지를 우리들에게 제공한다. 오곡백과가 결실을 이루어 자연이 선물하는 이 지상에는 흥겨운 풍년가가 울려퍼지고 대자연은 내년에 다시 찾아올 봄을 위하여 조용한 명상에 잠긴다. 일찍이 시성 두보(杜甫)는 '이슬 치는 가을밤 홀로 거닐면/시름에 쌓이는 나그네 마음/멀리 배에서는 등불이 새어 오고/초생달을 두들기는 다듬이 소리(露下天高秋 氣淸 空山獨夜旅魂驚 疎燈自照孤帆宿 新月猶懸雙杵鳴)'라는 가을밤 정경을 읊었다.

우리의 김남조 시인도 '가을은 청징한 거울 같아서 가려진 사실마저 낱낱이 담아낸다. 더하여 가려진 정념이 모두를 비추어 낸다. 때문에 소름 끼치도록 진실에의 무섬증이 일어 온다고 할 수 있다'고 청순하면서도 청징한 가을의 관념이 물씬 풍기는 가을의 찬사이다. 지난 호 『시와수상문학』에서는 꽃을 비롯한 친자연에 관한 이미지가 사랑의 진실을 담고 저마다의 필치로 노래하고 있다.

> 바람이 부드러운 손길로 / 꽃잎의 입술을 어루만지자 / 꽃잎이 입을 열어 소곤소곤 말한다 / 세상에서 가장 향기로운 말만 / 골라서 했다 / 세상은 금세 향기로 가득 차고 / 감동의 눈물이 이슬처럼 맺힌다 / 그 이슬들이 금강석으로 굳더니 / 은하에 가득하다 / 저마다 눈을 깜박이며 / 사랑하라 사랑하라 사랑하라 / 눈짓한다.
>
> ― 김창완의 「꽃잎이 입을 열어」 전문

우선 김창완의 경우 꽃잎의 소곤거림에서 '사랑하라 사랑하라 사랑하라'라는 '눈짓'을 듣는다. 꽃과의 대화에서 '세상에서 가장 향기로운 말만 / 골라서 했다'는 어조에서 알 수 있듯이 꽃잎이 나(시인 혹은 독자)에게 소곤대는 말에서 '세상은 금세 향기로 가득 차고 / 감동의 눈물이 이슬처럼 맺'히고 있다. 이러한 시인과 사물과의 교감은 시에서만 허용하는 화법(話法)이다. 더러는 사물을 의인화해서 화자(話者)들이 서로 대화를 시도하면서 시적 진실을 분사하는 경향은 자주 있었지만, 여기에서처럼 사물(꽃)이 직접 눈짓으로 '사랑하라'를 절규하듯이 들려주고 있음을 간과(看過)하지 못한다.

> 사랑이 깊어 / 하얀 마음 붉게 물들인 뒤 / 이 계절 내내 향기를 마셔도 / 갈증은 가시지 않네 / 그대의 젖은 눈 / 빈 가슴에 박혀 / 상처가 깊을수록 / 꽃잎은 더욱 붉어 가고 / 마음의 상처 / 화농이 짙어져 / 향기로 토하다 못해 / 밤마다 가시로 돋아나 / 내 사랑을 찔러 아프게 하네.
>
> ― 박일소의 「장미」 전문

박일소의 '장미'는 어떠한가. 장미가 붉은 이유는 '사랑이 깊어'라는 단정으로 꽃과의 대화를 시도하고 있다. 또한 '그대의 젖은 눈/빈 가슴에 박혀/상처가 깊을수록/꽃잎은 더욱 붉어가고' 있어서 박일소의 '장미'는 사랑에 대한 상처가 짙어질수록 '밤마다 가시로 돋아나/내 사랑을 찔러 아프게 하'고 있어서 사랑과 그 상처가 서로 대칭을 이루면서 결국 '가시'로 전이(轉移)하는 시적 정황과 그 전개를 이해하게 한다.

> 울타리에 치렁치렁 매달린 화약방울/붉은 얼굴 맞대고/터뜨린다 터진다 마음 죄더니/멍울진 피멍사이/날카로운 가시 뾰족뾰족/엉덩이 붙이지 못한 새 한 마리/주변을 맴돌다 가고/사랑의 불덩이/장작불보다 뜨겁게 타올라/콧속 자극하는 향기에/오월의 가슴은 경기를 앓는다.
>
> — 정영례의 「넝쿨장미」 전문

정영례 역시 이 '넝쿨장미'를 통해서 '사랑의 불덩이'로 그 향기를 분사하고 있다. 그 향기는 '오월의 가슴은 경기를 앓'게 하는 설레임의 요인으로 분화(分化)하고 있다. 결론적으로 장미는 다른 꽃들과 함께 사랑의 원류로 이미지를 제공하여 그 시인의 진실을 적시하고 있는 것이다.

장미에는 가시가 많이 있다. '핏방울이 지면/꽃잎이 먹고/푸른 잎을 두르고/기진하며는/가시마다 살이 묻은/꽃이 되리라'는 송 욱의 '장미'는 장미와 가시의 불가분성을 노래했는데 정영례 역시 '멍울진 피멍사이/날카로운 가시 뾰족뾰족' 돋아 있는 것은 바로 '장작불보다 뜨겁게 타'오르는 '사랑의 불덩이' 때문이기도 하다.

푸른 잎사귀 / 줄기마다 / 날카로운 송곳니 / 험하게 세운다 / 붉은 혈 / 흐르게 하는 꽃 / 오월의 심장.

– 황창순의 「장미」 전문

황창순은 장미를 '오월의 심장'이라고 명명하고 있다. '날카로운 송곳니'는 장미의 가시를 표징한다. 대체로 장미에 관한 이미지는 대동소이(大同小異)하다. '붉은 혈' 등의 언어는 장미의 꽃말인 정열과도 무관하지 않을 것이다.

계절의 여왕 5월 / 햇살도 빗겨선 / 반(半) 십리 장미꽃터널 / 빨간 장미 지날 때는 / 뜨거운 사랑을 속삭이고 / 분홍 장미 지날 때면 / 영원한 사랑을 다짐하는 / 연인들의 밀어가 들린다 / 꽃의 여왕 장미 / 백만 송이 향기 뿜으니 / 벌 나비 멀리 가까이서 / 산 넘고 강 건너 찾아오고 / 짙푸른 잎 사이로 스민 초록 바람 / 심중에 고인 시름을 날려 보내니 / 꽃향에 취한 미소를 담는 / 셔터소리 그치지 않는구나.

– 김양호의 「백만 송이 장미터널」 전문

김양호의 장미는 '뜨거운 사랑을 속삭이고'라는 어조에서 알 수 있듯이 청각적인 이미지를 많이 활용하는 특성이 있다. '연인들의 밀어가 들린다'거나 '꽃향에 취한 미소를 담는 / 셔터소리 그치지 않는'다는 청각(聽覺)이 작품의 전개에 주된 이미지로 활용하고 있다. 또한 장미의 주제는 사랑임을 이해할 수 있는데 '영원한 사랑을 다짐하는' 그의 심중(心中)이 내포(內包)된 그의 시적 진실임을 확인할 수 있다. 이 '백만 송이 장미터널'에서는 벌과 나비가 그 향기에 취해서 '미소를 담는' 상황에서 우리는 장미의 진면목을 이해하게 된다.

이 밖에도 친자연적인 작품들(특히 꽃류의 식물)이 많이 게재되었는데 김영미의 '씨방의 향연'에서 '바람 켜는 꽃잎의 춤사위가 위태롭다 / 꽃 진 자리마다 / 푸른 증언들이 햇살을 퉁기며 / 우주의 묵계를 읽고 있는데 / 꽃잎을 실종시킨 내 문장들은 / 폐경 증후군에 시달린다'는 꽃과 씨방의 애환이 서려 있어서 시적 전개가 조화를 이루고 있다. 강경규의 '진달래꽃'에서 '산에 핀 바람 장단에 / 허리춤 노래하는' 상황이나 이향재의 '제비꽃'에서는 '초봄부터 하얀 기도까지 / 손톱만 한 꽃망울 / 피워 올린 그대'라는 의인화가 눈에 띄인다. 또한 임상호도 '만개한 꽃잎을 접을 때'에서 '가슴속 깊은 곳에 간직했던 고운 향 / 만개한 꽃과 더불어 말없이 천리를 가니 / 그윽한 향기에 취해 너를 예찬한다'는 향기예찬의 율시(律詩)도 꽃과 함께 지향하는 사랑의 하모니임을 알 수 있다. ✸

(『시와수상문학』 2014. 가을호.)

시적 공간에서의 사물 응시(凝視)

이제 바야흐로 여름이다. 올 여름의 날씨는 지난 4월부터 이상기온으로 치솟더니 그 기세가 약간 완만해졌다. 여름이면 더위도 문제이지만, 지루한 장마나 태풍 등이 우리의 삶에 불편을 주기도 한다. 우리의 시인 김광섭은 그의 작품 「비 개인 여름 아침」 중에서 '비가 개인 날/맑은 하늘이 못 속에 나려와서/여름 아침을 이루었으니/녹음이 종이가 되어/금붕어가 시를 쓴다'라는 낭만적이며 서정적인 어조를 들려주고 있다.

한편 이어령 교수도 그의 유명한 글 「차 한 잔의 사상」에서 '여름은 개방적이다. 닫혀진 창이란 없다. 모든 것이 밖으로 열려진 여름 풍경은 그만큼 외향적이고 양성족이다. ....여름의 숲은 푸른 생명의 색조를 드러낸다. 그리고 그 숲속에는 벌레들의 음향으로 가득 차 있다. 은폐가 없고 침묵이 없는 여름의 자연은 나체처럼 싱싱하다'라는 언지로 여름을 예찬하고 있다. 이 녹음방초(綠陰芳草)의 계절에 청량(淸凉)한 시 한 편을 마주하면 삼복 더위도 시원한 훈풍으로 바뀐다. 지난 봄호에는 많은 계절적 이미지가 부각된 작품을 대할 수가 있어서 세월과 삶의 동화(同化)는 어쩔 수 없는 순리라는 어줍잖은 위안으로 작품을 읽었다.

이번에 중점적으로 읽은 작품들은 시적 공간에서 응시하는 사물과의 연관성에서 추출하는 이미지와 주제는 어떻게 형상화하고 있는가를 살펴보았다. 우리는 시적 소재에서 우선 외적(外的)으로 접할 수 있는 시각적인 접근에서 사물의 속성이나 그 내면에 잠재한 상상적인 진실을 해부하는 시법이 많이 통용되고 있음을 간과(看過)할 수 없었다.

> 발아래 '툭' 떨어지는 / 포플러 잎사귀처럼 / 내려앉는 무게가 예사롭지 않다 / 가난한 마음을 꿈꾸며 / 수 없이 내려놓았던 것들은 / 여전히 그대로였던가 / 무리지어 사뿐히 내려앉는 / 노랑 은행잎들을 보며 / 심장 한 쪽에 납덩이를 달아 놓은 듯 묵직하다 / 가을은 또 그렇게 / 자아의 회초리를 들어 / 스스로를 견책하는가 / 비대한 몸집으로 뒤뚱거리는 / 삶을 돌아보게 한다 / 한 줌 흙으로 돌아가는 길.
>
> — 이정인의 「길 위에서」 전문

우선 이정인은 '길'이라는 시적 공간에서 그의 사유는 출발한다. 이 '길'이 내포하는 이미지는 대체로 인생의 방향제시나 원대한 희망의 나아갈 향방(向方) 등에서 형상화하는 경우가 많다. 위의 작품에서는 먼저 결론적으로 적시한 '비대한 몸집으로 뒤뚱거리는 / 삶을 돌아보게 한다'는 어조가 우리들의 삶과 무관하지 않은 보편적인 사유(思惟)라고 할 수 있지만, '자아의 회초리를 들어 / 스스로를 견책하는' 자신의 삶과 인생에 대해서 성찰하는 시적 진실을 이해하게 된다.

그리고 그는 이 길이 곧 '한 줌 흙으로 돌아가는 길.'이라고 대미(大尾)를 장식함으로써 그가 탐색하면서 구현하려는 인생관이 심도(深度)있게 현현되고 있어서 우리들의 시 읽기에 더욱 공감을 유로하고 있다.

> 소백산 허리 휘감고 / 그리움 세월 삼킨다 / 산천이 여섯 번 변한 / 서릿발 삭풍 삭이며 / 멈춰버린 민족의 시간 / 짓밟힌 삶의 멍울 실어 온다 / 어둡고 냉습한 북녘 / 가슴 절절히 한으로 / 얼룩져 흐르는 / 소통의 강이여.
>
> — 김정일의 「한탄강」 전문

김정일은 '한탄강'을 시적 공간으로 설정하고 있다. 이는 그가 체험한 '한탄강'의 이미지가 '그리움 세월 삼킨' 현장에서 '멈춰버린 민족의 시간'이며 '짓밟힌 삶의 멍울'로 형상화하고 있다. 이는 다시 '어둡고 냉습한 북녘 / 가슴 절절히 한으로 / 얼룩져 흐르는 / 소통의 강'이라는 애잔한 민족의 한이 녹아 있다.

> 꽃피는 봄날에는 / 벌 나비 벗을 삼아 / 꽃 향에 취하기도 하고 / 삭풍 이는 겨울날이면 / 한 길 깊은 눈 속에 빠져 / 허우적거리면서 / 무지개 꿈을 좇아 / 애면글면 넘어온 일흔 한 고개 / 호젓한 호숫가에 앉아 / 물비늘 쪼는 오리에게 / 느림의 미학을 배우고 / 비온 뒤 계곡에 서서 / 기쁘게 흐르는 물살에서 / 빠름의 철학을 깨달으며 / 태산준령은 넘어 왔다마는 / 미련만 가칫가칫 뇌리를 스친다.
>
> — 김양호의 「해질녘 언덕에 서서」 전문

김양호는 '해질녘 언덕'이 그가 설정한 시적 공간이다. 그는

'허우적거리면서 / 무지개 꿈을 좇아 / 애면글면 넘어온 일흔 한 고개'의 애환이 서려 있다. 이 71년의 연륜이 적시하는 요체는 '느림의 미학'이며 '빠름의 철학'을 수용하는 세월의 애증(愛憎)이 그의 주제로 승화하고 있다.

> 우주가 삼켜버린 시간 / 신(神)이 지워버린 얼굴들 매달고 서 있는 / 호숫가 노송의 그렁한 눈빛 속에 / 스스로 출렁이는 물소리 들으며 / 흥건히 젖은 별을 건진다.
>
> — 신인호의 「백운호수에서」 중에서

이 '백운호수'는 신인호의 시적 공간이다. 그가 백운호수에서 '우주가 삼켜버린 시간'과 '신(神)이 지워버린 얼굴들'을 응시하고 있다. 그의 심저(心底)에는 서정이 넘치는 이미지를 창출하면서 탐색하는 자연과의 교감을 형상화하고 있다. 이 밖에도 김연화의 「눈오는 밤의 연가」 중에서 '눈이 소복소복 오는 밤이면 / 아름다운 설경을 화폭에 그려 담아 / 세상 속 밝은 풍광 눈 오는 밤의 연가를 / 차렵처럼 접어서 당신께 띄워 보내고 싶다'라거나 임상섭의 「한탄강변에서」 중에서 '협곡 감아 도는 한탄강 / 수면 위로 / 조심스럽게 떠오른 물안개 / 고향 대숲으로 번지는 / 저녁연기 같다'는 어조와 같이 짙은 자연 서정의 정감이 시적 공간에서 잔잔하게 흐르고 있다.

또한 신유하의 「반지하 방」 중에서도 '매번 좁은 골목을 거쳐야 가는 새벽길에 / 반지하 방 허름한 주렴발 틈으로 / 희미한 불빛이 정겹다'거나 최홍규의 「하이델베르크성」과 「하이델베르크 대학교」 중에서도 하이델베르크를 방문하고 이를 시적으로 형상화하려는 기행시의 공간을 읽을 수 있다. 그리고 박숙희는 「2월 매화마을에 오르다」에서 '빗줄기 속에 젖은 가슴 곰글리며 /

침묵과 강과 나무 하늘 가슴에 품고/벌써부터 봄을 그려본다'는 매화마을의 공간에에서 매화의 표정을 탐색하고 있으며 정다운은 삶 자체를 시적 공간으로 설정하는 특성을 읽게하고 있다. '우리 가난한 인간은 옷섶을 더욱 여미고/힘겨운 삶을 애써 참으며/삶의 공간의 무한함에 공허한 웃음이라도/웃어 보려는 마음의 여유'라고 실질적인 삶의 현장을 공간으로 하고 있다.

지난 호에서는 '재중 조선족 문학' 특집을 마련하고 시와 수필 각각 세 분의 작품을 수록하였는데 여기서도 이상각의 「묘지에서」 중에서 '기쁨도 슬픔도 예서 끝났다/욕심도 불만도 매장했구나/자유와 민주를 아는지 모르는지/묘지 천국은 쓸쓸하다' 그리고 김용준의 「외로운 마을」 중에서 '텅 빈 집안 장독대엔/밤 깊도록 가난을 켜던 귀뚜라미/기타를 내려놓고 새 악장 기다린다.'는 정한(情恨)의 어조를 읽을 수 있다.

한편 '문학회 순례/신안문학회'의 특집에서도 김문철의 「설산에 가면」 중에서 '살아서 숨을 쉬고 있는 귀천/너에게만 가면 아이로 돌아가/모든 욕심이 날아가 버린 난/거산을 안은 하얀 주인이 된다'거나 김혁식의 「102보충대에서」 중에서도 '어리광 부리던 시간들 뒤로하고 날 선 깃발을 향해/청춘은 짙은 안개 속을 헤치듯/차마 덜어지지 않는 발걸음/고개를 떨구었다' 는 어조가 시적 공간에서 다양한 메시지를 전해주고 있다.

우리의 시법에는 이처럼 시간과 공간의 정점에서 투영하는 이미지나 주제의 창출이 시적 상황 전개나 양질의 작품 창작에 많은 기여를 하고 있다는 것은 그만큼 시공(時空)의 공감대가 형성하는 중요한 요인으로 자리하고 있기 때문이다. ✷

(『시와수상문학』 2014. 여름호.)

시적 화자(話者)의 어조(語調)와 그 감도(感度)

이제 봄 기운이 완연하다. 계절의 향훈은 새로운 활력으로 우리들의 심신(心身)을 요동케 하면서 시 창작에도 폭넓은 이미지로 봄(혹은 계절적인 시간성)과 접맥(接脈)시키고 있다. 일찍이 독일의 시인 하이네(h. heine)는 그의 작품 「즐거운 봄이 찾아와」에서 '즐거운 봄이 찾아와/온갖 꽃들이 피어날 때에/그 때 내 가슴속에는/사랑의 싹이 움트기 시작하였네//즐거운 봄이 찾아와/온갖 새들이 노래할 때에/그리운 사람의 손목을 잡고//불타는 이 심정을 호소하였네'라는 서정적인 감성(感性)으로 봄을 노래하고 있다.

또한 우리의 시인 박남수도 그의 작품 「봄의 환영(幻影)」에서 '복사꽃 피면 복사꽃 내음새가 발갛게 일렁이는 시골에서/하품을 하다가 놋방울이 흔들리면 꼬리 한 번 치고/황소는 취할 듯이 꽃잎을 먹고 육자배기 한 가락,/음매--- 얼굴을 쳐들며 들녘이 온통 흔들리는 아지랑이,/꽃 아지랑이 붉은 저편에/시커먼 기동차가 뽀오 지나가는 봄이 있었다'라고 봄의 환희를 상기시키고 있다.

지난 겨울호에서는 '다시 읽는 명시'에서 마종기의 「초겨울 주변」과 김요섭의 「어느 겨울의 악수」를 수록하여 겨울 정취를 물씬 풍겨주고 있다. '겨울은 맨 먼저 / 혼자 쓸쓸히 / 내 팔장에 오고 // 조용히 바람소리 내고 / 손 바닥에 흘로 내린다'라거나 '쏟아지는 / 찬 비 / 겨울은 어두웠다 / 램프가 켜진 헛간 // 무엇을 기다리는가 / 꽃씨들이 잠든 땅이여 / 어느 겨울의 악수'라고 겨울 이미지가 살아 넘치는 작품을 대할 수가 있었다.

대체로 작품 속에서 상황이 전개되거나 주제를 창출하기 위해서 그 작품을 흡인(吸引)시키는 주체가 있는데 이를 우리는 시적 화자(persona)라고 하고 그 화자가 이끌어가면서 사용하는 언어를 어조(tone)라고 해서 시읽기와 주제의 해석에 상당한 영향을 미치고 있다. 그 화자가 작품의 지향점이나 향방을 제시하고 시인이 독자들에게 던지는 메시지가 어떤 어조로 형상화하고 있느냐에 따라서 시정신(poetry)의 범주에서 공감의 영역이 확대하는 좋은 역할을 담당하고 있는 것이다.

> 내 / 어린 뒤뜰의 / 앵두나무 그늘에 서면 / 아 / 너무 오래 / 고향(故鄕)을 잊어온 것 같다.
>
> — 최계락의 「봄밤」 중에서

> 너를 보내고 / 견디다 견디다 / 마지막 나려앉은 / 내 가슴 소리다 / 아, / 잎이 지듯 / 잎들이 지듯 / 후둑 후둑
>
> — 이창호의 「그 소리」 중에서

이번 특집 '다시 읽는 명시' 중에서 발췌한 위의 두 작품들에서 알 수 있는 화자 '내' 혹은 '너'라는 인칭 대명사에서 나와

너가 작품 전체를 어떤 언어를 통해서 내용을 심화(深化)시키고 있다. 좀더 자세히 보면 '내/어린 뒤뜰'과 '너를 보내고/견디다 견디다'라는 상황에서 우리는 거기에 전개되거나 들려주려는 어조를 파악하게 되고 그 내용에서 주제 −시인의 정신과 진실−을 이해하게 된다.

부르고 싶고/마음으로 보듬고 싶은 사랑/그러나 당신은/나에게 아픔과 슬픔/그리고 외로움이었습니다

− 박종식의 「어느 불행한 시인의 첫사랑」 중에서

사랑을 알고 있는 나이에/사랑도 할 줄 모르는/우리는 연약한 미숙아여라/너와 나의 뒤늦은 사랑/가슴에 담지 않고서는 아/이 가을 어찌하란 말이냐.

− 이성미의 「가을 사랑 담으리」 중에서

그렇다. 이 두 작품에서 구체화시키는 화자는 '당신과 나'이며 '너와 나' 그리고 '우리'이다. 이들 화자가 어떤 진실을 적시(摘示)하고 있느냐에 따라서 그 작품의 흐름과 내용이 무엇을 우리들에게 제공하고 있는가라는 실체를 확인하게 되고 우리들은 그 작품에 흡인되거나 거부하는 두 가지의 상황을 이해하게 된다.

이러한 사례는 왕영분이 '그대 아직도/내게서 떠나지 않고 있었구나(「그대 아직도」 중에서)' 또는 '오늘도 난/너를 닮고 싶어 안달이 난다.(「나무가 되고 싶다」 중에서)'라거나 김종임이 '내 고향인 것처럼 정이 들까 −중략− 흔들며 퍼져 나가는 하얀 구름 같은 내 마음(「가을날 하얀 구름」 중에서)' 그리고 '나를 벗고 마음 비워/생애에 가장 단단한 모습으로/그대 가슴

빈 곳 비집고 들어서면(「이 세상 사는 마음」 중에서)'과 같이 많은 시인들이 이 화자의 어조를 활용하고 있다.

이처럼 작중 상황은 작품 속에 전개되는 (또는 나타나는) 시적 상황(situation)을 말하는데 이것은 시 읽기에서 무엇보다도 작품 속의 상황을 이해하고 그 화자가 지금 어떤 공간과 시간에 있는가를 파악하는 일이 가장 중요한 일이 된다. 소설이나 영화 또는 연극을 감상할 때 우리는 눈앞에 있는 등장 인물이 어떤 사람이며 무엇 때문에 사건과 관련되어 있는가 그의 위치와 주변 상황과 그 상대는 누구인가를 아는 것과 같이 우리 시에서도 이러한 상황을 먼저 정확하게 이해할 필요가 있게 된다.

대체로 서정시는 사건이 없고 간단한 장면만 제시되는 것이 보통이지만 그 장면의 모습도 일정한 상황을 이루기 마련이다. 그런데 소설에서는 이 하자가 확연하게 드러난다. 가령 춘향전에서는 춘향이를 비롯해서 이도령, 월매, 향단이, 변사또 등 많은 인물이 등장해서 작중 화자가 표면화하고 있고 이들이 전개하는 사건이나 대화 내용이 작품의 진행과 거기에 내재된 진실을 파악하는데 많은 기여를 하고 있다.

> 유명 교수는 / 성스런 이야기를 하고 / 여인은 깔깔거리며 웃었다 / 남자2는 / 자꾸만 칭찬을 받아 마시며 / 콧등을 붉히고 / 한 여인의 해원(日圓) 값은 무거웠다
>
> — 김기진의 「6월 19일에」 중에서

여기에서 화자는 '유명 교수'와 '여인 그리고 ''남자2'이다. 이 세 사람이 모여서 시 한 편을 구성하고 있다. 이 외에도 '남자3'이 있다. 이들이 벌이는 스토리가 결국 시적 진실을 유로하는 역할을 분담하고 있다. 김기진은 작품 「송암 선생 어머니」 중에

서도 '어머니는 힘쓰시라 용채 쥐어 주시는/송암 선생 건강하시어/봄의 완성 보십시오.'라고 '송암 선생'과 '어머니'를 화자로 설정하여 상황을 전개하면서 작품을 완성시키고 있다.

이 밖에도 강은혜의 작품 「장흥계곡」 중에서 '근데/베토벤의 운명을/악기도 없이 연주하는/너' 또는 박채선의 작품 「인연을 꿈꾸고 싶다」 중에서 '내 심장속을 외로룸이 파고들어/얼룩진 상처가 시련으로 남아 있어도'라고 '나'와 '너'를 화자로 내세우지만 주응규의 작품 「쑥부쟁이」 중에서 '청순가련한 여인의/올곧은 흠모의 정은/한결같건만'이나 채 린의 작품 「방과 기다림」 중에서도 '고양이와 두루마리 화장지 숟가락과 입 사이/집시여인의 손과 가방 그 가방에 든 숨 쉬는 시어 한 마리'라고 해서 '청순가련한 여인'과 '고양이', '집시여인' 등과 같이 인칭 대명사가 아닌 제3자나 '고양이'와 같은 동물 등도 시적 화자의 역할을 담당하고 있는 것이다.

잊어질까/좀 더 멀어지고 싶어/바닷가로 떠나왔건만/지지리도 못살게 괴롭힌다/잊으면 된다는 걸 왜 모를까마는/그게 그리 쉬운 일인가/머릿속 뇌를 꺼내어/기억 장치를 망가트리면 모를까/까맣게 어둠 깔려/자리에 돌아누워 두 눈 감아도/창문 밖 서성이며/내리는 빗방울처럼 툭툭/창문 두드리며 떠나지 않는 걸.

그러나 박종식의 작품 「그리움이라는 것」 전문에서 보는 바와 같이 인칭 명사나 특정 인물의 화자가 보이지 않는다. 대체로 화자 없이도 작품의 상황 설정과 전개는 특수한 시적 효과를 제공해 준다.

이처럼 작품 속에 시적 화자가 없고 어조가 보이지 않더라도 작중에서 무언으로 어디서 무엇을 행하고 있는지를 우리는 알고 있다. 대체로 시적 스토리가 아닌 경우에는 '나'와 '너' 등의 인칭명사의 화자를 배제하고 순전히 시인의 지향적인 의식의 흐름만으로 창작하면 숨어 있는 어조의 감도는 더욱 명징(明澄)해져서 좋은 작품이라는 요즘의 견해가 지배적이다. ✷

(『시와수상문학』 2014. 봄호.)

계절적 향연과 그 이미지의 정취(情趣)

현대시와 계절적 이미지의 투영은 모든 시인들이 즐겨 응용하는 시적 모티프(motif)가 된다. 어떤 사물에 있어서도 시간과 공간 개념 없이는 다양한 이미지의 창출은 많은 난관(難關)에 처한다. 이 모티프는 시를 쓰는 경우 그 표현과 동기가 된 생각이나 사상, 또는 그 생각과 사상 및 이념이라고 하는 것이 결부된 소재를 가리킨다. 그것은 어디까지나 시작과 동기, 시심의 충동이 되는 것으로써 보통 말하고 있는 단순한 소재라든가 제재(題材)라는 식으로 생각해서는 안된다.

시인은 모티프를 정리하고 풍부하게 하며 발전시켜서 표현하게 된다. 모티프가 뛰어났느냐 아니냐는 그 대상에 대응하는 시인의 감도(感度)와 인식에 의한 것인데 그것은 두말할 것 없이 그 시인의 시 창작상의 체험의 깊이에서 오는 것이라고 해야 할 것이다. 이 모티프는 소재와 제재 등의 기초적인 것을 포함하면서 주제와 발상과도 깊이 관련되는 시 형성상의 출발점이라고 할 수 있다. 노춘래 시인은 그의 작품 「시인의 길」 전문에서 '돌마다 꾹꾹 눌러 쓴/시어들의 비명이/겨울 바람 들쳐 업고/목 메인 걸음으로/절규한다//시를 사랑하라/시를 사랑하라'라는 어조로 '겨울 바람'과 시인의 '절규'를 모티프로 연관지어 형상화하고 있어서 주목하게 된다.

이 계절적인 향연을 통한 시인들의 시심은 무한하게 펼쳐진다. 지난 가을호에 수록된 계절적인 이미지는 많은 시인들이 단골로 접근하는 소재이며 주제이다.

> 가을 빗줄기/상처의 눈물일지라도/추풍에 낙엽 찢기는 이 아픔에 비할까/왜바람에 문풍지 소리 음산해도/야밤삼경 추풍에 울어대는 억새/구슬픈 이 소리에 비할까/낙엽 따라 가버린 여심/인생무상 한탄일지라도/애끓는 이 마음에 비할까/생에 무관한 바람은 앞에 서고/덧없는 세월은 뒤에 섰으면/이 가을 지천명에 세속을 마신다.
>
> — 유근수의 「무상(無常)」 전문

이처럼 유근수는 '가을 빗줄기'에서 '인생무상'을 감지하는 시적 정황에서 그가 탐색하는 '상처의 눈물'을 투영하고 있어서 잠시 숙연해지는 분위기를 느끼게 하고 있다. 이 가을의 이미지는 다양하게 현현되지만, '낙엽'에 이르면 어쩐지 고독하거나 '무상'에 까지 연관하는 서글픔에 이르게 된다. 그는 '덧 없는 세월'과 '추풍'과의 상관은 다시 '이 가을 지천명의 세속'과 조화를 이루면서 더욱 고적(孤寂)한 상황에서 '생'에 관한 깊은 수심(愁心)에 잠기고 있어서 그가 여망하는 시적 주제는 바로 가을의 스산한 정취의 함몰(陷沒)이다. 그러나 그가 표현에서 '이 아픔', '이 소리', '이 마음' 그리고 '이 가을'이라고 '이'라는 관형사를 매 연마다 붙여서 현재로부터 더욱 가까운 어조로 시적 효과를 표현했으나 사용 빈도수가 잦아서 현대시의 언어 함축에 손상될 우려가 있음을 상기해야 할 것이다.

> 들국화 속으로 / 9월이 숨었다 / 어느 사랑이 보낸 / 이별의 자리였을까 / 코스모스 피어 손 흔들고 있다 / 먼 하늘바라기의 / 가을 햇살에 익어버린 / 해바라기 기다림으로 서 있고 / 저무는 9월의 햇살이 / 구월구월 노래 부르며 / 하루의 모로 비틀며 돌아가고 있다.
>
> – 안혜란의 「구월의 빛」 전문

안혜란 역시 '구월'에서 절감하는 가을의 정취가 '들국화'와 '코스모스', '해바라기' 등의 사물로 '가을 햇살'과 함께 아늑한 정감으로 현현되고 있다. 여기에서 '어느 사랑이 보낸 / 이별의 자리였을까'라는 자문(自問)을 하고 있어서 그가 여망하는 사랑에 대한 여백을 탐색하고 있다. 그러나 그는 함께 발표한 「감나무」에서는 '한 알의 홍시로 익은 / 사랑 하나'라는 어조로 사랑의 여백을 명민(明敏)하게 조망(眺望)하지만, 동일한 가을 정취가 상반된 그의 이미지로 나타나고 있다.

> 애초부터 / 들국화로 살고 싶지 않았습니다 / 오월의 장미로 / 우아하게 살고 싶었습니다 / 어느 바람 부는 날 / 척박한 들판 언저리 / 우연히 앉게 되었을 뿐입니다 / 한여름의 갈증 / 쓰디쓴 혈액은 세포를 돌고 / 어둠 속 폭우엔 풀숲에 쓰러져 울다가도 / 아침 햇살에 다시 일어섰습니다 / 알곡 거둬간 들녘에 오롯이 꽃은 피었는데 / 스산한 바람에 쇠약한 들풀의 신음소리 / 그곳에 그윽한 향기를 나누어 주는 / 가냘픈 들국화 / 이제는 참으로 사랑하고 싶습니다.
>
> – 신두업의 「들국화」 전문

신두업의 '가을'은 기원이나 기도로 구성되어 있다. 우선 표현에서 '싶지 않았습니다'라거나 '싶었습니다'라는 등의 언어는 그의 간절한 여망이 짙게 농축된 이미지가 '들국화'라는 사물에서 추출하고 있는 것이다. 그의 시적 진실은 '들국화'보다는 '오월의 장미로/우아하게 살고 싶었'다는 기원은 그가 '어느 바람 부는 날/척박한 들판 언저리/우연하게 앉게 되었을 뿐'이라는 어조에서 이해할 수 있듯이 현실적인 고뇌와 갈등이 묵언(黙言)의 메아리로 울려퍼지고 있다. 그는 다시 '어둠 속 폭우엔 풀숲에 쓰러져 울다가도/아침 햇살에 다시 일어섰'다는 스스로의 진솔한 고백과 같이 현실 생활(real life)에서 절망하는 주변의 행위들을 이제사 극복하고 새로운 '향기를 나누어 주는' 사랑으로 변신하려는 그의 심저를 이해할 수 있을 것이다.

> 깊은 산골짝 계곡에서/속삭이듯 흐르는/물소리를 본다/이끼 낀 바위 틈새/낙엽이 따라 흐르기 싫다며/도리질치는 속 훤히 보이는 물속/돌멩이가 물결에 씻겨 닳아/모래알 되어/금빛으로 반짝이는 가재가 놀고/다람쥐 목 축이는 골짜기
>
> — 전홍구의 「백운산 계곡」 전문

전홍구의 가을은 '백운산 계곡'에서부터 시작한다. 그는 '계곡에서' 들리는 '물소리'를 '본다'라는 표현으로 시적인 이미지를 구체화하고 있다. 정갈하고 청순해 보이는('속 훤히 보이는 물속') 가을 계곡에서 어쩐지 '낙엽이 따라 흐르기 싫다'는 '도리질'을 보고 있다. 그는 자연 서정을 통해서 한 폭의 그림을 그리고 있다. '가재가 놀고' '다람쥐가 목 축이는' 백운산 골짜기에서 그의 정감을 형상화하고 있어서 가을 정취는 더욱 현장에서 느끼는 생동감을 맛볼 수 있을 것이다.

지난 계절에는 '시의 날'이니 '문화의 날'이니 제약되어진 행사들이 많았다. 특히 회원들이 참여하는 '서울문학제'를 비롯해서 다양한 문학행사가 있었으나 문학단체들은 저마다의 실적위주의 행사로 흐르고 있어서 그 타성에서 좀더 진취적인 발전과 변화를 찾기가 아쉬웠다.

그러나 문협에서 시행했던 '문인 육필전'과 '광화문 목요 낭독 공감'은 많은 회원들의 공감이 있어서 문인 외에도 관심의 대상이 되고 있다. 이 겨울에도 기온이 급강하한다니까 월동(越冬) 준비 단단히 해야겠다. 마지막으로 필자의 졸시 「낙엽－그 행간에서·11」을 덧붙여 가을 정취를 부추기면서 이 글을 맺는다. '잠시 / 지난 여름 무성하던 내 모습을 접었다 // 찬바람 한 올에 / 아사사 떨리는 몸 움츠린다 // 누가 여기에 / 눈물 노랗게 쌓아 두었을까 // 자폐증을 앓는 이들이 / 줄지어 한숨만 쉬고 있다 // 아마도 흐느낌을 안으로만 삭이는 / 깊은 명상이 시작 되었나보다 // 노란 눈물 황황히 사그라질 때 / 이제사 가을 타는 이유를 알겠다.＊

(『시와수상문학』 2014. 겨울호.)

화자의 어조에 따라 변화하는 감응

현대시의 표현에는 작중 화자(話者)의 어조에 따라서 독자들의 감응(感應)은 변한다. 그것은 그 시인이 언어를 구사하면서 서술하는 방법의 변화를 청자(聽者)가 예리하게 수용함으로써 그 작품의 주제를 이해하는데 상당한 기여를 하고 있기 때문이다. 대체로 서술하는 방법이 일반적인 종결어미로 처리했는가 아니면 의문형으로 종결했는지를 살피는 일이지만, 요즘의 언어적 경향은 화자간의 대화체로 구성하는 작품들도 많이 접할 수 있다. 그런데 이 대화체의 문장에서는 자칫하면 명령어로 들릴 우려가 있어서 상당한 유의가 필요함을 발견하게 된다. 화자가 청자에게 들려주는 포근하면서도 지적인 내용이 이미지나 상징으로 현현되었다면 더할 나위 없는 작품이 되겠지만, 시인의 언어의 사용 방법에 의해서 그 감도(感度)는 달라질 수 밖에 없다.

일직이 T.S. 엘리엇도 시는 근본적으로 언어방법이라고 했다. 언어에 의해서 시인은 그의 사상과 정서는 물론 그의 직각적인 메카니즘을 포착하고 기록할 수 있는 능력이 필요한 것이다. 한

편 I.A. 리처즈는 언어 전달의 총체적 의미 파악을 '말뜻', '느낌', '어조(語調)', '의도'의 네 가지로 분류하고 있다. 이는 시 문장에서 한 단어의 뜻이나 한 행, 한 연, 또는 시 전문에 대한 느낌을 이해하고 화자(話者)나 청자(聽者)들의 어조를 통해 작품 속에 내재된 의도를 파악하는 일이 중요하기 때문이다.

> 冬至ㅅ달 기나긴 밤을 한 허리 버혀내어 / 春風 니불 아래 서리서리 너헛다가 / 어론님 오신 날 밤이여든 구뷔구뷔 펴리라

황진이의 님을 그리는 애절한 정감이 총체적 의미로 나타나고 있으나 문장에서 화자가 종결어미(결국 '하였다' 또는 '있다'는 등)로 마무리하지 않고 자신(화자)이 '구뷔구뷔 펴리라'라는 어법으로 소회(所懷)를 밝히고 있다. 이처럼 시의 언어는 리처즈가 말한 네 가지 분류를 모두 충족하면서 미화되고 함축적임을 알 수 있다.

> 얼어붙은 것은 틀에 가둔 계절만이 아니다 / 전진하지 못하는 사유들과 / 관습을 표절한 문장들이다 / 무리지어 빈 페이지를 달구는 / 새들 날개 치는 소리 / 하루치 허공을 채우며 / 얼어붙은 낱말을 녹인다 / 동장군 사잇길로 / 낮게 내려온 하늘이 / 행간을 더듬어 진을 친다 / 이런 날 / 봉합된 밀어들이 복병처럼 터져 / 나무들은 은밀히 제 키를 불리고 / 느닷없이 열린 아기 첫소리 같은 시어가 / 숲의 맥을 짚으며 움트겠지요 / 벽면액자를 벗어난 봄도 / 몇 알갱이의 깅게랍 너머 아지랑이를 / 봉지 속 마른 꽃씨만큼 / 정원의 치맛단 속으로 밀어넣고 있겠지요 / 현기증을 앓는 시들이 정립을 위해 / 스스로 명상의 틀에 갇히는 / 이렇게 눈물겨운 날에도.
>
> — 김영미의 「내 시는 묵언수행 중」 전문

오랜만에 정갈한 한 편의 작품을 대한다. 앞에서 언급한 화자는 작품 제목에서만 '내'라는 일인칭으로 거론되었으나 내용 중에는 일절 언급이 없다. 이런 어조는 일단 제목에서 '내'라는 화자를 암시했을 뿐이다. 만약 내용 중에서 '나는', '나는'하고 화자를 제시했다면 시적 내용이나 주제에서 그만큼 약한 모습으로 현현하게 되어 시적 의미와 진실이 감소하는 모순의 우려가 있을 수 있다. 김영미는 그 어법에서도 다양하게 구사하고 있다. '아니다', '들이다', '녹인다', '진을 친다'는 등의 종결어미를 사용하다가 중간에서 다시 '움트겠지요', '넣고 있겠지요'라는 어조로 단정이 아닌 약간 불안정한 의문형식의 어법으로 독자들과의 공감을 유로하고 있다.

그는 함께 발표한 작품 「숲의 이면을 엿보다」에서도 '긴 그림자를 끌고 숲을 향한다'거나 '겨울산은/신의 비망록이다' 그리고 '붉게 물든 숲을 접는다.' 등의 어조와 같이 종결어미로 문장을 마무리하여 모든 이미지의 투영을 단정하는 시법을 보이고 있다. 이러한 종결어미의 어법은 많은 시인들이 선호하는 시법이기도 하지만, 나분점의 작품 「십오야 휘영청 둥근달 중천(中天)에 떠오르면」에서 '고향집으로 조급한 마음/먼저 달려간다', '목젖이 시소를 탄다', '그날 그 모습 떠올려 봅니다'는 등의 어조와 같이 '.....다'로 문장을 종결하면서 작품을 완성하고 있는데 이는 시적 소재에서 취택한 주제에 대하여 그가 간직한 확신을 단정(斷定)하는 것으로 이해하게 된다.

고운 햇살이 아침부터/미소를 보내며 손짓을 하고/아지랑이 눈을 뜰 수 없게/아롱거리며 다가왔어요

– 허영옥의 「유혹에 넘어 갔어요」 중에서

허영옥은 '다가왔어요'처럼 '그 유혹에 빠져 버렸네요' 그리고 '나 그대 봄 유혹에 넘어가 버렸어요'와 같이 그의 심중(心中) 깊이 간직했던 진실을 화자 '그대'에게 보고(혹은 고백)하는 형식의 문장으로 작품을 구성하였다. 한편 최종석의 작품 「물처럼」에서도 '가는 곳이 단지 바다일 뿐/나도 이제 너처럼 누워/상처를 모르는 영혼이고 싶어라/울어도 흥겨운 삶이고 싶어라'는 간절한 기원의 의지가 '싶어라'라고 고백하고 있다.

> 첫눈 보듬어/가슴 속 스며드는 기다림/이렇게/꽃비 내리는 날엔/사랑의 나무를 심자
>
> — 조육현의 「오월에 내린 비」 중에서

그러나 조육현은 '사랑하는 나무를 심자'라고 강하게 절규하고 있는 어법이다. 이것은 어쩌면 '심지 않으면 안 된다'라는 역설을 내포하고 있어서 독자들에게 명령어로써 어떤 강요의 이미지를 제공하고 있는지도 모른다. 이러한 시법은 이동윤의 작품 「말하라」에서도 이를 확인하게 되는데 '땅 속의 뿌리를/보지 못하면서/꽃을 말하지 말라'거나 '그러나 세상 한 티끌도/모른다 함은/언제든 순순히 말하라'와 같이 '말하지 말라' 또는 '말하라'라고 명령하고 있다. 또한 박종식도 작품 「우리 죽어 파도와 갈매기 되자구나」에서 '이승에서 못다한 사연/함께 서러워 하며/그렇게 목노아 울어 보자구나'라거나 고봉훈이 작품 「북한산 등산 무효」에서도 '그렇게 놀려거든 북한산에 다시 오지 마/만휘군상들이여/그래도 산이 좋거든 언제든지 오시게나'처럼 화자가 청자에게 명령어로 동감(同感)을 유로(流路)하고 있다.

지나온 세월 설움 헤치고 / 바람처럼 구름처럼 / 자유와 희망을 노래하며 / 어둠을 넘고 장애를 넘어 / 우리는 세상 밖으로 나아갑니다

— 제경근의 「세상 밖으로」 중에서

거리마다 바삐 출근길에 오르는 / 사람들의 기다림을 향해 걷다가 벽에 부딪치어 / 잠시 멈추고 갈 길 잃은 당신에게도 / 아침이슬처럼 맑고 고운 눈빛으로 / 웃어주고 싶었습니다

— 우인순의 「웃고 싶었습니다」 중에서

한편 이 두 작품에서는 종결어미를 경어(敬語)로 표현하는 점을 간과(看過)할 수 없다. 이는 그 시인의 표현 취향에 따라서 다를 수 있겠으나 제경근은 '우리는 세상 밖으로 나아가야 합니다'로, 우인순은 '웃어주고 싶었습니다.'라는 어조와 같이 존칭어를 사용함으로써 시적 구성과 주제의 전달에 친근감을 보여주어 더욱 시적 접근을 용이하게 하는 효과를 획득할 수 있게 한다. 김명숙도 작품 「당신 때문에」에서 '당신이 아니라서 슬펐습니다', '그 길이 지루하고 염려와 절망이었습니다' 그리고 '당신 때문에 / 행복 가득합니다'는 등의 어조와 같이 존칭어로 작품을 완성하는 경우는 허다(許多)하게 접할 수 있을 것이다.

이 밖에도 이명희의 작품 「봄비의 기도」에서 '아 나를 더 흐르게 하소서 / 하여 이 봄 / 누군가의 가슴에 흘러 사랑으로 꽃피게 하소서 / 사랑한다는 것은 이렇듯 / 누군가의 가슴에 가만히 들어 꽃으로 피어나는 것입니다.'라든가 우인순은 작품 「눈」에서 '나는 가난하여 가진 것이 / 그대 사랑하는 하얀 마음뿐이라 / 오늘도 펄펄 눈을 내리며 / 온 세상 가득 하얀 꿈을 꿉니다 / 받아주소서'와 같이 '하소서' 혹은 '주소서' 등으로 호소하는 기도

의 시법도 많은 효과를 획득하고 있다. 그리고 '너처럼 그리움의 연가 하늘 향해 부르리라(이명희)', '너의 푸른빛 언어는/생명의 노래가 되리라(최연희)', '이 정성 모두 다해 쓸고 닦았노라 말씀드리리(김기탁)' 그리고 '남은 자여 기억하라/모든 것이 다 떠나도 사랑만은 남아/우리 가슴에 살아 있으리(오승영)'와 같이 '부르리라', '되리라', '드리라' 그리고 '있으리'라는 평소의 소신을 형상화하는 시법도 특이하게 나타나고 있음을 살펴볼 수 가 있다.

현대시가 언어의 조탁(彫琢)을 강조하는 부분도 이처럼 화자가 어떤 어조로 표현하느냐에 따라서 우리의 정감은 천차만별(千差萬別)의 감응으로 재현(再現)될 것이기 때문이다.✷

(『시와수상문학』 2013. 가을호.)

정감적 언어와 그리움의 이미지

6월의 날씨가 삼복더위처럼 연일 상승하는 이상기온으로 모두들 헉헉거리고 있다. 마치 성하(盛夏)의 계절적인 생명성이 이 지구를 지배한 것 같은 날씨를 맞고 있다. 일찍이 조병화 시인은 여름이야 말로 우리 생명의 큰 에너지의 원천인 것이다. 많은 에너지를 공급받는 계절, 그것이 여름이라고 했다.

지난달에는 한국문인협회가 평생교육원을 설립하고 무료공개강의를 실시하는 많은 호응을 받은 바 있다. 문학의 전 장르에서 경험이 풍부한 강사들이 지망하여 시범적으로 공개강의를 통해서 문협 회원들과 일반 수강생들을 위한 공감의 장을 마련했다. 필자도 '시창작반'에 지망하여 공개 강의를 실시하여 많은 회원들로부터 찬사를 받았는데 강의 주제가 '현대시와 언어'였다. 여기에서 주된 내용은 시와 언어의 불가분성에 관한 실증적인 사례와 함께 강도 높게 역설하여 갈채를 받았다.

시는 언어의 예술이다. 물론 문학 자체가 언어를 매개체로 하기 때문에 언어 예술로서의 문학을 말할 수 있겠지만, 시는 고도의 언어 예술이다. 그것은 우리가 시를 쓰거나 이해하고 분석하려 할 때 먼저 그 작품을 구성하고 있는 언어를 살피고 언어를 통한 의식의 흐름을 유추하게 된다. 이 언어는 시를 구성하는 기장 기본적인 요소이다. 작품 전체가 포괄하는 이미지, 은유, 상징, 나아가서 주제까지도 언어를 통해서 이루어지기 때문에 작품의 총체적 의미 파악은 바로 언어의 이해가 필수적이다.

이처럼 '시는 언어의 예술'임을 강조하고 시인들이 행하는 언어의 마술성과 언어의 무법성 그리고 폭력성에 이르기까지 다양한 형태의 시적 언어의 용례를 살피고 시창작에서 조언으로 남는 언어의 중요성을 피력한 바 있다.

지난 봄호에서는 정감적인 언어가 많은 관심의 대상이 되었는데 결론적으로 그리움의 표상을 진지한 소재와 더불어 '사랑'으로 전이(轉移)하는 의식의 흐름을 이해하게 된다.

늦가을 오후 / 낙엽이 꽃잎처럼 내려앉은 / 가지런한 장독 / 자식 얼굴 어루만지듯 / 닦고 매만지던 어머니 손길이 / 반지르르 윤기로 흐른다 / 새벽 하얀 물그릇 올리고 / 두 손 모아 숨죽인 흐느낌에 / 가슴 철렁이던 때가 엊그제인데 / 장독 뚜껑을 여니 / 짭조름한 향기 속에 하늘 가득 / 어머니 사랑이 찰랑인다.

— 장예원의 「장독」 전문

절대적인 사랑을 조롱하듯 / 닿는 곳마다 날(刃)이 되고 / 정(釘)이 되어 가는 / 그녀의 뜰이 난장이다 / 툭툭 불거진 / 그녀의 손길이 닿는 곳마다 / 장밋빛 / 사랑이었거늘 / 회색빛 너울이 번지는 공간 / 깊은 밤 소나기들의 난타처럼 / 번뇌케 한다 / 안개 짙은 어머니의 바다.

— 이정인의 「회색빛 너울」 전문

우선 위의 작품 두 편에서 공통적으로 이해할 수 있는 언어의 결집이 '어머니'에 대한 회상으로 탐색하는 그리움의 형상화가 돋보인다. 장예원은 '장독'에서 재생시킨 상상력이 체험적 진실로 강렬하게 함축되어 '짭조름한 향기'와 '어머니의 사랑이' 결합하여 모정(母情)에 대한 그리움이 자연스럽게 발현되고 있다. 한편 이정인은 '안개 짙은 어머니의 바다'에서 펼쳐진 '회색빛 너울이 번지는 공간'이 그가 탐색하는 '장밋빛 / 사랑'의 응집(凝集)이라고 할 수 있다. 그는 이러한 상상력의 범주(範疇)에서 진실로 갈구(渴求)하는 '어머니'의 사랑을 음미하고 있는 것이다.

이러한 모종을 통한 그리움과 '사랑'의 인식은 김오순도 작품 「보리밥」 중에서 '보리밥은 미소다 / 꽁보리밥 물 말아 드신 후 / 힘없이 나오는 피실 방귀에 / 부끄러워 수줍게 웃던 / 울 엄마의 미소다'라거나 박일소의 작품 「창포꽃 2」 중에서 '단오날 창포물에 감은 / 곱고 긴 어머니의 쪽진 머리' 또는 허 전의 작품 「1512호에 내리는 비」 중에서도 '지상에서 비등하는 눈물 줄기가 / 하늘로 흩어지는 밤이면 어머니는 / 별빛에서 넌출을 뻗어내려 그렇게 / 희디흰 박꽃을 피우는 것입니다'는 등의 어조는 '어머니'를 통한 사랑과 그리움의 절정이 침잠(沈潛)되어 있다.

뒤 켠 참나무 숲에서 선승의 할(喝:갈)하는 외침소리처럼 / 적막(寂寞)을 깨트리는 산까치 울음에 / 물안개처럼 다가오는 멀어진 유년 / 마음은 그리움에 말을 달린다 내 고향으로.

— 유상윤의 「유정도 병이련가」 중에서

푸른 바다 위로 점점아 떠있는 섬/가파른 비탈 위로 층층이 들어선 논/굽은 길 위로 분분히 날리는 꽃/낯선 땅이 정든 땅 같은 곳/정든 땅이 처음 같은 곳이 된 지금/고요한 새벽의 물안개와 함께/고향의 잔상이 겹겹이 밀려온다.

— 권정희의 「남해기행」 전문

이 두 작품에서는 '고향'에 대한 그리움이 짙게 배어 있다. 우리들에게 고향에 의식은 그리움 그 자체로써 심저(心底)에 깊게 무르녹아 있어서 생명의 탄생과 함께 정갈한 정서의 발달과 사유(思惟)의 중심축이 형성되는 곳이기도 하다. 유상윤은 유년에서 재생하는 다양한 정경(情景)의 사념(思念)이 '물안개처럼 다가오'고 있어서 그가 정서적으로 재현하는 '내 고향'에 대한 '유정(有情)'이 지금의 뇌리에 잠재하는 시적 상황과 거기에 투영된 '그리움'의 실체를 이해할 수 있을 것이다. 한편 권정희도 '남해'의 정경이 아직 잔상으로 남아 있어서 '낯선 땅'과 '정든 땅'으로 대칭하면서 역시 '물안개'라는 이미지가 작용하고 있다. 이는 이들이 동시에 '물안개'라는 사물을 대입하여 향수에 대한 정감의 감도를 높이는 효과를 이해하게 되는데 이 '물안개'의 이미지는 대체로 고즈넉한 심리적인 안정을 현현해주는 정취(情趣)를 읽을 수 있게 한다.

일찍이 시성 두보는 그의 시 「절구(絕句)」에서 '파란 강물이라 나는 새 더욱 희다/산엔 타는 듯 사뭇 꽃이 붉어라/올봄도 이렇게 지내니/어느 때 고향에 돌아가리(江碧鳥逾白 山靑花欲燃 今春看又過 何日是歸年)'라고 읊지 않았던가. 한편 최종석도 작품 「추억의 마지막 밤」에서 '슬픔도 두려움도 모두 휩쓸어가는/바람의 고향에 홀로 서서/나 어쩌다 그대를 만났던 기억 속에/또다시 그대를 묻고 돌아서야 했는지'라는 어조로 성찰의 의미를 고조하면서 '바람이 되고 싶었네' 혹은 '어둠이 되고 싶었네'라는 기원의 의지를 발현하고 있다. 이러하듯이 고향은 영원히 지울 수 없는 시적 모태(母胎)라고 할 수 있다.

> 누구를 기다리는 걸까 / 퇴색되어 빛바랜 세월 / 정지된 넌 / 한 치의 양보도 없이 비운 마음 / 사시나무 잎에 햇살이 눈부시고 / 흔들리는 물결 위로 / 그대 성큼 걸어와도 / 오는 세월 머리 돌려 외면한 채 / 손사래 막으려 함은 / 강물 아래 침전되길 바라는 마음 / 빈손으로 잠시 나왔던 길 / 그리움 하나 얻어가니 / 기다림이란 또한 행복인 것을.
>
> — 신소대의 「기다림」 전문

이 작품에서의 '그리움'은 어머니나 고향보다는 상이(相異)한 이미지를 추출하고 있다. '기다림'을 전제로 하고 있지만, '한 치의 양보도 없이 비운 마음'과 '강물 아래 침전되길 바라는 마음'이라는 관념이미지를 축으로 해서 그의 심중(心中)에 천착(穿鑿)한 그리움과 기다림의 대칭적인 이미지를 통한 시적상황을 설정함으로써 간결하면서도 함축성이 돋보이는 시법을 평가할 수 있을 것이다. 또한 '빛바랜 세월'이라는 시간성과 '비운 마음'과 '빈손' 등의 진솔한 관념적인 가치관의 창출은 주제의식을 더욱 선명하게 분사(噴射)하는 시적 효과를 거두고 있어서 이것이 결론적으로 '행복'이라는 어조와 상관성을 갖게 된다.

또한 김종임은 작품 「그대가 머문 자리」에서 '눈을 감으면 잔잔하게 밀려오는 / 아련한 그리움 / 마음 깊은 곳에 묻고 / 마지막 입맞춤과 눈물을 삼키며 / 이제는 아픔을 씹는 숨소리 듣는다.'는 애절한 간구의 어조를 들을 수 있다. 그리고 박점주도 작품 「눈 내리는 밤에」에서 '그리움 한 올 / 어둠 속에 멈춰집니다 // 기억

되지 않는 / 헤아릴 수 없는 그리움과 // 지워지지 않는 / 막연함이 함께 그렇습니다'라는 자성(自省)의 어조는 그가 간구하는 그리움에 관한 정감이 녹아 있음을 알 수 있다

이러하듯이 시인들의 정감적 언어가 전해주는 메시지는 절절하면서도 간결한 어휘로 진실을 탐구하는 시법이 그리움이라는 주제를 승화하는 매체적 역할이 대단히 중요함을 인식해야 할 것이다. ✷

(『시와수상문학』 2013. 여름호.)

계절 시편들의 시간과 공간

봄이 완연하다. 영국의 시인 W. 워즈워스는 '봄철의 숲 속에서 솟아나는 힘은 인간에게 도덕상의 악(惡)과 선(善)에 대하여 어떠한 현자(賢者)보다도 더 많은 것을 가르쳐 준다.'는 말로 봄을 칭송(稱頌)하고 있다. 또한 우리의 거장(巨匠) 시인 미당 서정주도 '복사꽃 피고 복사꽃 지고 뱀이 눈뜨고 초록제비 묻혀오는 하늬바람 위에 혼령 있는 하늘이여'라고 그의 작품 「봄」에서 노래하고 있다. 봄이 되면 만물이 소생하는 계절적인 변화에서 응시(凝視)하고 지각(知覺)하는 것은 새 생명의 탄생이라는 신비에 매료(魅了)되면서 우리 인간들은 그 사유(思惟)의 범위가 확대되고 상상력의 차원은 바로 새로운 희망으로 전환하는 상황을 발견하게 되어 생기가 넘치는 계절의 묘미(妙味)를 체험하게 한다. 이처럼 새봄이 열리면서 우리 시인들도 예외일 수 없이 춘정(春情)에 흠뻑 젖게 되는데 이는 예나 지금이나 서로 다르지 않음을 알 수 있다.

고려시대에 관군(官軍)의 사령관이었던 김부식이 봄시를 한 수 지었다. '양류천사록(楊柳千絲綠－버들은 일천 가지로 푸르고) 도화만점홍(桃花萬點紅－복숭아는 일만 송이로 붉구나)'이라고 적어놓고 회심의 미소를 짓고 있었다. 그때 시적(詩敵)이었던 정지상(그는 묘청의 난에 관련되었다는 김부식의 고발로 처형되었다)의 혼령이 문득 공중에 나타나서 김부식의 뺨을 갈기면서 호령했다. '이놈아! 버드나무가 일천 가지인지, 봉숭아꽃이 일만 송이인지 네가 세어 보았느냐? 왜 －바들은 실실이 푸르고 복숭아는 송이송이 붉구나(楊柳絲絲綠 桃花點點紅)라고 못하느냐?' 라면서 호통을 쳤다.

이와 같이 우리 시가 빚어내는 의미는 언어의 중요성을 다시 한번 일깨워 주는 좋은 사례이다. '천 가지'나 '일만 송이'를 굳이 숫자로 표시하지 않고 그냥 무수히 많다는 의미로 표현하는 것이 시적 구도나 봄의 계절적인 향취가 더욱 공감의 영역을 확산하는 효과가 나타나게 된다. 이런 일화는 서거정이 편찬한 『동인시화(東人詩話)』에 전해지고 있다. 신라에서 이조 초기까지 시인들의 시를 평한 시화집이다. 당시 정지상은 고려때 문신이며 김부식은 고려 때 유학자로서 『삼국사기』를 편찬하기도 했다.

지난 겨울은 눈도 많이 내렸고 추위도 길었다. 이제 동면을 깨고 만유(萬有)의 자연이나 우리 인간들이 약동의 새로운 계절을 맞이했다. 한편 세상에는 우리나라 최초의 여성대통령이 탄생하는 쾌거도 있었고 그 공약 실천을 위한 새로운 시대가 열렸다. 폐일언하고 지난호 시평으로는 2012년 가을을 예비하는 작품을 많이 읽었는데 비해서 지난 겨울호에는 특이하게도 시간성－어쩌면 사계절－에 관한 작품들을 다수 발견할 수 있었다. 또한 신춘문예의 열풍이 지나가면서 지망생들의 희비(喜悲)가 상반하는 격동의 계절이기도 했다.

한 끝을 힘껏 당겨 가만히 놓으면 / 다른 한 끝이 길이 된다 // 활시위는 지상을 향해 팽팽하게 유지되고 있지만 / 과녁의 위치에 대한 정확한 정보는 없다 / 아직 다 그리지 못한 한쪽 눈썹 / 마당 모서리에 반쯤 보이는 길고양이 꼬리 / 뒤꼍 항아리 돌아 핀 흰 철쭉꽃이거나 / 추녀를 넌지시 들어 올린 풍경소리거나, / 어둠이 빛을 좇아 하늘로 오르기 시작하면 / 비어 있는 그늘에 풀씨들이 날아들어 / 지상의 벼랑 위에 피는 꽃들은 / 극한의 향기를 오로라의 남극으로 잇는다지 / 지하도를 빠져나오는 사람들이 / 빠른 속도로 전리층의 프리즘 속으로 사라지고 / 한 시절 끝 간데 없이 오로라와 연결된 / 달빛의 통로를 빠져나오면 / 활시위의 과녁 위다 / 피할 수 있는 단 하나의 방법은 / 풍경소리가 추녀 끝 아래쯤에서 멈추기를 기다려 / 당신의 눈썹으로 달을 그리는 일, // 그 끝이 다른 / 한 끝의 길이다

— 조선의의 「하현달 소묘」 전문

이 작품은 '농민신문 신춘문예' 당선작품이다. '하현달'이라는 시간 개념이 시적 형상화에 추축으로 대두되고 있다. '달'에 관한 시간성은 초승달, 반달, 보름달 다시 반달, 그믐달로 대별(大別)해서 우선 생각해 볼 수 있는데 이 상현(上弦)은 음력으로 매월 7~8일경에 나타나는 달의 형태를 말하고 있다. 여기에서 대체적으로 '달'에 대한 이미지는 보름달에만 국한해서 생각하는 경우가 많은데 이는 시간성에 대한 상상력의 부재를 말할 수 있다. 이 상현달의 형상은 '한 끝을 힘껏 당겨 가만히 놓으면 / 다른 한 끝이 길이' 되는 '활시위'이며 '아직 다 그리지 못한 한쪽 눈썹'으로 분화(分化)하고 있다.

서울대 권영민 교수와 내가 본심을 맡아서 결정된 작품인데 '당선작으로 뽑은 「하현달 소묘」는 시적 대상에 대한 진술 자체

가 섬세하면서도 날카롭다. 시간의 흐름과 공간의 이동을 동시에 포착해내는 시인의 언어 감각이 남다르다는 것을 알 수 있다. 무엇보다도 우주적 공간과 그 질서에 대면하여 시적 주체의 자기 존재에 대한 인식을 이렇듯 섬세하게 표출할 수 있다는 것은 그리 쉬운 일이 아니다.'라는 심사평을 붙였다. 지난호에서 우선 시간성에서 탐색할 수 있는 작품은 2012년도 '시와수상문학 문학상' 수상작품인 최연희의 「겨울나무」 전문에서 읽을 수 있을 것이다.

> 당신의 벌거벗음은 / 나로 인한 소멸이요 / 젖어오는 이 슬픔은 / 당신을 사랑한 까닭입니다 / 삶의 뒤안길에 / 머물고 계신 당신은 / 계절의 이완보다 / 더 깊은 사랑이 있음이요 / 겉 나무에서 쏟아지는 / 삶의 사연, 속으로 삭히신 / 긴 침묵은 / 내 생명의 샘물 / 찬 겨울 살을 에는 / 칼바람 속에서도 / 흔들리지 않고 벌거벗은 당신은 / 내 삶의 깊은 뿌리입니다.

그렇다. 하나의 사물이 한 시인의 여과(濾過)된 정서와 상관하면서 특히 시간(혹은 세월)과 상호 교감이 이루어지는 그 중심에는 반드시 '삶'이라는 큰 명제가 동행하게 된다. 최연희도 '삶의 뒤안길'이거나 '삶의 사연' 또는 '내 삶의 깊은 뿌리'가 곧 '겨울나무'라는 사물에서 추출해낸 '생명의 샘물'이라고 할 수 있다. 여기에는 '소멸'과 '슬픔' 그리고 '사랑'과 '침묵'이라는 '삶'과의 상관성이 바로 시간성과 동일한 개념으로 융합(融合)하고 있다. 이것은 우리 인간들과 시간이 교감하는 정황은 이 '겨울나무'의 속성과 일치하는 자연 현상이라는 점에서 그는 '벌거벗은 당신'의 이미지가 적절하게 조화를 이루고 있다. 그는 다시 '곱게 책갈피 이불삼아 잠든 / 뜨거운 여름 양귀비 붉은 잎/초가을 곱게 핀 코스모스/흔들어 깨워/알몸 문틀의 예쁜 속옷 -중략- 비움으로 벗어낸 알몸에/계절 담아 햇살에 몸 말려/일년 내내 삶의 사연 품을 문틀에게/예쁜 꽃무늬 속옷과/눈부신 꽃무늬 속옷과/눈부신 빛의 옷 선물하고 싶다.(「창호지 문」 중에서)'라는 어조와 같이 '여름'과 '초가을'의 혼합된 이미지가 역시 '알몸'이라는 상징을 투영시키고 있다.

> 사랑에 색이 있다면 가을색이면 좋겠다/하늘색 크레파스로 그린 찬란한 가을/뜨거운 열정을 쏟았던 빛의 향연으로/애틋한 가슴 속 강렬한 눈짓으로/가을을 노래하고 가을 속에 묻혀서/우리가 그렇게 하루를 넘기며/전율하던 가을을 잊고/절망의 고통에서 순수의 감성을 잃을 때/황금빛 가을을 꺼내어 두 손을 닦으며/온기로 데워진 너의 따뜻한 품에 안겨/가을에 감사하고 가을을 그리면서/그 빛에 눈물짓는 가을색이면 좋겠다
>
> — 장경복의 「너에게」 전문

장경복의 '가을'은 '사랑=가을색'이라는 등식으로 '너'라는 화자(話者)와 교감하고 있다. 결론적으로 사랑과 가을에서 '너'가 매체역할로 시간성을 적시하는 시법이다. '뜨거운 열정'과 '강렬한 눈짓' 그리고 '온기로 데워진 너의 따뜻한 품'이 조화를 이루면서 사랑을 탐색하고 있다. 이렇게 가을과 관련되는 작품들은 대체로 시간과 공간을 접목하고 있는데 공간개념에 따라서 시간이 갖는 이미지는 다양하게 변하고 있음을 알 수 있다. '가을빛 물든 노을/우정을 낚아 올려 어깨동무 하나로/이 자리에 붉은 꽃 곱게 곱게 피어난다(안혜란의 「고향 언덕에 걸린 노을」 중에서)', 또는 '바람 실린 만추의 가을비는/화려했던 지난 계절의 번성도 떠난 텅 빈 가지에/흥건히 젖은 투명한 설움

방울들로 애처롭다(권병산의 「만추의 용문사 서정」 중에서)' 그리고 '가을 하늘 한 조각 / 남강 가운데 떨어져 / 황금빛으로 물들어 갈 때(백덕순의 「가을 여행」 중에서)'과 같이 '고향 언덕' 이거나 '용문사' 그리고 '남강' 등의 공간이 시간과 동시에 형상화하는 시법을 대할 수 있다. 우리는 항상 사물에서 이미지를 추출할 때에는 시간과 공간개념을 대입해서 체험과 상응하는 시적 주제를 창조하는 시법을 연구해야 할 것이다. ✷

(『시와수상문학』 2013. 봄호.)

가을의 정취 그 시적구도와 진실

우리들은 계절감각에 민감하다. 언제부터인지는 모르지만 가을이다 싶으면 바로 겨울로 진입해서 두툼한 옷을 꺼내야 한다. 가을이 짧다는 것은 우리가 누려야할 풍요의 계절에서 음미할 수 있는 다양한 사물들과의 교감이 단축된다는 것이고 겨울이 빨리 왔다는 것은 또 한 해를 보내야 하는 아쉬움이 앞서기 때문이다. 지난 가을에는 문학행사가 많이 열렸다. 우선 한국문인협회에서는 '2012 서울 문학축전'을 개최하여 대성황을 이루었는데 '문인육필전'을 비롯해서 '문학특강(김후란, 권영민)', '문학심포지엄(김우종, 류재엽, 신현득)', 애송시낭송회' 그리고 서울문학작품 낭독회' 등 다채로운 문학행사가 되었다. 이러한 문학행사는 각 지역마다 또는 문학단체마다 문학인구의 저변확대를 위해서 가장 바람직하다는 견해이다.

한국시인협회에서도 신달자 회장의 고향인 경남 거창에서 심포지엄(주제 : 아리랑, 시의 모태인가)을 개최하여 전국의 시인들이 군단위의 지역에서 정담을 나누고 문학정보를 교환하는 잔치를 열기도 했다. 이러한 문학의 계절(아마도 독서의 계절이라서 문학이라는 용어를 첨가했으리라) 가을에 계간 『시와수상문학』에서 시에 대한 계간평을 게재하기로 해서 지난 가을호를 일별했다. 대체로 소재들이 가을이라는 점을 간과(看過)하지 못한다. 많은 필자들이 가을에 관해서 그들만의 주제를 창조하는 특성을 읽을 수 있었다. 우선 정금자의 「가을의 서시」를 읽어보자.

> 투명한 이슬이 무겁다던 / 새까만 눈동자 / 너 아니면 안 된다 안 된다 하던 가슴들끼리 / 어깨 마주하며 열정을 불태우던 / 하늘 높이 고추잠자리 날던 날 / 붉으니 붉지 않은 뙤약볕 뒤안길 / 초록빛 잎새가 흔들리는 산 위에 / 무성한 흔적만 남기고 가는 / 보랏빛 책장을 넘기며 인생을 말한다 / 알알이 맺힌 산중에 열매들도 / 외로움에 젖을까 / 가을이 오는 길목이면 / 낙엽 밟는 소리 서럽게 들리리

그는 가을을 열면서 먼저 '가을이 오는 길목'에서 '낙엽 밟는 소리 서럽게 들리'는 예감으로 그의 시적상황을 적시(摘示)하고 있다. 그가 가을에 관한 '서시'로 '인생을 말'하는 것도 그가 심연(深淵)에 깊이 간직한 시간성의 진실이 시적 동기로 발현하는 시적 구성과 그의 체험이 상호 상관성으로 나타나고 있음을 이해할 수 있다. 우리는 가을이라는 시간성과 '초록빛 잎새'와 '낙엽'의 사물적 변화에 따른 시인의 정서와 사유(思惟)의 지향점은 서로 상이하게 표현될 수도 있겠지만, 대체로 가을이 던져주는 이미지나 메시지는 어쩐지 약간 을씨년스러운 표정으로 읽을 수 있게 한다.

이렇게 교감하는 시법(詩法)이 정금자의 가을에 대한 '서시'라

면 그는 다시 가을에 관한 집념을 버리지 않는다. 그는 '정금자 시인의 소시집-어머니의 꽃신'을 발표하면서 가을에 관한 작품이 많다는 점도 주목하게 되는데 「가을의 노래」에서 '곧은 정조인 양/비바람 꿋꿋이 견뎌온 낙엽송'이나 '갈바람에 날려온 코스모스 향기'가 정취를 더하고 있다. 그러나 「가을이별」에서는 '가을비 내리면/짙푸른 하늘 홑이불 삼은/엎어진 낙엽처럼 속옷 젖고/만남도 없이 이별하는 마음'이라는 어조(語調)로 가을 이미지가 이별로 형상화하고 있다. 그는 가을의 이유가 낙엽에 있는 것처럼 '낙엽'을 다양하게 등장시켜서 시적 의미를 정연하게 정리하고 있다. 대체로 가을에 관한 보편적인 이미지는 결실의 계절답게 풍요로 형상화하는 것이지만 '낙엽'과 동시에 스며드는 이미지는 고독이거나 이별 등 인생의 결실을 예비하는 정황으로 변환하는 시법이 많이 창출되고 있다.

한편 정금자는 '사랑하는 당신과 나/마음을 걸러내는/국화차 한 사발 속에 담긴/소국잎 한 줌//갓 핀 향기로 퍼진다/짙은 안개로 드리웠던/우리들의 영혼(「국화차 꽃향기를 마시며」 중에서)'이라는 자연 서정적인 가을 이미지를 공감할 수도 있게 하고 있다. 역시 박용구의 다음 「가을의 노래」를 읽어보자.

> 하늘은 푸르고 마음은 익어가고/꽃잎은 떨어진 자리마다 열매를 키워/달콤한 열매의 향기여/슬프지 않아도 가슴으로 고여오는/마음의 눈물은 그리움 때문인가/가을이 오면/어머니의 숨소리가 가까이 들리고/떨어져 있는 동무가 보고 싶고/청순해 눈이 맑았던/소실시절의 나를 만나고 싶네/동무여 너와 나 사이에도/말보다는 소리 없이 구름이 흐르고/이제는 더욱 고독해져야겠구나/남은 인생 아껴 쓰며 언젠가 흘러 갈/인생을 서서히 정리해야겠구나/단풍이 날릴 때마다/한 소절의 글들을

쏟아내는 / 고독한 인생이여 / 영원을 향한 그리움이 / 어느새 나이처럼 무르익은 가을이여

박용구의 가을은 '그리움 때문'이라는 시적 상황을 설정하고 '고독한 인생'에 관한 연민이 적시되고 있다. 가을은 역시 이별의 예감이 바로 '인생'과 직접 연관되어 '인생을 서서히 정리해야'하는 '가을의 노래'가 공감을 획득하고 있다. 그는 이 '영원을 향한 그리움'의 정체를 '어머니의 숨소리'와 '떨어져 있는 동무' 그리고 '나'라는 화자(話者)와의 상관성에서 시적 구도를 유추하게 되는데 결국 계절적인 '가을'의 의미가 시간성과 동시에 융합(融合)하면서 '남은 인생'에서 '고독'함으로 연결하는 하나의 성찰의 요소를 분사(噴射)하고 있다. 이처럼 인생에 관한 문제들은 우리 현대시에서 새로운 인생관으로 변환시키는 시적 효과를 발산시키고 있으나 계절적으로 분류하면 다양한 이미지가 생성한다. 그러나 가을은 역시 풍족하면서도 무엇인가 성숙한 현실적인 정감으로 나타나는 특성을 가지고 있지만 이들 작품과 같이 '이별'이나 '그리움' 등에서 절실하게 창출해낸 인생의 무상같은 영원성을 갈구(渴求)하고 있다.

또한 김춘년도 「가을 미소」와 「가을바람」 두 편을 동시에 발표하고 있다. 그는 가을에 대해서 앞의 작품들과는 약간 다르게 밝고 진취적인 이미지를 발견하게 된다. 우선 「가을바람」을 읽어보자.

웃음이 바다를 이루었다 / 분홍 / 빨강 / 순백의 미소가 / 여덟 쪽의 꽃피자 되어 / 갈바람에 파도를 일렁이다 / 청순 / 정조 / 평화 / 진실한 이름을 / 고이고이 사랑하고픈 이들이 / 가을바람 타고 석양에 걸터앉아 / 고결하게 몸서리친다.

김춘년은 '갈바람 파도'에서 '순백의 미소'를 응시(凝視)하고 있다. 그리고 '가을바람'과 '석양'에서 '고결하게 몸서리'치는 '진실의 이름' 즉 '청순 / 정조 / 평화'를 좋아한다. 이 '가을바람'에서 정감나게 느껴보는 어조들이 한결 밝은 시향(詩香)으로 다가오고 있다. 한편 「가을 미소」에서도 '담자락 수놓은 / 호박잎의 너울거림 / 가을햇살 살포시 온몸 가득 / 퇴색되어 주름이니 / 숨바꼭질 누런 호박덩이 / 만삭되어 농심이 허허'라는 '미소'가 절정을 이루고 있다. 그는 또 '혹여 늦되랴 / 서둘러 오곡백과 익어가니 / 고개 숙인 겸손의 나락 / 알알이 영글어 / 석양 바라보는 / 너그러운 마음'으로 가을과 교감하면서 이 또한 풍년의 풍요로운 이미지가 창출되고 있어서 가을은 역시 가까이에서 응시할 수 있는 풍요의 감응(感應)이 절대적으로 투사(投射)되고 있음을 알 수 있다.

그렇다면 이철우의 「가을바람」은 어떠한가. 그는 다음과 같이 가을의 계절적인 변화의 구도로 자연 섭리를 노래하고 있다.

> 길 가장자리에서 여린 매무새로 / 꽃을 피우던 삼색 코스모스도 / 대를 이으려 합궁(合宮)에 들었고 / 갈대와 억새도 금풍(金風)에 서걱거리며 / 하얀 포말을 천공에 날리면서 / 내년을 기약하려고 / 은갈색 옷치장에 들었다

이철우의 가을은 누구보다도 예리한 시각적 이미지로 가을의 화폭을 장식하고 있다. 이러한 사물적인 이미지는 '대를 이으려 합궁'과 '내년을 기약'이라는 관념을 삭제하면 완전히 사물시(physical poetry)가 되고 만다. 그러나 '서석거리'는 청각이 동시에 융합함으로써 작품의 구도를 친 자연적으로 발현하고 있다. 여기에서 특이한 점은 시의 색채에 민감하다는 점이다. 그는

'나뭇잎을 다색(茶色)', '삼색 코스모스', '하얀 포말' 그리고 '은갈색 옷치장'이라는 여섯 색깔을 시 한 편에 삽입하면서 색채를 응용한 작품의 형태를 조절하는 현상은 요즘 현대시에서 상당한 공감대를 형성하고 있어서 주목하게 한다.

현대시는 독일의 극작가 쉴러가 '시란 냉랭한 지식의 영역을 통과해서는 안 된다. 시란 심중에서 우러나오는 것이기 때문에 곧바로 마음으로 통해야 한다'는 언지와 같이 우리 시는 현실을 직시하거나 자연을 응시하는 관조(觀照)의 미학을 중시하면서도 그 구도나 주제의 명징(明澄)을 요구하게 되는 묘미(妙味)가 동행해야 하는 시인들의 고뇌가 가미(加味)되어야 할 것이다. ✷

(『시와수상문학』 2012. 겨울호.)

제3부. 생명 존엄과 서정적 자아

– 신작특집 단평 –

생멸(生滅)의 탐색을 위한 생의 인식

– 강경애 신작특집

현대시인들이 탐색하는 물리적 혹은 정신적 시각(視覺)인 시점(視點–point of view)은 대체로 시인 자신이 간직하고 있는 정서적인 태도와 의식의 시각이다. 개인적인 시점은 시인이 자신의 화자와 담론하는 사이에 유지하고 있는 거리를 가리킨다. 그 시인이 착목(着目)하는 지점에서 생성하는 사물이나 관념의 이미지는 항상 그 시인이 표현하고자 하는 대상에 대한 거리의 문제와 궤(軌)를 함께 하고 있다. 여기에서 시인이 천작하는 주제가 정립하는 것은 그 작품의 중심적인 골격으로서 주된 화제가 되는 도덕적인 명제라고도 할 수 있는 것이다. 그것은 그 작품이 발현하고자 하는 중심적인 메시지가 무엇인가를 제시하는 현실적인 묘사이다.

강경애 시인이 이 신작특집을 통해서 발흥하는 주제는 생멸을 탐색하는 생에 대한 인식의 접근이다. 이러한 테마는 사유(思惟)에 대한 주요한 결과로써 이에 대한 요약적인 진술이나 작품에 묘사된 사상과 감정의 경향에의 상대어가 되는데 이 생의 문제는 시간과 공간이라는 개념을 이탈하지 못하는 특성을 갖는다. 그는 우선 생에 관해서 분명한 주제의식으로 시적 상황을 설정하고 전개함으로써 이미지를 명징하게 현현하고 그의 중심 사상의 내용인 생사 혹은 생멸이라는 인간의 근원을 탐색하고 있는 것이다.

> 양초에 불을 지핀다 / 너울대는 불빛 따라 / 일렁이는 그을음 / 굽이쳐 흐르는 촛농에 쏟아져 내린다 / 이내 / 적막을 감싸 안고 / 지난 생의 서러움을 불꽃 속으로 / 감아올린다 // 몇 해를 더 살아야 잊히고 지워져 / 온전한 생을 살아낼까 // 이승은 서럽기만 하다.
>
> ―「생을 지피다」 전문

그렇다. 강경애 시인은 '지난 생의 서러움을 불꽃 속으로 / 감아올'리면서 갈구하는 것은 '온전한 생을 살아낼까'라는 어조의 의문형으로 그의 진실을 자문(自問)하고 있는 것이다. 이러한 시적 상황이나 전개는 그가 우리 인간들이 영위하거나 향유하려는 진실이 무엇이며 어디에서 명민(明敏)하게 그 해법을 찾을 수 있는가하는 가치관의 추구에서부터 심오(深奧)한 내면을 짐작할 수가 있는 것이다. 그러나 그가 결론적으로 적시한 주제의 지향점은 '이승은 서럽기만 하다'라는 연민의 언어로 그의 내면의식이 성찰의 잔잔한 어조로 작품을 마무리하고 있어서 공감을 유로하고 있다.

또한 그는 '가면으로 나를 감추고 살면 / 버거운 생이 덜어지려나 / 세상의 아수라장 속에서 / 난 나를 버리지 못하고 / 억지 가면 쓰고 어설픈 생을 위한 / 진혼곡을 연주 하고 싶다.(「가면」 중에서)'라는 어조로 생에 대한 여망(혹은 기원)으로 '버거운 생'과 '어설픈 생'을 위한 '진혼곡을 연주하고 싶'은 주제의 절대성을 강조하고 있는 것이다. 그가 인식하고 자성하는 의식이 '버거운 생'이나 '세상의 아수라장'과 '어설픈 생' 등이 결국 그의 정서가 결집된 '난 나를 버리지 못'한다는 흐름으로 귀착하고 있어서 이 세상 삶의 이유나 인생의 의미가 자아(自我)의 휴머니즘적 실천과의 괴리(乖離)를 개탄하는 '가면'으로 이미지를 투영하고 있는 것이다. 이처럼 생을 주제로 한 시편들이 대종을 이루는 이번 작품들은 그가 집착하면서 탐색하는 인생-거기에서도 생멸에 대한 존재론적인 측면에서 생노병사(生老病死)라는 사고(四苦)에 대하여 심도(深度) 있는 사유가 발흥하고 있어서 그의 시적인 진실을 궁극적으로 이해하게 된다.

> 집 어귀의 골목길 / 변함없이 저만큼 비켜 서 있네 // 지난날 다정한 눈빛으로 / "잘 있어" 속삭이던 그 말 / 아직도 귓가에 남아 맴도는데 // 오늘은 / 희미한 골목길 가로등만 / 제자리 지키고 있네 // 그대가 간 곳을 아는 건 / 오직 골목을 휘돌다 가버린 / 한 줄기 바람, / 그리고 / 담장을 넘어 휘어져 있는 / 자목련 한 그루 뿐.
>
> -「별리」 전문

여기에서는 존재의 소멸에 대한 체념적 인식이 깊이 배어 있다. '별리'라는 축약(縮約)된 한 단어로 메시지를 전해주고 있지만 그가 단정적으로 결론지은 '희미한 골목길 가로등'과 '한 줄기 바람' 그리고 '자목련 한 그루 뿐'이라는 상황적 진실은 바로 그가 인식한 존재의 의미가 적절하게 내포되어 있는 어조로 나타나고 있는 것이다. 이러한 그의 내면에는 화자 '그대'가 '다정한 눈빛으로' 속삭인 말 한 마디 '잘 있어'라는 언어의 여운이 지금까지 남아 있는 정황(situation)은 불교적 관점의 애별리고(哀別離苦)에 해당하는 하나의 인색적인 고통이라고 할 수 있다.

강경애 시인은 다시 '급히 만든 영정사진 속 얼굴/웃는 듯 울고 있다/아직 계산된 생은 채우지도 못하고/대차대조표 맞추지도 못했는데/사진 한 장으로 영영 떠난다(「누군가 나를 깨운다」 중에서)'라거나 '행간을 넘나드는 기호들로/생은 뒤엉키고/키를 높히는 바다는/밤마다 어김없이 울부짖는다/또 다른 쉼표를 위해.(「갯벌, 그 쉼표의 자리에서」 중에서)'라는 어조는 바로 단순한 '별리'에서 존재 소멸의 이미지지가 명징하게 적시되고 있음을 이해할 수 있는 것이다.

> 어디다 몸 풀어도 걱정 없을/작은 소품들 다 챙겨 넣고/이제나 저제나 훌쩍 떠날/등짝하나 기다린다/먼지로 뒤덥힌 옷깃을 털며/세상의 짐 벗어버릴 길 찾아/짓무른 눈길 거두고 일어 설/배낭은 나다.
>
> ─「떠나는 연습」 중에서

강경애 시인은 이처럼 '떠나는 연습'을 예비하고 있다. '먼지로 뒤덥힌 옷깃을 털며/세상의 짐 벗어버릴 길 찾아' 나서는 연습이다. 누구나 언젠가는 떠나야 하는 순리에의 순응을 연습하고 있는 것이다. 배낭을 메고 훌쩍 떠나려는 산행(山行)으로 비유된 인생 별리의 홀가분함으로 연습처럼 떠나는 생의 여운이 흐르고 있다. 일찍이 톨스토이는 삶의 의문에 대한 그의 탐구는 마치 내가 깊은 숲속에서 길을 잃은 사람이 경험하는 것과 똑 같은 경험이라고 『참회록』에서 말한 것을 보면 생과 삶과 죽음과 인생이 깊은 사유의 원류에서 복합적으로 적시되는 이미지나 주제는 존재문제를 참으로 의미 깊게 사유하고 있는 것이다.

강경애 시인이 이러한 생의 문제에 심취하는 상황들이 그의 작품들에서 다양하게 현현되고 있는데 '정당한 이유 없이 소멸되는 목숨은 목숨이 아니다(「무겁고 너무 가벼운」에서)', '내 삶의 중추를 흰 불꽃이 / 혀를 빼물고 기웃댄다(「폭염」에서)', '생전에 읽히지도 않을 생애를 나날이 쓰고 있나보다(「어둠이 취하는 시간」에서)', '시간을 향하고 있는 저승꽃 핀 얼굴들뿐이다(「어머니의 왈츠」에서)' 그리고 '내가 나를 버린 듯, 등 시리다(「섬」에서)'는 등의 어조와 같이 그는 생명이 시간과 혹은 현실적인 갈등들과도 불협화음에서 일탈하려는 확고한 인생관이 적나라하게 현시되고 있음을 이해할 수 있을 것이다.

영국의 시인 P.B. 셸리가 말한 대로 시는 최상의 가장 훌륭하고 행복한 순간의 기록이며 그것이 영원한 진리로 표현된 인생의 의미라고 한다면 생멸에 대한 시인들의 집념적 탐색은 바로 인생의 의미를 구명(究明)하는 영원한 진실일 수도 있을 것이다. ✷

(『계간시원』 2017. 가을.)

생멸(生滅)에 관한 예비적 탐구

– 강명숙 신작특집

현대시가 지향하는 주제의 메시지가 대체로 우리 인간들의 생명성 탐색에 원류를 설정하고 거기에서 파생하는 다양한 정감들이 작품의 주관된 본질을 적시하는 양상으로 많이 현현되고 있음을 이해하게 한다. 여기 강명숙 시인이 특집으로 올리는 10편의 작품들이 이러한 생명성에 관해서 진지하게 탐구하는 그의 내면에는 우리 인간들이 누구나 당면하는 생멸에 관한 광범위한 이해를 통한 새로운 생명이 시로 승화하고 형상화하는 깊은 철학적 의미의 탐색을 시도하고 있음을 알 수 있다.

인간의 생명은 유한(有限)하다. 이러한 유한성의 생명이 영원성으로 지향하는 가치관의 정립은 누구에게나 가능한 일이지만 특히 시인들이 자신의 존재문제를 심도 있게 천착(穿鑿)하다보면 오묘한 철학적인 이해를 더욱 요구받게 되는 경우가 나타난다는 사실을 간과(看過)할 수 없게 한다.

우선 강명숙 시인은 '생명은 통증이 일궈낸 눈물겨운 환희/어린 것들 벌렁거리는 들숨날숨에/맨땅 감싸고 드러누운 마른 풀들 사방에서 들썩인다/어떤 이유로든/이제 막 자라나는 어린 싹들을 밟지 말아야한다(「봄을 기다리며」 중에서)'라는 어조와 같이 '생명'의 '통증'과 '환희'가 대칭을 이루면서 이미지의 복합적인 투영을 실험하면서 '어린 싹들을 밟지 말아야 한다'는 결론을 제시하여 생명성에 관한 그의 강렬한 메시지를 토로하고 있다.

이러한 그의 의식은 존재라는 더욱 고차원의 인식을 인지하면서 새로운 생명의 발견뿐만 아니라, '자신도 모르게/수십억광년 밖으로 떨어져 버린/죽도록 외로운 암석이지만/가슴 속에는/누군가의 빈 가슴 채워주는/영원히 지지 않는 밤하늘의 별을 담고 있다(「노숙의 밤」 중에서)'는 현실에서 괴리(乖離)된 고뇌의 깊이를 현실과의 화해를 통해서 조화로운 시인의 진실을 현현하고 있다.

> 겨울/앙상한 나무는/살아서/시린 날 맞을 줄/시절 좋을 때 알았을까/고운임/북망산 가시자/마른 나뭇가지 너머/별 뜨고 달뜨던/나의 하늘이 사라졌다/겨울/뼈저린 밤에

다시 그는 작품 「어느 겨울밤」 전문에서 읽을 수 있듯이 '고운임/북망산 가시자' '나의 하늘이 사라졌다'는 절박한 은유의 심연(深淵)에는 생멸에 대한 근원적인 심리적 현상을 유추하게 하는데 이는 그가 보편적으로 간직한 시적 발상보다는 가일층 지성적인 혜안(慧眼)으로 추출해낸 시의 위의(威儀)라고 할 수 있다.

이 '북망산'은 저승에 위치하면서 이승과의 인연을 끊은 사람들이 묻히는 곳으로 서로 대칭을 이루는 의미의 저변에는 생성과 소멸의 중요한 인간들의 문제가 상존하고 있다. 그가 이러한

소멸의 현장을 시적으로 적시하는 것은 의식의 흐름이 예비적인 생명성의 탐구라고 할 수 있다. 왜냐하면 그가 '난 자리 지우면서 / 묵묵히 가시는 임(「는개」 중에서)' 이라는 어조가 생명 소멸의 경건한 수용으로 이해된다.

> 세상 참 허망한 날 / 도시로 꽃마차 지나가면 / 도시 공동묘지엔 / 어김없이 별 무덤이 하나씩 늘어난다
>
> ―「도시로 꽃마차 지나가면」 중에서

> 세대 간의 약속, 재탄생의 비밀을 / 누가 멸망이라 하겠는가 / 구석구석 자아내는 탄성은 / 슬픈 곡조를 단 숨에 삼켜버렸다 / 질긴 탈각, / 구름은 허물을 벗고 너울너울 피어오르고 / 슬픔은 땅속 깊이 잠들었다
>
> ―「가을 다비(茶毘)」 중에서

또한 이 두 작품에서도 '공동묘지'나 '다비'라는 언어가 제시하는 생명성의 '멸망'과 '허망' 등은 '재탄생의 비밀'이며 '땅속 깊이 잠'든 이승의 '슬픔'이다. 그러나 그는 이러한 시적 사유의 원류는 일찍이 프랑스의 소설가(극작가, 비평가) 롤랑(R. Rolland)은 '생명만이 신성하다. 생명에의 사랑이 가장 첫째 가는 미덕이다'는 말처럼 우리 생명에 관한 사랑에서 찾는 특성이 있다.

강명숙 시인은 논어에서 말하는 '미지생 언지사(未知生 焉知死-생을 다 알지도 못하는데 어찌 죽음을 말하랴)'라는 고사처럼 생과 멸에 대해서 예비적 탐구일 뿐 그가 체득한 영원한 진실은 아니라는 것이다. 아직도 그는 '폭설 그쳐도 / 온몸 녹아내리도록 / 몇날 며칠 / 그 자리 떠날 줄 모르는 그녀는(「겨울

가로수」 중에서)' 또는 '언젠가 어디쯤에서/좀 더 편안히 만나기 위해/사랑함으로 오늘 하루를(「그린로즈 꽃잎 앞에서」 중에서)'이라는 어조와 같이 무엇인가 절실하게 기다리고 있기 때문이다. ✷

(『문학저널』 2011. 7.)

불성(佛性)과 영혼의 묵시적 언어

– 유강 김병렬의 신작특집

김병렬의 시를 읽으면서 시기적으로 초파일이 지난지 얼마되지 않아서인지 몰라도 '山門을 나서며' 듣는 영혼의 언어를 떠올리게 한다. 대체로 현대시의 표정은 그 시인의 정서의 향방이 주제를 투영시키고 그 시인의 언어 감응이 공감을 유로하는 메시지에 매혹되는 것을 흔하게 대할 수 있다. 이러한 정감으로 김병렬의 특집 시 16편을 일별해보면 그가 지향하는 정서의 중심축이 불성과 많은 접근을 시도하고 있다는 점에 주목하게 되는데 이는 그의 내면을 관류하는 영혼의 묵시적인 언어가 자신의 삶과 무관하지 않다는 현실적인 함축이라고 유추할 수 있을 것이다.

道를 닦는 일일게다. / 우리의 삶과 영혼 사이를 / 이승과 저승 사이를 / 소리와 적막 사이를 넘나 들며 // 法鼓와 雲版 / 木魚와 大鐘이 // 새벽 하늘 건너 가는 것은 / 山門에 내가 기대어 깨닫는 / 四物놀이일 게다. // 修身하는 일일게다. // 禮가 아니면 보지를 말고

/禮가 아니면 듣지도 말며/禮가 아니면 말하지도 말고/禮가 아니면 움직이지도 말라는 것일 게다.//내가 배운 四物놀이이다.//교문(校門) 앞에서 듣는 ………

이 작품 「사물(四物)놀이」 전문에서 감지할 수 있듯이 '修身하는 일'이 바로 '道를 닦는 일'이며 '삶과 영혼' 혹은 '이승과 저승 사이를/소리와 적막 사이'에서 감응하는 '법고와 운판/목어와 대종'은 모두 '산문에 기대어 깨닫는/사물놀이'라고 진실을 토로하고 있다. 그는 다시 이러한 일련의 이미지가 '禮'와 교감하면서 우리 인간들이 삶의 교훈으로 실천해야 할 신조를 적시하고 있어서 그 비유에 주목하게 된다. 그의 불심에 관한 표현은 다양하게 현현되고 있는데 「해변의 묵시」에서도 '켜켜이 쌓인 저 모래톱/빈 조가비껍질 속에/아무도 몰래 절寺 한 채 지어놓고//내 어느 전생(前生)의 업(業)/천승공양(千僧供養)이나 드릴꺼나'라는 회한이 교차하고 있다.

아침 공양(供養)/서두는 사미니 이마에/땀방울이 맺히고//방금/연잎을 스치고 지나가는/한 줄기 바람//땡그렁/대웅전 처마 끝/풍경(風磬)이 재촉하는 개화(開花)

그가 현현하는 어조는 「연꽃 필 무렵」에서도 '非有'와 '非無'라는 무상과 비움의 언어로 '대웅전 처마 끝/풍경(風磬)이 재촉하는 개화(開花)'로 상징하고 있다. 시는 진리이며 단순성이라고 한다. 그것은 시적 대상이나 시적 구도에서 보이지 않게 남아있던 상징과 암유가 순수하게 나타날 때 우리는 공감으로 심취하게 된다. 김병렬은 이처럼 불성과 관계가 깊은 「산문(山門)을 나서며」 「연잎에 이는 바람아」 「승무(僧舞)」 등의 작품에서 그가 탐색하고자하는 진실의 한 단면을 이해하게 된다. '금새/전토에 떨어지는/구슬 서 말 꿰어놓고//백팔번뇌조차/아침 햇살/눈부시게 부서지는' 그의 감응은 현실적인 고뇌의 승화로 정신적인 갈등을 화해시키는 시법이 영혼의 노래로 메아리지고 있다.

이밖에도 서정적인 작품을 대할 수가 있는데 자연에서 탐닉하는 '낙엽' '으악새' '들국화' '할미꽃' 등의 사물과 '봄날' '가을' 등의 시간성과 '아버지' '어머니' 등의 인연에 관해서 정서의 함축미를 이해하게 된다.

그는 '흔들리는 내 영혼/남는 것은 노래뿐'이라는 「으악새」의 이미지에서 이해할 수 있듯이 우리 인간의 허(虛)와 공(空)에 관한 고차원의 주제를 불성에서 접목하는 그의 시학을 읽을 수 있다. 그의 심중에는 지금도 '노을이 지는 山門/그윽이 배웅하는/저 풍경소리에/가슴 한켠 뭉클 메어져' 오는 묵시적인 영혼의 언어를 되새기고 있다. 이것이 그의 시법이며 '천상의 종소리'로 울려 퍼지는 그의 진실이라고 할 수 있다. ✷

(『문학저널』 2010.7.)

'세월'과 존재의 복합적 시적 진실

– 김수연 신작특집

우리 현대시가 지속적으로 탐구하는 것이 있다면 존재에 관한 문제의 심각성이 바로 시간성(혹은 세월)과 불가분의 상관을 갖는다는 점이다. 어차피 존재는 인간의 생멸(生滅)과의 범주(範疇)에서 생성하는 다변적인 삶과도 상호 대칭을 이루면서 시간의 흐름에 따라서 그 지향점을 인식하는 속성을 갖게 된다. 이러한 우리 인간들 자신이 지금까지 살아온 체험을 바탕으로 하여 거기에서 추출한 이미지가 한 편의 시로 형상화하는 경우를 많이 읽을 수 있게 되는데 이는 그 사람에게 내재된 칠정(七情－희노애락애오욕)과 결부한 심리적인 발흥(發興)이라고 할 수 있다.

여기 김수연 시인이 특집으로 올리는 특집의 작품들을 일별하면서 감응(感應)하는 바는 존재의 인식을 위해서 다양한 시간적인 체험이 시적으로 발상하고 주제로 투영되는 시법(詩法)을 이해할 수 있어서 그가 현재 전개하는 시적상황과 독자들에게 전해야 할 결론적인 메시지의 창조를 위한 심고(審考)의 폭이

광활함을 짐작할 수 있다. 그는 '이미 걸어 온 발자취 비틀어지고 흐트러져 / 꽃길만 걸어 온 줄 알았는데 / 세월 밟고 온 흔적이라며 흙도 많이 묻어 있습니다(「나이테」 중에서)'라는 어조에서 알 수 있듯이 삶과 동행하고 있는 '세월'이라는 무형의 산물이 복합적으로 그의 작품에 농축되고 있다.

일찍이 로마의 대시인 호라티우스가 말했듯이 '흘러가는 세월은 우리의 재보(財寶)를 하나하나 빼앗아 간다'는 언지로 세월과 인간의 존재에 대한 의식이 약간은 부족하거나 불만스런 대칭적 의미를 전해주고 있다. 이는 과거, 현재, 미래로 연결하는 시간성에서 탐색하는 인간들의 진실(또는 시적 진실)이 무엇인가를 구명(究明)하고자 하는 시인들의 고뇌이기도 하기 때문이다.

> 골목과 거리를 디디면서 / 가진 것과 누릴 것 찾아 떠돌다가 / 가끔 인정도 베풀면서 / 세상사 이치 옳고 그름을 가려도 보았다 / 거짓을 핑계로 덮으며 갈수록 허망해진다 // 봄에서 겨울까지 시간을 밟으며 / 스스로 돌아가면서 버려지고 / 젖어서 무거운 상념 어디까지 닿으리라고 / 두 어깨 짐 새털구름 되어 날려 보낸다 // 외로움 슬픔 아픔 막을 시간 많지 않지 / 먼 길 떠날 때 하얀 날개 거푸 휘저어 / 서둘러 꿈길 쓸고 날아가듯이 / 세월의 무게 얹혀 내 몰린다 // 두 손에 뜬 구름 떠받들어 옮겨 놓고 / 마른 한숨 소리에 잡히지만 / 저무는 저녁 창문에 밀려 사라지는 / 장엄한 노을 눈부시다 // 사람에 무너지는 그런 날 다가오는 것 알기에 / 바람소리 스쳐 지나는 흔적 / 찰나에 스치는 숨 / 학이 되어 시간의 문을 열고 날아오른다.
>
> ―「어느 날 문득」 전문

이 작품에서 김수연 시인이 재생하는 상상(imagination)은 '봄에서 겨울까지 시간을 밟'았으나 지금은 '외로움 슬픔 아픔 막을 시간 많지 않'다는 '세월의 무게 얹혀 내 몰'리고 있어서 종내에는 '찰나에 스치는 숨/학이 되어 시간의 문을 열고 날아오른다.'는 흐름으로 시적 상황을 전개하고 있지만 결론적으로는 시간이 그에게 '가끔 인정도 베풀면서/세상사 이치 옳고 그름을 가려도 보았다/거짓을 핑계로 덮으며 갈수록 허망해진다'는 존재의 이유는 이러한 '허망'이라는 시적 진실을(주제) 투영하고 있는 것이다. 이처럼 '현재의 시간과 과거의 시간은 아마 모두 미래의 시간에 있을 것이며 미래의 시간은 과거의 시간이 담고 있을 것'이라는 T. S. 엘리엇의 시간개념과도 동일시되는 시간의 이미지가 명징(明澄)하게 현현되고 있다.

김수연 시인은 이러한 시간성에서 추출한 존재의 의미는 바로 자아(自我)의 성찰로 연계(連繫)되고 있는데 작품 「서 있는 나무」 전문에서 잘 나타나고 있다. '떨면서 유리창에 볼을 댄다/어둠에 마주 바라보는/검은 눈동자 거기 있어 팔을 뻗는다//빈 가지 끝 읊고 있는 바람받이/흐릿한 그림자 닮아 있는 것에/새삼 놀라 주저앉는다//달빛 가리고 뻗대는 나무/어쩌다 지거나 시드는 잎 밟고/물구나무로 섰다.'는 전개 방식이나 이미지의 창출 그리고 주제의 투영이 그가 추구하고 구현하려는 시법이 잘 농축되어 있음을 읽을 수 있다. 그는 의인화한 '나무'가 바로 자아의 생생한 이미지로 전환하고 있다.

이 자아는 작품 속에서 시인을 동행하면서 시인을 대신하여 열변(熱辯)을 토하거나 아니면 반대로 성숙한 인격으로 잡다한 인간의 삶을 대변하는 중요한 역할을 하고 있는 것이다. 그래서 이 대변인이 삶(또는 존재)을 인식하거나 성찰하는 행위는 바로 시적 진실을 창조하는 근본적인 중심축이 되고 있는 것이다.

한 줄기 빛을 옮겨 놓고 / 먼 땅 끝 부딪치며 / 장인의 손가락 눈으로 더듬다가 / 왁자하게 시어(詩語) 낳는다 // 돌 틈 사이 공명하는 / 생명 에너지 / 마주쳐 불꽃을 튀기며 거침없는 / 빛의 파문 시구(詩句) 새긴다.

— 「꿈인지도 모른다」 전문

다시 김수연 시인은 이러한 존재의 근원에서 성찰하거나 기원의 의식이 포괄하는 과정을 지나오면서 발현하는 중대한 사유의 향방이 위의 작품 「꿈인지도 모른다」에서 명민(明敏)하게 확인할 수 있게 한다. 그는 상당한 갈등과 고뇌가 여과(濾過)된 후에 수확한 것이 '돌 틈 사이 공명하는 / 생명 에너지'이다. 이것이 바로 '시어'이며 '시구'이다. 참으로 성스럽다. 이것을 그는 '꿈인지도 모른다'고 의아하고 있다.

영국의 대시인 P. B. 셸리는 '시는 최상의 마음의 가장 훌륭하고 행복한 순간의 기록이다. 하나의 시란 그것이 영원한 진리로 표현된 인생의 의미'라는 말처럼 김수연 시인이 꿈꾸었던 '시'에의 형상을 탐구하기 위해서 그동안 자아의 인식을 위해 많은 시간과 존재의 충돌을 다듬고 다스리는 행보가 계속되었는가를 예측하게 하는 시적 상황이다.

우리 시인들의 현실적인 존재의 갈증이나 정서적인 번민은 창작 과정에서 여실히 보여지지만 이러한 지속적인 상상력의 발현이 없이는 한 편의 작품을 창조할 수 없다는 어려움이 상존하고 있는 것이다. 이의 극복을 위한 열정이 궁극적으로 인간 내면의 진실을 탐구하는 사명이 시인들에게는 오늘도 무겁게 동행하고 있는 것이다. 그는 다시 작품 「욕망」에서도 이러한 갈망과 기원의식이 현현되고 있는데 '어두운 밤 달빛 끌어 온다 / 별빛도 나뉘어 대리고 와서 / 밤하늘에 언어를 엮는다 // 가슴과 머리가 실랑이 하다가/손으로 던져 놓은 낱말 찾아 펼쳐 놓고/이리 보내고 앞뒤로 옮겨놓는다'는 '달빛'과 '별빛'에서 '언어를 엮'거나 '가슴과 머리가 실랑이 하다가/손으로 던져 놓은 낱말 찾'는 고충은 바로 시인들의 숙명이다.

다시 '완전하지 못한 낱말들이 갸웃 거린다/멀리 보냈다 다가 놓고/단락을 지어 이름 하면 언어로 들어 누워/용케 자리 잡은 행과 연에/행운인 듯 도드라져/눈길 끌고 꼼지락 댄다'는 상황에서 그가 설정하는 시적 전개의 과정을 적나라(赤裸裸)하게 보여주고 있어서 공감의 영역이 넓어지고 있다.

그는 결론적으로 '신춘문예에 보내 볼까/베스트셀러 출판물에 올려놓을까'라는 '욕망'에 이르게 된다. 우리 시인들이 희망하는 당연한 사유의 지향이 아닌가 싶기도 하다. 누군가가 말했다. 위대한 시인은 홀연히 나타나는 천재가 아니라, 오랜 결과라는 것만큼 더 확실한 것은 없다는 말이 실감나는 것도 시 한 편의 창작은 그 시인의 열정과 노력으로 성취할 수 있다는 교훈을 얻게 된다.

김수연 시인도 그가 간직한 과거 또는 현재의 시간성에서 체득(體得)한 회억(回憶)들이 그의 정서와 사유에서 지적(知的)인 진통을 흡인하고 진정한 진실만 추출해낸 그의 독특한 심안(心眼)이 우리들과 공유하고 있는 것이다. 그의 시풍(詩風)은 서정성을 배제하지 않는다. 작품 「꽃은 사랑이다」에서 '아픔 다독거리는/어머니 손길로 오는 그런 한 사람 곁에/내쳤다 싶으면 다시 돌이켜/향수 일깨우는 울림이 되고 싶다/비 오는 날 이슬 맺힌 고요/가깝고도 먼 그리움에서/꽃 한 송이 은밀히 피워/기적을 알리고 손 내미는 순간/향기에 전율하는 사랑 가득하다.'는 어조와 전개는 그의 심중(心中)에 충만한 미적(美的) 서정이 넘쳐 흐르고 있음을 공감하게 된다. 그가 심취하는 '아픔 다독거리는/어머니 손길'과 '향수 일깨우는 울림'과 '가깝고도 먼 그리움' 등의 내면 정서가 바로 '향기에 전율하는 사랑'이라는 은유의 시적 미감(美感)으로 화해함으로써 그의 서정시학은 더욱 의미를 충족시키고 있는 것이다. 앞으로도 더욱 광활한 시세계에서 고차원의 주제를 창조하기를 기대한다. ✵

(『계간시원』 2017. 여름.)

나무 앞에 경배하는 나무 시인

– 박명자 신작특집

박명자 시인은 나무를 무척 사랑한다. 매일 그는 나무와 대화를 통해서 이 시대의 삶의 현장에서 현실적 비애를 교감하고 살아온 역사와 생명의 융합을 담론한다. 그가 '삶의 저무는 녘'에서 나무 앞에 경배하는 사유의 근원은 무엇일까. 그가 적시하는 '나무를 위한 나의 노래'에서는 '나무는 구원의 상징'이며 '내 혼을 지켜주는 바람막이'라고 단정하고 있다. 그의 나무는 그의 '사유의 집'에서 심연(深淵)으로 소통하는 지적 인격체와 대화하고 있다. 그가 동원하는 시각과 청각의 명민(明敏)한 감응(感應)으로 동화하거나 투사하고 있어서 그가 지향하는 나무의 이미지와 상징이 우리 인간들의 삶의 질(quality of life)과 공시성을 간직하는 진실을 발견하는 시적 전개를 깊이 이해하게 된다. 그의 시야에서 시적 상황 설정은 한 사물(나무)과 착목(着目)하면서 그의 심저(心底)에 투영하는 주제는 우리 인간들과 밀접한 휴머니즘의 실현을 위한 비현실성을 여과(濾過)하는 지적 자양이 무르녹아 있다는 점을 간과(看過)할 수 없다.

박명자 시인이 이미 제13시집으로 상재한 『낯선 기호들』에서도 '벚나무들의 빠른 걸음'과 '5월 나무들의 행진', '지신밟는 나무들', '감나무가 서 있는 풍경', '벼랑 끝에 몸을 세우는 나무', '나무의 사춘기' 등 나무와의 동행이거나 공존성(conpresence)으로 자아를 형상화하는 시법을 읽을 수 있었다. 그의 나무시 특집으로 제시한 작품 중에서 우선 시각적으로 이미지를 창출한 작품은 「나무의 표정」에서 살펴보아야 할 것이다. '아침해가 둥실 산을 껴안았을 때 / 나무는 더 솟구치고 싶어 / 젖은 나래를 펄럭거린다'거나 '나무가 반목하여 바라보는 산마루 닫힌 곳 / 그것은 / 구름 속에 떠있고 잡목숲 샛길일 수 있다'는 어조가 그의 시각에서 신비로운 형상으로 현현되고 있어서 그의 시야에 전개되는 보편적인 의식에서 은유의 시법으로 전환하는 특징을 이해하게 된다.

그리고 작품 「나무들의 흰 뼈」에서도 '호면에 비추이는 나무들의 흰 뼈를 만났다. / 비틀거리며 흔들거리며 구비 구비 나무가 밟아온 / 아픔의 자국을 똑똑하게 바라보았다. // 새들도 둥지를 틀지 못하는 뾰족한 갈증 / 호숫가를 어슬렁거리는 그들 옹이 속에서 / 반짝 빛나는 나무의 눈물방울을 보았다'는 등의 시각적 이미지가 새로운 시의 세계로 안내하고 있다. 또한 그는 청각에서도 작품 「나무의 기침소리」에서 '생명을 태워서 만드는 빛 / 다비의 불꽃 속에서 / 겨우 한 마디의 말을 찾아낼 수 있을까요? // 정갈하고 고요하고 하얀 눈길 위에 / 사리 같은 말 한마디! // 한마디 별 같은 말을 찾아서 나무는 / 머나먼 길을 비틀거리며 걷고 있습니다'라거나 '나무가 기침하는 소리 깊은 밤에도 / 가슴에 파문 짓고 있습니다'라는 어조는 박명자 시인이 나무에게서 반드시 들어야 할, 아니 듣고 공감해야 할 시적 상관성을 메시지로 전하고 있다.

내 가슴속 빈터에는 / 집 없이 떠도는 나무 한 그루 흐르고 있다 // 구비구비 아픔의 길 맨발로 건너오며 / 누구와도 가난을 비교하지 않았다 // 비 안개 구름 덮인 여름 들이나 / 겨울 광야를 울면서 쏘다녔지만 // 나무는 가끔 잎새를 흔들어 / 위무의 그림자를 내 가슴에 심어주었다 // 내 마음 빈터에는 / 홀로 울면서 흔들리는 / 집 없는 나무 한 그루 사느니....

— 「집 없는 나무」 전문

이처럼 박명자 시인은 나무와 동일성(identity)이거나 공동성(togetherness)의 상호 결합의 의미도 포괄하고 있다. 우리 인간들의 '아픔'이 '나무 한 그루에 흐르고 있다'는 은유적 창조로써 언제나 '내 가슴속 빈터'에서 고뇌하고 있는 것이다. 거기에는 '홀로 울면서 흔들리는 / 집 없는 나무 한 그루'가 살고 있어서 '아픔의 길'과 '가난'과 '위무의 그림자'가 나와 함께 '내 마음 빈터'에서 살고 있다. 이러한 시법은 그가 여망하거나 지향하는 현실적 고뇌의 화해방법으로써 진정한 휴머니즘과 교통(交通)하려는 나무 시인의 경배이며 '나무 = 인간'이라는 등식을 정립시키는 중요한 중심축이 되는 것이다.

그는 작품 「아픈 나무들」 중에서도 '아픈 날개를 접은 나무들은 / 생솔가지 타는 옛 뜨락에 / 주검보다 무거운 겨울옷을 / 캄캄하게 풀어 놓는다'는 어조로 이 시대의 아픔을 합창하고 있다. 이는 DMZ에서 감지(感知)한 '나무'들의 표정이 분단의 아픔으로 형상화하는 시법이 공감을 유로하고 있다. 한편 그는 작품 「DMZ 근처의 나무들」 중에서

— 조심 조심 발꿈치 들고 DMZ 근처로 건너가는 나무들
— 248km 빈 벌을 가로 질러 가는 나무들

– 후미진 이 강토 DMZ 억새 숲
– 사선을 넘어 DMZ 길 떠나는 나무들

이라는 등의 시적 상황은 우리의 실생활(real life)에서 당면한 상흔(傷痕)을 탐색하는 역사적 인식이 바로 현실적 삶에서 창조하는 시적인 진실임에는 재론의 여지가 없을 것이다.

이 밖에도 우리의 아픔과 상처를 나무에서 탐구한 어조는 '시간에 상처 입은 나무들이 가로세로 흔들리며 / 하늘 계곡을 혈점 찍으며 내려오더라(「가을 대관령」 중에서)'라거나 '생을 조용히 마감하는 나무의 춤사위가 / 가을 하늘을 배경으로 꽃처럼 피어오르네(「가을나무의 유희」 중에서)', 그리고 '홀로된 나무는 / 생에서 받은 상처로 만신창이가 되었습니다(「나무의 기침소리」 중에서)' 등과 같이 인생을 조망(眺望)하는 애환이 명징(明澄)하게 담겨졌다고 이해할 수 있을 것이다. ✷

(『산림문학』 2015. 봄)

존재 이미지의 순정적 형상화

– 훈석 박창목 신작특집

현대시의 시적구도나 구성 요소들을 살펴보면 대체로 시각적 이미지의 투영으로 새로운 진실의 창출을 구현하려는 노력들을 이해하게 되는데 이러한 현상은 사물 이미지의 형상화에서 현현되는 한 시인의 정서나 사유(思惟)가 무관하지 않다는 결론을 도출하고 있다. 여기 훈석 박창목 시인의 시편들에서도 이미 자연 사물과 친숙한 체험들이 작품과의 진정한 내면의식의 관류(灌流)를 통해서 박창목 시인의 성숙된 자연관과 인생관을 동시에 교감하려는 노력을 엿보게 한다. 그는 우리 주변에서 흔히 접할 수 있는 사물들 '거미', '달팽이', '잡초', '갈대', '낙엽' 등에서 추출하는 이미지는 바로 그가 표현하려는 시적(혹은 인생적) 진실을 주제로 승화하는 시법의 발현이라고 할 수 있다.

저무는 강 자락에 / 노를 잃어 조각난 배 / 하늘 오르고 / 한가한 빈 풀밭에는 / 만신창이 된 편린이 / 무리지어 다가온다 / 강가를 맴돌던 / 떠난 임의 환상은 / 강물위로 솟구치고 / 앗긴 세월에 / 퇴색된 젊은 열정은/빈 배서 졸고 있다.

이 작품은 「사색의 빈 배」 전문인데 그가 지향하고자 하는 '사색'의 구도가 암묵적으로 적시되어 있다. 우리의 초점을 집중시키는 것은 '저무는 강'과 '노를 잃은 조각난 배'이며 '만신창이 된 편린'과 '떠난 임의 환상' 또는 '앗긴 세월'과 '퇴색된 젊은 열정'이 조화를 이루면서 '빈 배'를 형상화하고 있어서 그의 시법은 시 읽기의 묘미를 제공하고 있다. 또한 그는 주로 대사물관에서 인생무상이나 허무의식을 대입하는 특성을 읽을 수가 있는데 그는 '젊은 열정 어이하랴', '내려놓지 못한 이 미련을', '속삭이던 파도/서러움을 합창한다'는 등의 어조는 우리 삶(혹은 인생)과의 상관성을 지니는 모든 존재의 형태가 시간과 공간의 합일점으로 나타나고 있다.

그는 특히 작품 「무덤」에서는 '잘난 이 못난이/가진 자 없는 자 모두가/언젠가 가야하는 彼岸의 뒤안길/약속된 또 하나의 세상'이라는 의식의 허무적 전환을 시도하고 있어서 우리 시가 지향하는 존재의 문제를 포용하고 있다고 할 수 있다.

저마다 이승에서/못 다한 사연 한 아름씩 안은/불쌍한 영혼들 푸른 하늘 뒤집어 씌고/못 다한 세월을 베고 누웠다.

이렇게 '무덤'이 던져주는 메시지는 존재의 소멸에 대한 시간적('세월')인 이미지와 공간적('베고 누워') 이미지가 화해하는 '彼岸의 뒤안길'이며 '약속된 또 하나의 세상'을 현시하고 '이승'과 '영혼'의 조화를 승화하고 있다. 한편 「고려장 피아노」에서도 '세월에 낡아/고려장(高麗葬)된 신세/을숙도 둔치에서/무상(無常)을 통곡한다'는 어조로 역시 존재의 소멸에 관한 문제에 천착(穿鑿)하고 있다. 그러나 이러한 현실적 삶에서 생성하는 갈등의식이나 고뇌들은 결국 작품 「방황(彷徨)」에서와 같이 '영혼은 길 잃어 / 상식도 진리도 벗어버리고 / 또 다른 세계로 빠져들어 / 그림자로 활보하고 / 바쁜 세월은 / 오늘을 부둥켜안고 / 발가벗은 채 통곡하는 나를 / 미친 듯 끌고 간다.'는 시적 혼돈이 인생의 '방황'이라는 또 하나의 진실을 탐색하고 있다.

이러한 순정적 형상화는 그의 불심(佛心)의 정황(situation)에서 확인할 수 있는데 작품 「山寺에 이는 바람」에서 '대웅전 용허리 걸터앉은 노송은 / 어스름한 초승달 목에 걸고 / 간간이 도리질로 고즈넉한 산사를 깨우고 / 보살 떠난 빈 법당 / 처마 끝에 매달린 풍경은 / 범종에 기죽어 쉰 목소리로 울고 있다'는 잔잔하면서도 정서의 순박성이 잘 현현되고 있으나 여기서도 인생이라는 대명제에서 누구나 겪고 지나가야할 존재의 고뇌를 정화하고자 한다. 그는 다시 '공양 간 지붕 빨랫줄에 / 살랑 이는 가사 장삼 졸음을 재촉히고 / 세속의 고리에 매달려 잠 못 이루는 / 해탈의 경지를 쫓는 / 수도승 헛기침 소리 잦아질 때 / 산사를 스치는 바람 소리 서럽다.'는 결론을 도출하면서 존재와 시가 병행하면서 창출하는 시적 진실을 형상화하는 그의 시 정신을 이해하게 된다.

박창목 시인의 특집 시들은 이러한 이미지들을 승화하면서 다양한 존재의 문제를 접근하는 그의 시정신과 시적 진실을 살펴볼 수가 있는데 볼테르의 말처럼 시는 더욱 위대하고 다감한 영혼들의 음악이 되도록 더욱 숙성된 시혼(詩魂)의 발양(發揚)을 위한 탐구가 지속되어야 할 것이다. ✷

(『문학저널』 2010. 8.)

삶의 궤적에서 탐색하는 서정적 자아

– 박태원 신작특집

현대시의 발상이나 주제의 투영은 대체로 그 시인의 인생 체험에서 창출하는 것이 보편적인 시법이다. 이는 한 시인이 간직한 인생의 변모들이 우리의 상상력을 통해서 재생되고 그 재생된 상상력의 일단이 창조적으로 발현할 때 그것은 이미지로 전환하게 되는 특성을 알 수 있다. 이러한 삶의 궤적(軌跡)에서 창출되는 이미지는 우리 인간들이 공통으로 소유한 칠정(七情)에서 그 애환(哀歡)이나 인생관을 시적으로 형상화하는 경우를 많이 접하게 되는데 이는 그 인생 자체가 시라는 지적인 매체를 통해서 시적 진실로 승화하는 과정을 우리는 중요시하게 된다. 여기 박태원 시인의 작품에서도 이와 같은 경향을 간과(看過)할 수 없을 것이다. 그는 시적 상황의 설정이나 주제의 지향점을 인간의 삶을 통한 애환으로 적시하고 있어서 자신의 주변이나 사유(思惟)의 내면에서 탐색하는 시법을 확인하게 되는데 이는 작품의 구상에서부터 공유하고 공감하는 보편성을 이해할 수 있게 한다.

태풍 뒤에 새털 같은 구름이 / 차일인 듯 덮는 하늘인데도 / 여름의 성격은 너무나 확연하다 / 마당가득 생명 있는 것들의 / 푸르름이 저마다의 음량과 / 음색으로 목소리를 높인다 / 가마솥 열기를 감당하지 못한 / 마당가 여린 푸나물들이 / 몸을 꽈배기 마냥 비틀어 / 목숨을 구걸하는 삶의 애환 / 그들의 틈바구니에서 / 만물의 영장으로서의 권한을 / 어깨에 멘 슬픈 아골 골짜기 / 하늘에 뜻이 있나니 / 크거나 작거나 앞서거나 뒤서거나 / 정오시간 푸름이 눈에 차다 / 눈으로 먹는 치유의 알약.

— 「어느 날 오후」 전문

우선 박태원 시인은 '삶의 애환'이라는 대단원의 범주(範疇)에서 '생명'에의 진실을 구현하려는 정서의 심저(心底)를 읽을 수가 있는데 이는 그가 우리들에게 전하려는 메시지는 바로 '목숨을 구걸하는' 만유(萬有)의 생명체들이 요동하는 현장에서'만물의 영장'에게 부과된 '슬픈 아골 골짜기'의 애환이다. 그는 다시 '어느 날 오후'라는 시간성이 적시하듯이 여름과 식물들의 상관성은 아무래도 우리 인간의 목숨과도 유사한 생존의 현상들이 전개되면서 우리들의 공감을 유로하고 있다. 이처럼 시는 우리들에게 회상된 체험의 중심에서 자아를 인식하는 단계를 지나 성찰이라는 중요한 여과(濾過)장치를 통해서 칠정 중에서도 애(哀)와 애(愛)를 주제로 설정하는 것이 우리 현대시의 특징이라고 할 수 있다. 결국 나의 시적 지향점은 인생관이나 가치관의 확인이나 재설정으로 자아를 확고하게 함으로써 자신의 삶과 존재가 명징(明澄)하게 인식할 수 있게 되는 것이다. 그러나 작품의 언어적 진솔함이나 메시지가 너무 관념적인 독백으로 흐르는 것을 유념해야 한다.

갈잎의 노래를 듣는가 / 바스락 거리며 떨어져 / 바람 따라 딩구는 얼굴에 / 애잔한 가을이 담겼다 // 소리 없이 오는 빗방울 / 마음까지 젖어오는데 / 가을이 슬픈 이유가 / 여기에 있었음을 안다 // 너와 내가 멈춰선 갈림길 / 숙명의 틈바구니에서 / 잡지 말라고 가야한다고 하는 / 이유가 분명하다는 것을 / 이제야 듣는다

—「갈잎의 노래」 전문

이 작품에서도 서정적 자아 탐색을 계속한다. 그는 '갈잎'이라는 사물에서 '애잔한 가을'과 '가을이 슬픈 이유'를 인식하는 지적인 이미지의 창출을 통한 그의 시적 원류를 확인할 수 있게 한다. 그는 이러한 가을의 슬픈 이미지를 흔들리는 갈대의 잎에서 흡인(吸引)하고 있어서 그는 '너와 내가 멈춰선 갈림길 / 숙명'이라는 단정으로 주제를 이끌어 '이제야 듣는다'는 인식의 결론을 적시하고 있다. 우리 인간이 간직한 칠정 중에서도 많은 시인들이 애(哀)에 관한 체험을 투영하는 경향을 살펴보면 우리 주변에서는 누구나 경험하는 애별리고(愛別離苦)의 숙명적인 삶의 현장에서 감응하는 고통이 시적으로 형상화하는 시법을 흔하게 대하게 된다.

그는 다시 작품 「간이역 오후」에서 '간이역에서 갈 길을 찾는 / 서글픈 인생 오후 / 물방울이 어느 골짜기를 더듬어도 / 강으로 흘러 바다로 가듯' 그는 '빗물 나그네'의 서글픔을 인식하면서 자아를 탐색하고 있다. 그리고 작품 「구월은 가고」에서도 '허기진 배 채워 계절의 보화로 / 빼곡히 얻어 들여도 / 시월 얻은 기쁨보다 / 구월 잃은 슬픔에 / 마음이 시립니다.'라는 어조와 같이 슬픔의 언어가 시간성과 함께 그의 시혼(詩魂)을 흠뻑 적시고 있다.

밀려오는 그리움을 / 소년은 가슴에 동여매고 / 밤을 하얗게 새우며 / 길이 없는 길을 몇 바퀴 사색했었지 // 시간이 하현달처럼 / 기울어진 시간 일지라도 / 가난한 그리움은 불쏘시게라 / 하늘을 물들이고 산야를 태우고 // 붉게 지는 하루해가 / 물속에 들어가 있다 / 하얗게 정갈하게 / 그리움을 행구는 가 보다

— 「네 마음을 살 수 있다면」 중에서

박태원 시인은 앞에서 관찰한 자아가 생명과 그 애환을 극복하면서 상호 화해와 융합을 위한 한 방편으로 그는 '그리움'이라는 절대적인 관념을 투사(投射)하는 시법을 현현하고 있다. 이는 그의 체험에서 발현된 '가난한 그리움'은 바로 '삶의 애환'에서 재생된 상상력의 산물이라고 할 수 있다. 그는 작품 제목과 첫 연에서 이미 감지(感知)할 수 있듯이 '이 한 줄 글로 / 네 마음을 살 수 있다면' 그가 자아에서 창출한 서정성이 '하얗게 정갈하게 / 그리움을 행구'는 원동력으로 형상화하고 있는 것이다. 그가 이 그리움의 원류로 흡인하는 것은 '찢겨 나간 깃발'과 '길이 없는 길' 그리고 '기울어진 시간'등의 시적상황은 어쩌면 '그리움'이란 내면의 진실을 외연(外延)에서 포괄하는 사물과 관념의 융합이어서 우리의 공감영역은 확대되고 있는 것이다.

눈을 감아도 / 보고 싶은 어릴 적 친구 / 오늘따라 무척이나 / 그리워져 / 하얀 도화지에다 / 네 얼굴을 그리고 싶어 / 데생 연필을 들었다

— 「그 어릴 적 초상화」 중에서

그가 추적하는 '삶의 애환'에는 많은 추억이 잠재해 있다. 유년시절의 경험은 바로 작품으로 승화하는 마력(魔力)을 갖는다.

이 '그 어릴 적 초상화'는 바로 우리 모두의 생생한 그리움이다. '하얀 도화지에다 / 네 얼굴을 그리고 싶'다는 상상력의 재생은 그리움의 본령(本領)이라고 할 수 있다. 그는 데생 연필로 친구 얼굴을 그리고 크레파스로 칠한다. 그리고 '완성된 그림을 액자에 넣'고 벽에 건다. 그러나 '다정한 얼굴이 벽에 걸리기 전 / 서산에 해가 먼저 걸릴 것 같아 / 마음 쓰이는 날이다'는 다정다감한 '보고 싶은 어릴 적 친구'에 대한 애틋한 그리움이 시적 물결로 분사(噴射)되고 있다.

일찍이 누군가가 말했다. 그리움은 우리들 혼의 가장 순수한 부분이 미지(未知)의 것을 향하여 갖는 사랑의 언어라고 했다. 이 그리움의 시적 상황의 도입이나 내용의 전개 또는 주제의 투영과 언어의 적절한 배치는 바로 사랑의 추억이 내재되어 있는 것이다. 대체로 살펴본 박태원 시인의 작품들은 삶과 생명의 복합적인 구도에서 그가 목숨과 그 애환이 바로 자아를 인식하고 성찰하는 과정에서 사랑과 그리움 등으로 변환하는 시적 진실 탐구의 여정(旅情)을 이해하게 된다. 이렇게 사물을 의인화하는 내면에는 세월이라는 시간성과 동행함으로써 실질적으로 적시하고자 하는 시적 진실은 인간과 시와의 동질성을 회복하려는 그의 시법은 그 과정이나 그 속성에서 우리 인간들과 괴리(乖離)되지 않는 성정(性情)의 발현을 높이 평가하게 된다.

박태원 시인은 천성적으로 서정을 추구하는 시인이다. 잘 아는 바와 같이 서정에 대한 시적 관념은 일상생활에서 체험한 보편성의 범주에서 이미지를 창출하면서 주제에서도 고차원의 지적인 주지주의적인 메시지를 고집하지 않는다. 그는 작품 「12월의 갈대」에서 '강풍이 빗질하는 강섶 / 어느새 나도 / 그 속에 갈대가 되었다'는 어조는 간결하면서도 가슴 깊이 다가오는 서정의 절정이다. 영국의 비평가 리처즈가 말했듯이 우리의 일상생활의 정서생활과 시의 소재나 주제 사이에는 별 큰 차이가 없으며 다만, 생활의 언어적 표현만이 시적인 기교를 사용할 뿐이라서 이와 같은 작품들은 우리의 정감을 공유하고 있다.

또한 그는 소재와 주제 그리고 언어에 있어서도 러시아의 비평가 쉬클로프스키가 주장하는 '낯설게 하기'의 지나침도 없고 별도의 생소화(生疎化)도 보이지 않아서 사물과 관념의 은유적 처리에서 모순어법(oxymoron)도 찾을 수 없는 아주 평범한 서정적인 시법을 구현하고 있어서 박태원 시인의 작품들은 우리들에게 명민(明敏)하게 제공하는 시적 묘미를 다시 확인할 수 있을 것이다. ✷

(『경북문학』 2015. 10.)

'목마른 영혼'과 '여백의 절규'
- 배문석의 신작특집

현대시 읽기에서 간과(看過)할 수 없는 것은 시간과 공간의 개념이다. 이 시간성은 작품 전체를 구성하는 요소에서 상당한 의미를 간직하고 있으며 또한 공간성과 동시에 이미지를 형상화할 때 그 작품의 구도에서 발산하는 메시지는 새로운 개념의 공감을 현현할 수 있게 한다. 여기 배문석이 특집으로 발표하는 작품들이 대체적으로 이러한 시공(時空)의 절묘한 대칭적 정서를 승화하고 있어서 그가 창출하고자 하는 주제가 더욱 선명하게 부각되어서 독자들의 공감을 확산하는데 기여하고 있다고 할 수 있다. 우선 배문석이 심도 있게 다루고 있는 시간성에 관한 작품을 살펴보기로 하자.

창밖으로 졸린 불빛 몇 줄기/길게 촉수를 빼고/어둠 깊숙이 혀를 꽂는다./오감이 무르익은 그 곳은/스스럼없이 밀려갔다 또 밀려오는/욕망의 바다,/해진 뒷골목 주점들은/정글의 법칙처럼/달콤한 육감을 뻗치며 철석인다./때때로 그 곳은/혹은 사막이었으리 / 뜨거운 눈길이 오간 은밀한 구멍마다 / 바람소리 조차 길을 잃고 헤맨 / 목마른 영혼은 / 갈라진 길목에 술을 붓는다 / 무성했던 청춘의 윤기들이 / 휘청거리는 네온불빛 부름켜 틈으로 / 밀도를 따라 내려가고 / 야윈 솔비나무는 겨울이 엉겨서 / 미이라인 채 퇴색해 간다.

이는 「겨울나기」라는 작품의 전문이다. 여기에서 주목하게 되는 것은 '목마른 영혼'의 계절적(겨울) 융합으로 현실적 비감으로 형상화하고 있다. 이러한 이미지의 현현은 어쩌면 을씨년스러운 겨울(한해의 끝)의 시간과 거리의 공간을 잘 조화시킨 시법으로 메시지를 띄우고 있다. 그는 '욕망의 바다'와 '달콤한 육감'이 교차하고 '뒷골목 주점들'과 '네온불빛'의 대칭이 '겨울나기'라는 소재를 인간의 현실적 갈등 요소들과 화해하려는 시적 진실을 이해할 수 있게 한다.

그가 집착하는 '겨울'에 대한 시간성은 「겨울단상」에서 '고드름처럼 자란 피안(彼岸)의 얼굴'이라든지 「서설(瑞雪)」에서 '무량의 사바'나 '자연의 위력' 그리고 '표백한 풍경' 등의 언어가 적시하는 이미지는 계절과 무관하지 않으면서 상당한 의미를 확대하고 있음을 이해할 수 있다. 그는 다시 '가을'의 시간성에서도 '산빛 붉게 밟히던 산그늘 너머 / 돌너덜길 끝머리 어디쯤에서 / 잎맥 잔형에 스민 바람만 / 시려오는 여백의 절규를 듣는다.'는 그의 정서 내면에는 '가을'이 포괄하는 이미지의 집합체를 절실한 언어로 분사하고 있다.

때로는 가까이 보일 듯 가물거리는 / 바람이 일러준 말, 저편으로 / 펄럭이며 날아오른 독백들은 / 어디로 날개를 접어 꽃이 될까

이렇게 '여백의 절규'는 '어디로 날개를 접어 꽃이 될까'라는 의문형으로 변하고 있어서 스스로 자문하는 지적인 가치관을 추구하려는 시정신이 돋보이고 있다. 그가 이러한 자문은 바로 기원의 의식으로 전환하고 있는데 '손금에 내리는 이 꽃새벽이/ 눈물 젖은 심연의 벽안에서 눈을 뜨듯이/로마가 탄생하던/야망의 옥타비아누스 칼날처럼/이 사념의 강에도/넘치는 물결로 가슴을 쓸어다오.//사위어가는 계절을 칼날 위에 여며다오.'라는 호소로 주제를 천착시키고 있다.

배문석은 이렇게 서정적인 심안(心眼)으로 주변의 시간적 의미를 추적하거나 평범한 주변의 사유(思惟)에서 우리 인간의 존재와 밀접한 문제들을 탐색하는 특징을 엿볼 수 있게 하고 있다. 이러한 현상은 「우수(雨愁)」에서 '저 빗소리'라는 은유로 보아서 '은밀한 저 물길'과 '강물', '눈물', '항해' 등의 언어가 제시하는 이미지와의 화해는 바로 그가 유추하려는 진실이 얼마만큼 존재의 문제와 접근하고 있는가를 보여주고 있다. 이렇게 그는 '4월은 갔습니다./넘어오는 경계도 없이 벌써/5월은 마음을 들추고 있습니다'(「그대에게」)라거나 '누구에게나 같은 크기로 내어주는 계절의 넓이로/여름은 가고/가을도 가쁜하게 왔다 갈 것이다(「회상(回想)」)'와 같이 시간성에서 탐색하는 언어의 묘미뿐만 아니라, 주제의 확고한 메시지를 위해서 시적원류를 철저하게 추적하는 시정신은 남다른 특성으로 시 읽기의 절정을 제공하고 있다. ✷

(『문학저널』 2009. 1.)

가을 슬픈 노래 그 의문의 시학

- 백은숙 신작특집

현대시의 위의(威儀)는 시인의 중심정서에서 추출해낸 지적 주제가 내포하는 시정신의 문제도 중요하지만, 그 시인이 표현하는 언어와 화자의 이조가 어떤 구도로 현현되느냐하는 지극히 단순한 문제에서도 시법의 핵심을 이해할 수 있게 한다. 백은숙 시인이 이번 특집으로 수록하는 작품들은 이와 같은 시의 위의를 탐색하는데 그의 표현기법이 특이한 점을 읽을 수가 있는데 이는 그가 관습적으로 언어와의 교감을 통해서 작품을 독자들이 이해하는데 상당한 영향을 미치도록 하는 경향을 발견하게 된다.

그가 시법에서 강조하는 의문형 어법의 시 문장은 주제를 더욱 강조하는 대전제를 미리 제시하고 스스로 명징(明澄)한 해법을 탐색하는 특징을 이해하게 되는데 이러한 시적구조는 그가 적시하는 의문형 종결어미에 함축된 진실의 영역을 확산하려는 효과를 적절하게 포용하는 것으로 이해할 수 있다. 대체로 예를 들어보면 '나그네 게의 바튼 숨소리를 들어 보았는가', '다시 부활하는 힘겨운 현장을 목격했는가', '한 생애 흠뻑 젖어 살아도 좋지 아니하겠는가', '비굴하게 무릎 꿇을 이유 없지 않겠는가', '묵인할 수 있겠는가', '후회는 없겠는가', '이젠 함구할 수 있겠는가', '마지막 향기로 남겨둘 수 있겠는가'라는 어조와 같이 작품 「우리 비루(悲淚)한 슬픔의 조영을」에서 확인할 수 있듯이 어쩌면 문장 전체가 의문형으로 조율되어 있다.

이 밖에도 '시계추처럼 불안한 일상에서 자유 할 수 있을까/부랑의 기억을 털고 일어나 힘차게 비상할 수 있을까', '그 옛날 절망의 나락으로 추락시킨/인동초 씨방 터트리며 웃음 지을 날 있을는지/지구 반바퀴 너머 동굴벽속에 화석이 된/우리 잃어버린 시간을 되돌릴 수 있을는지(이상 「유목」 중에서)' 혹은 '아침처럼 참담한 일 아니겠는가', '짐승의 몸인들 어떻겠는가', '특별한 이유도 이젠 없지 않겠나', '아프지 않았나', '예상한 일이 아닌가(이상 「목신의 오후」 중에서)'라는 어조로 시적 진실의 확인과 정립을 위해서 우선 이미지의 분화에 의무을 제기하고 있다. 이러한 의문형의 제시는 백은숙 시인이 탐구하고 갈망하는 해법을 표출하려는 시도이며 이렇게 투영된 시적진실은 존재나 자아와의 화해를 위한 전주곡이라고 할 수 있다.

찬비 지나간 싸늘한 흔적위로/모습을 드러낸 기인 터널은 가없고/스티브 바라캇의 슬픈 로망스는/젖은 선율을 밟고 있는데/밤새 내린 찬이슬은/한 꺼풀 녹음을 걷어내 버리고/서늘한 절기 끝 열병을 치르던 잎새는/아직, 바람의 체온을 기억하고 있다/숲과 숲 사이를 회유하며/마음을 흔들던 외줄기 바람은/온통 그리움의 물감만 덧칠하고/다가올 겨울을 앞서 걱정하며/길 떠날 채비를 서두른다/사랑은 이미/가슴에 숨어들어/깊은 심연으로 흐르고 있는데 그렇다. 백은숙 시인이 추구하는 심저(心底)에는 '사랑'의 선율이 시적원류를 이루고 있다. 그러나 이 작품 「가을, 그 슬픈 노래」는 제재와 같이 '가을'과 '슬픈 노래'라는 이미지의 연결은 결론적으로 그렇게 많이 등장했던 의문형의 갈등들이 어떤 조화와 융합을 위한 전제라는 점을 간과(看過)하지 못한다. 그는 이러한 해답을 '힘겹게 추억을 돌리고 있었던 까닭이다(「메밀꽃 필 무렵」 중에서)', '비문도 없이 스러져간 청춘의 꽃봉오리 / 평생 그대에게 돌아갈 수 없는 몸일지라도 / 눈물 흘리지만은 않겠다(「지심도」 중에서)', '종내 외면하지 못하는 것은 / 해지면 밀려드는 비릿한 기억 때문이네(「해녀의 노래」 중에서)' 등과 같이 화해의 손길을 보내는 안온한 정감이 풍긴다.

일찍이 영국의 낭만파 시인 셸리(P. B. Shelley)는 시는 최상의 마음의 가장 훌륭하고 행복한 순간의 기록이라고 했다. 그리고 하나의 시란 그것이 영원한 진리로 표현된 인생의 의미라고 했다. 이와 같이 시적 진실이 포괄하는 주제는 그 시인의 인생관과 무관하지가 않다. 백은숙 시인의 시적 소재나 주제 또는 시적구도에는 이러한 영원한 진리로서의 인생의 의미를 명징하게 융합하고 있어서 '사랑'이라는 '그 슬픈 노래'로 이 가을을 장식하면서 그의 시학을 정리하고 있다. 그는 '사랑은 이미 / 가슴에 숨어들어 / 깊은 심연으로 흐르고 있는데'라는 어조로 그가 시적으로 갈등했던 의문의 모든 현실적 문제들을 풀어나가고 있다. 그가 진정한 가치관의 투영은 궁극적으로 현존(現存)의 문제의식을 차원 높게 적을시키면서 해법을 탐색하는 일이라고 할 수 있다. ✷

(『문학저널』 2010. 11.)

삶의 행간에서 탐색하는 시공의 융합

– 이희국 신작특집

1

이희국 시인의 작품에 대해서는 일찍이 『미래시학』(2017 겨울)에서 최서진 시인이 그의 작품 「다리」 4편을 「세계에 대한 자각적 응시와 매혹」이라는 제목으로 시평을한 바 있다. 거기에서 살필 수 있는 것은 '삶의 여정에는 누군가의 사랑이 필요하다. 사람은 무엇으로 사는가? 사람은 사랑이라는 다리를 건너야 산다는 것을 깨닫게 한다'라는 요지의 시평에서 알 수 있듯이 그는 인생이라는 대명제의 충실한 이행을 위해서 다양하게 자각적 응시를 적시하고 있어서 이희국 시인의 시세계를 이해하는데 많은 도움이 될 것 같다. 또한 유승우 교수는 그의 시집 『자작나무 풍경』 해설에서도 '난초의 향기를 <천상의 향기>라고 한 것이나 찔레꽃의 가시를 <목말라 타던 서러움 모여> 되었다는 표현이나 <빨간 열매 까만 눈>을 <마음의 사리>라고 한 시행에서는 <신의 한 수>를 보는 듯한 느낌이었다'는 찬사를 대할 수가 있어서 생명과 정신의 황폐화에 대한 시적인 고찰을 이해하게 된다.

이희국 시인의 생명성은 바로 인간의 존재와 동행하고 있다. 이러한 존재의 인식은 바로 시간성과 일치하는 공존의 현장에서 다변적인 삶의 지향점이 생성하고 있다. 여기에는 과거와 현재 그리고 미래까지도 자신의 인생행로에서 감지되거나 획득한 소중한 체험들이 그의 시적 상황으로 설정되고 있는 것이다. 그는 작품 「간이역」에서 '펴지지 않는 주름진 시간도 있다.'라거나 작품 「광장, 혹은 시장」에서도 '삶에 목마른 설익은 시간들/바글바글 푸념을 끓이면 시장은 금세 삶의 광장이다'라는 어조에서 알 수 있듯이 생존현장에서 응시한 그의 시간은 삶의 행간이라고 할 수 있을 것이다.

2

공원 한 구석 폐타이어/군데군데 뭉개지고 갈라진 지난 시간이 흔적으로 남아있다//평생 동안 무거운 짐을 지고도/도로를 질주하던 저 타이어/이제는 속도를 잃은 채/여생을 내려놓고 작은 담벼락이 되었다//질주하던 태양이 언덕을 넘어서는 저녁/다가오는 어둠의 걸음소리를 들으며/삶을 뒤돌아본다/젊은 날의 사랑과 뜨거웠던 열정/꿈을 향해 달려온 시간들/언덕을 넘어 설 때의 감동과 신선한 새 바람의 기억들/기억마저 흐릿한 과거가 되었다//나는 몇 킬로의 속도로 이곳까지 왔는가//햇살이 사위어가듯 이제는 속도를 늦추어야 할 나이/중년의 한 사내가 거울을 보며 웃고 있다.

—「어두울 무렵」 전문

여기에서 포괄하는 '시간'이 우리 인간과의 상관하는 중요한 메시지는 무엇인가. 이러한 관점을 요약하기 위해서는 우선 그가 즐겨 동원하는 시어들을 눈여겨 살펴볼 필요가 있다. 그는 '지난 시간의 흔적', '평생 동안', '여생', '저녁', '젊은 날', '기억들', '과거', '삶을 뒤돌아 본다' 그리고 '중년의 한 사내' 등의 상황들이 그의 시간성으로 삶과(혹은 인생) 동행하고 있음을 직감적으로 알 수 있게 한다. 이처럼 그가 설정하는 시간의 중심에는 '젊은 날의 사랑과 뜨거웠던 열정 / 꿈을 향해 달려온 시간들'이 시적인 발상으로 적시되고 있어서 그가 그만큼 생명성에 대한 집착으로 성찰하고 있는 것이다. 그러나 그는 '나는 몇 킬로의 속도로 이곳까지 왔는가'라는 어조에서 공감할 수 있듯이 지나온 시간의 아쉬움을 재생하면서 우리 인간들의 존재와 생명에 대한 존귀함을 시적 진실로 명징(明澄)하게 현현하고 있다.

또한 그는 결론으로 제시한 '햇살이 사위어가듯 이제는 속도를 늦추어야 할 나이 / 중년의 한 사내가 거울을 보며 웃고 있다.'라는 어조에서는 만감(萬感)이 교차하고 있는데 한생을 정중하게 성찰하는 어조가 작품의 주제를 더욱 심화(深化)하는 흡인력을 발휘하고 있다. 일찍이 T. S. 엘리엇은 현재의 시간과 과거의 시간은 모두 미래의 시간에 있을 것이며 미래의 시간은 과거의 시간이 담고 있을 것이라는 언지에서 알 수 있듯이 이 시간성은 영속적으로 우리들의 삶(인생)과 밀착하여 동행하는 귀중한 동반자임을 부인할 수 없을 것이다.

이희국 시인도 이와 같은 인생행로를 절감하면서 지금까지 살아온 시간에서 우리 인간들이 소유한 칠정(七情−喜怒哀樂惡五慾)에서 절실하게 체험한 생의 현장을 적나라(赤裸裸)하게 인식하면서 이러한 체험을 재생하여 이미지로 정돈하고 있는 것이다. 이러한 이미지들이 그의 시창작의 원류를 형성하고 거기에서 추출한 인생관의 진실이 성찰로 발현되고 있는 것이다. 이러한 시간성에서 그는 '시간의 흔적'(과거)에서 추억을 생산적으로 재생하여 그가 지향하는 정서의 중심축으로 정립하고 다시 다른 사유(思惟)의 원류로 변형시키는 시법을 이해하게 한다.

이것은 존재론에서 말하는 인식의 단계이다. 이 인식은 바로 자신이 아직 살아서 숨쉬고 있다는 생명성과 직결하기 때문에 존재의 가치를 성찰하는 단계로 나아간다. 실제로 칠정에서 본 바와 같이 희(喜)나 락(樂)은 작품과의 연결(이미지의 생성)이 약간 이질감을 느끼게 될 것이다. 대체로 이런 인식에서 성찰로 전환하는 과정에서 이희국 시인의 인생관 중심에는 커다란 변화를 시도하게 된다. 그것은 기원의식으로 전이(轉移)되는 가치관의 창출을 시적으로 투영하려는 노력이 생성하게 된다.

3

내 마음의 담수호에는 / 삼십년이 넘은 시간의 사연들이 담겨있다 // 꽃샘추위에 웅크린 새싹처럼 병치레가 잦은 아이들 / 촉촉하고 말랑한 속 자식에게 다 주고 / 양분 없는 식탁 앞에 혼자 앉은 푸석푸석한 사람들 / 잎맥만 남은 잎사귀처럼 통증에 무너지면서도 / 괜찮다고 숨을 몰아쉬는 노인들, / 흑백의 시간조차 지워가는 치매노인 // 한바탕씩 스치고 가는 애틋한 바람을 / 새벽 기도로 준비하는 호수 / 오늘도 삼정사거리 동경약국에는 / 쑤시고 결리고 절뚝거리는 사람들이 찾아와 / 아픔과 외로움을 하소연한다 // 마음의 수문을 활짝 열어 물 나누고 싶다 / 메말라 가슴이 쩍쩍 갈라진 사람들에게 단비를 주고 싶다 // 꽃과 나무와 별을 닮은 사람들.

— 「수문을 열어」 전문

우선 이 작품에서 간과(看過)할 수 없는 부분이 시간과 결부하는 상황('꽃과 나무와 별을 닮은 사람들.' 등)들로 현현하고 있음을 볼 수 있다. 이는 이희국 시인이 평소에 심중에 깊이 간직한 그의 인생철학과도 무관하지 않다는 점이다. 그는 '내 마음의 담수호에는/삼십년이 넘은 시간의 사연들이 담겨있다'는 상황에서 공감할 수 있듯이 앞의 '어두울 무렵'과 상응하는 이미지는 그가 이러한 삶의 현장에서 혹은 인간들의 내면에서 현실과 괴리(乖離)되는 상황이나 소외되는 세상사를 그냥 지나치지 못하는 인간미 혹은 인생 달관의 시적 응시(凝視)가 항상 그의 내면에 관류(灌流)하고 있어서 그가 착목(着目)하는 주변 사물이나 관념의 한 부분에 이미 동행의 미학을 실현시키고 있는 것이다.

이희국 시인은 이 시간성에서 생로병사(生老病死)의 인생적 행로가 이 '새벽 기도로 준비하는 호수'에서 융화시키면서 어떤 화해를 탐색하고 있다. 이런 형상이 '오늘도 삼정사거리 동경약국에는/쑤시고 결리고 절뚝거리는 사람들이 찾아와/아픔과 외로움을 하소연 한다'는 어조로 현현함으로써 그가 지향하는 인생관이 미래 예측인 기원의 의식으로 전이하고 있는 의식의 흐름(stream of consciousness)을 이해할 수 있다. 이러한 어조는 '마음의 수문을 활짝 열어 물 나누고 싶다/메말라 가슴이 쩍쩍 갈라진 사람들에게 단비를 주고 싶다'라는 그의 간절한 기원에서 나타나듯이 '싶다'라는 의존명사의 접미사에서 우리는 그가 대인간관에서 동병상린(同病相燐)의 미적 감응을 이해하게 된다.

4

또한 이희국 시인은 이처럼 시간성에 집착하는 다양한 요인들이 바로 공간개념과 동시에 탐색하는 시적원류를 확인하게 되는데 앞 작품에서는 '공원 한 구석'과 '담수호'와 '삼정사거리

동경약국' 등의 공간을 병치한 바 있는데 다음의 작품에서는 더욱 시공(時空)의 주관적인 시적 의미를 정립하고 있는 것이다.

> 해발 350미터 / 차디찬 태백산맥을 넘어오던 눈보라가 / 어머니 품 같이 소복한 분천역 광장에 / 휘돌다 내린다 // 세상에 절망한 사람들 / 꼬불거리며 흐르는 오십천을 거슬러 / 마지막 희망을 찾기 위해 찾아들었던 막장 // 삼촌은 깊은 지하의 갱도에서 / 검은 분진을 삼키며 / 실낱같은 꿈을 꾸며 / 위태로운 백열등에 하루하루를 걸어놓고 견뎠을 것이다 // 이곳 어디쯤에 묻힌 삼촌을 생각하는데 / 시린 기억이 하늘에 몰아친다 / 희고 맑은 눈꽃들이 날린다 // 언덕 위 늙은 소나무 한 그루에서 / 외롭게 살다 간 사내의 등을 보았다.
>
> —「분천역(汾川驛)」 전문

그렇다. 이희국 시인은 '어머니 품 같이 소복한 분천역 광장에'서 감응하는 공간개념은 남다르다. 그는 '어머니'와 시적 화자인 '삼촌'과 '외롭게 살다간 사내' 등이 바로 그가 체험한 소중한 시간의 메시지가 각인되고 있다. 칼 지브란이 일찍이 말했듯이 시간은 허공을 뚫고 자아(自我)로 날아간다는 명언이 이렇게 지나온 시간과 공간이 접목하면서 펼쳐지는 인생론이 더욱 묘미(妙味)있게 시적인 진실을 적시해 주고 있다.

여기에서 간과할 수 없는 부분이 시적인 공간인데 그는 '태백산맥'이나 '오십천', '찾아들었던 막장', '지하의 갱도', '언덕 위 늙은 소나무' 등등 그가 체험으로 획득한 장소들이 그의 뇌리에서 시적인 분화(噴火)를 기다리고 있는 것이다. 그가 이러한 공간에서 탐색하는 진실은 '위태로운 백열등에 하루하루를 걸어놓고 견뎠을 것' 그리고 '시린 기억이 하늘에 몰아친다'는 시간과 동시에 발현함으로써 그가 구사하려는 시공의 조화가 시법으로 잘 형상화하는 점을 공감하게 된다. 이러한 공간의 설정은 작품 「아파트」에서 '아파트' 전체를 공간(여기에서 '침대', '선반', '화장실', '천장과 바닥', '무대', '허공' 등등)으로 시적인 상황으로 설정하여 작품을 전개하고 있으며 작품 「귀성길」에서 '도산서원을 싸고 선조들이 숨결 맴도는 곳'의 공간에서 '먼저 떠나간 아버지가 살고 있다'는 시간을 동시에 적시하여 시적인 이해를 감지하게 한다.

대체로 살펴본 공간은 '낡은 천막촌 시장터를 헤집었다.', '안암천을 끼고 살던 사람들', '아침 해가 뜨면 줄 서있던 공중화장실', '표류하다가 닿은 곳 금호동 언덕' 등이 작품 「겨울 철새」에서 읽을 수 있으며 '사과나무 과수원에 내리는 따가운 햇살'과 '가을 하늘이 주는 선물', '잘 여문 새소리를 가지마다 내걸었다'는 작품 「가을에 깨닫다」에서 우리는 시적인 본질의 지향점이 무엇이며 시정신이 어디에서 발흥되어야 하는지를 짐작할 수 있게 되었다. 그가 절실하게 천착(穿鑿)하는 시간과 공간의 접맥은 그가 추구하는 인생의 문제 즉 존재에 관한 다변적인 상황이 시공의 개념에 따라서 시적으로 승화하는 의식의 흐름이나 인식의 감도(感度)가 어떤 형상으로 분사(噴射)할 것인가를 예측할 수 있는 좋은 길잡이가 될 듯하다.

그의 지적인 감성(感性)과 지향적인 감응은 존재의 인식에서부터 성찰과 기원의 의지까지 그가 여망하는 시적인 진실이 창조될 것은 자명(自明)하다. 삶의 행간에서 탐색하는 시공의 융합이 그의 진솔한 시법임을 이해할 수 있는 것이다. 더욱 좋은 시 많이 보여주기를 기원한다. ✷

(『한국시원』 2018. 봄.)

삶의 궤적(軌跡)에서 탐색하는 진실

- 조경화 신작특집

현대시를 읽으면서 감상하는 중심에는 그 시인의 삶에서 추출한 체험의 투영을 살피는 일이 중요하다. 그것은 시인이 소재를 취택하고 주제의 메시지를 현현(顯現)할 때 그 시인의 체험 속에 포용한 진실, 말하자면 진솔한 삶의 스토리가 용해되어 있느냐 하는 아주 소박한 개념으로 작품을 이해하려는 경향이 있다. 여기 조경화가 특집으로 수록하는 작품들이 대체로 이러한 범주(範疇)를 이탈하지 않고 자아(自我)를 탐색하는 의식의 흐름을 알 수 있게 한다. 이는 모든 시인이 집중하면서 추구하는 시적 진실이 자신의 인생관이나 가치관과 무관하지 않다는 점을 간과(看過)할 수 없기 때문이다. 조경화도 작품 전체에서 조감할 수 있는 것은 삶이라는 근원을 정서의 축으로 해서 자신이 투영하려는 절대적인 존재의 인식이 심도 있게 포괄하고 있음을 이해하게 된다. 이러한 현상은 우리 시인들이 오래동안 천착(穿鑿)해 오고 실현하려는 노력이 지금까지도 이어지고 있다.

바램을 줄여 소박한 삶을 알기까지/모진 아픔이 가끔은 상채기로 남아있어도/더는 곪지 못하는 흉터자리 다행이다/새로움에 도전하는 용기보다는/일상의 편안함을 탐닉해도/아무도 무능하다는 소리를 못한다/그리고 슬픔처럼 남은 날을 헤아리는 시간이 많아진다/새로운 눈빛은 놀라움으로 표현되고/자비를 베풀어야하는 표정은 당연한 시간에서/우왕좌왕 거릴지언정 비겁하지는 않다/내가 살아온 시간도 자랑거리가 많다

—「오늘 나는 이렇게 살았다」 중에서

여기에서 알 수 있듯이 '나는 이렇게 살았다'는 어조가 현실적 삶에 대한 진지하고 깊이 있는 자아의 융합과 시정신의 화해를 고백적인 시법으로 적시하고 있다. 이러한 시적 발원이나 상황의 설정은 삶의 궤적에서 탐색하는 진실로서 그 중심에는 갈등과 고뇌가 상존하기 마련이다. 그러나 조경화는 '더는 곪지 못하는 흉터자리 다행이다'거나 '내가 살아온 시간도 자랑거리가 많다'는 어조로 갈등을 흡수하고 조화를 염원하는 사유(思惟)의 양상은 자아에 대한 긍정적인 측면에서도 '슬픔처럼 남은 날을 헤아리는 시간이 많아진다'라고 서로 대칭된 언술로 회상하고 있다.

그대여 아직은/살아낸 지난 세월 당당히/수줍어 숨겼던 속내 열어/뜨거운 태양 아래/솔직한 마음보이며/날숨 뱉어 크게 호흡하며 살자

조경화는 다시 작품 「그대여 아직은」에서 보는 바와 같이 '살아낸 지난 세월'을 민감하게 수용하여 '크게 호흡하며 살자'라고 '그대'란 화자에게 호소하고 있다. 결국 '세월'이라는 시간성

과 현실적 삶의 행간에는 긍정과 부정 그리고 수용과 냉대의 양면성이 모두 삶과 상관하면서 그의 '솔직한 마음'을 보여주고 있다. 다시 작품에서 빈도가 높게 적시하는 삶과 시간의 융화에 관한 어조는 '살기 위한 이유로 명분지어 / 반쪽 세우러 고스란히 가슴에 채웠지만(「짝사랑은 어렵다」 중에서)'이거나 '작은 불편함으로 / 삶의 터전인 그들을 몰아내기에 너무 이유가 약하다(「전철 안 풍경」 중에서)', '찰나도 영원도 아무것도 아닌 체 / 공유하는 삶으로 길들여가고(「피중독은 유죄다」 중에서)' 그리고 '세상살이 지친 육신들(「거리에서」 중에서)'과 같이 직접적으로 생존과 연관된 언어가 작품의 진실을 유로(流露)하고 있어서 조경화가 정감적으로 구현하려는 원류는 바로 삶과 시간이 조화를 이루고 있다는 점이다.

이러한 구도의 설정에는 시간과 그리움으로 양분해서 현현하고 있는데 '인연이 닿는 시간의 적절함은 참 귀한 것이다(「맛있는 토마토에 대하여」 중에서)'라거나 '시간은 충분하다 / 다만 너무 급하게 쓰려하고 있을 뿐(「잠시 쉬어가자」 중에서)'이라는 시간성의 내면에는 '지나간 푸른 날은 / 투명한 그리움으로 두고 살자(「슬프지는 않지만」 중에서)'라거나 '감히 두려워 다른 언어는 잃은 채 / 전설처럼 기억하며 가끔은 그리워 할 것이다(「눈 눈 그리고 또 눈 내리던 날에」 중에서)'라는 어조가 그러하다. 조경화는 분명히 삶의 궤적을 통해서 흔적으로 남겨지거나 심저(心底)에 내재된 감성(感性-sensibility)으로 시간 속에서 파생된 그리움을 형상화하고 있다. 시인이 현실 세계로부터 수용한 일체의 감각적 인식이 현실이 간직한 모순이나 진실을 지감적으로 이해하는 감정으로 시적 승화를 예비하고 있다.

일찍이 리처즈가 말한 바와 같이 일상생활의 정서와 시적 소재는 차이가 없다고 한다. 생활(삶)의 언어적 표현은 그 시법의 기교에서 차이를 발견할 수 있는데 조경화의 표현은 보편적인 관념이 주종을 이루고 있어서 평범한 가운데서 시적 진실이 무엇인가를 구현하려는 의욕이 넘쳐나고 있음을 이해할 수 있게 한다. 그는 자신의 주변에서 탐색하는 생의 문제가 바로 자아의 성찰과 고뇌가 화해하는 시적 위의(威儀)에 접근하고 숙성된 시정신과 함께 언어의 조탁(彫琢)에 더욱 열정으로 심화할 때 그의 시세계는 더욱 확고하고 명징(明澄)한 주제가 공감을 확대시킬 수 있다는 것은 재론의 여지가 없을 것이다. ✷

(『문학저널』 2010. 3.)

시 월평 읽기 작품 찾아보기

(가나다 순)

(ㅈ)

(ㅊ)

김 송 배 시인 연보

- 경남 합천 출생(1943)
- 중앙대 예술대학원 예술지도자과정 수료
- 조계사불교대학 수료

* * * * *

- 『심상』 신인상 당선 등단(1983)
- 한국예술문화단체총연합회(예총) 『예술세계』 주간, 이사(역임)
- 한국문인협회 사무처장, 시분과회장, 부이사장, 평생교육원 교수(역임)
- 2003년도 한국문화예술진흥원 문예진흥기금 심사위원(역임)
- 한국통일문인협회 문학교육관장 및 시창작지도 교수(역임)
- KSB방송문화센터 시창장반 지도교수(역임)
- 청송시창작아카데미 교수(역임)
- 성남문예대학, 문협문예대학, 그레이스백화점 문화센터, 삼성반도체연수원 주부문예대학, 한국여성문예원, 새문학신문, 경기도 광주문학아카데미, 동두천문인협회, 안산제일교회, 서울원불교문인협회 시창작 강사(역임)
- 신라문학대상, 경찰문학상, 보훈문학상, 한국해양문학상, 근로자예술제 문학상, 병영문학상, 소월문학상, 지훈문학상, 조명희문학상 등 심사위원(역임)

✜ 현 재

- 한국문인협회 자문위원
- 국제펜한국본부 자문위원

- 서대문문인협회 고문
- 『시와수상문학』 고문
- 『문예사조』 편집고문
- 목월문학포럼 중앙위원
- 한국시인협회 심의위원
- 심상시인회 회원(회장 역임)
- 한국수필가협회 회원(이사 역임)
- 청송시인회 상임고문
- 한국문예학술저작권협회 회원
- 문학의 집. 서울 회원
- 『한국시원』 편집인(발행인 역임)
- 한국시원시창작연수원 회장 및 지도교수
- 한국현대시론연구회 회장

✣ 시집

『서울허수아비의 수화』(1986－모모. 재판 1987－미래문화사)
『안개여, 안개꽃이여』(1988－거목)
『백지였으면 좋겠다』(1990－혜화당)
『黃 江』(1992－한강)
『혼자 춤추는 이방인』(1994－문단)
『시인의 사랑법』(1996－모아드림)
『시간의 빛깔, 시간의 향기』(1998－삶과꿈)
『꿈, 그 행간에서』(2000－청송시원)
『여백시편』(2006－시원)
『물의 언어학』(2013－시원)
『나와 너의 장법』(2017－책만드는집)

✤ 시선집

『허물벗기 연습』(1994－경원)

『김송배시전집』(2003－청송시원)

✤ 시론집

『화해의 시학』(1996－국학자료원)

『성찰의 언어』(2004－청송시원)

『여백의 시학』(2008－한강)

『상상과 진실』(2008－시원)

『존재의 원형』(2008－천우)

『감응과 반응』(2013－시원)

『시의 구도, 시인의 기상도』 시 월평집 (1)(2019－시원)

『'나는 누구인가'에 대한 시적 성찰』 시 월평집 (2)(2019－시원)

✤ 시창작법

『시가 보인다, 시인이 보인다』(1997－모아드림)

『김송배 시창작교실』(2011－엠아이지)

『김송배 시감상교실』(2012－청어)

✤ 산문집

『시인, 대학로에 가다(1992－문단)』

『그대 빈 가슴으로 대학로에 오라』(1994－한미디어)

『시보다 어눌한 영혼은 없다』(1995－씨앗)

『지성이냐 감천이냐』(1998－모아드림)

✤ 수상

- 제6회 윤동주문학상 우수상 수상(1990)

- 문화부 장관 표창(1990－이어령 장관)
- 제1회 탐미문학상 수상(1995)
- 제23회 평화문학상 수상(2003)
- 제11회 영랑문학대상 수상(2006)
- 제27회 조연현문학상 수상(2008)
- 제16회 한민족문학대상 수상(2010)
- 제14회 한국글사랑문학대상 수상(2014)
- 제10회 한국시학상 대상 수상(2017)

* * * * *

- ‘시와 맥’ 감사패(1984－시와맥 동인)
- 합천교육장 감사패(1991－전상주)
- 합천군수 감사패(2001－강석정)
- 한국시인협회 회장 감사장(2002－허영자)
- 육군103보병여단장 감사패(2007－준장 강완구)
- 청송시인회장 감사패(2012－김수산나)
- 청송시인회장 감사패(2017－조경화)
- 『시와수상문학』 발행인 감사패(2016－정병국)
- 시가흐르는서울 회장 감사장(2018－김기진)

김송배 시인의 시월평 공유 (2)

나는 누구인가에 대한 시적 성찰

1판 1쇄 인쇄 / 2019년 4월 10일
1판 1쇄 발행 / 2019년 4월 15일

지은이 / 김송배
펴낸곳 / 도서출판 시원
등　록 / 2000.10.20. 제312-2000-000047호
03701. 서울시 서대문구 연희로 11사길 16-4
전　화 : 010-3797-8188

찍은곳 / 신광종합출판인쇄
배부처 / 책만드는집 (Tel 02-3142-1585)
04022. 서울시 마포구 양화로3길 99. (지하)

ISBN 978-89-93830-37-8 03810

값 18,000원

이 도서의 국립중앙도서관 출판예정도서목록(CIP)은 서지정보유통지원시스템 홈페이지(http://seoji.nl.go.kr)와 국가자료공동목록시스템(http://www.nl.go.kr/kolisnet)에서 이용하실 수 있습니다. (CIP제어번호: CIP2019012754)